나의 카투사 추억

한상칠 중·단편집

우리는 일상의 갈피에 앉은 구질한 속기(俗氣)를 그날그날 세척하여

다시 말쑥한 마음으로 새날을 열어야 할 것이다

제47회 한국소설문학상 수상작

청어

나의 카투사 추억

한상칠 중·단편집

작가의 말

지극히 평범한 생활인으로 세상살이를 하노라면 어떤 모습으로 삶을 영위해야 하느냐 하는 생각이 종종 우리의 머릿속에 떠오른다.

그럴 때마다 내 눈앞엔 곧잘 옛날 동란 후 전기 사정이 몹시 나빴던 시절의 남포등이 나타난다.

남포등은 하룻밤 어둠을 밝혀준 뒤면 언제나 등피에 그을음이 시커멓게 낀다. 그래서 이튿날 해 질 무렵이면 그날의 밝은 밤을 마련하기 위해 무엇보다도 먼저 등피의 그을음을 물로 깨끗이 씻어내야 한다.

바로 그러듯이 우리는 일상의 갈피에 앉은 구질한 속기(俗氣)를 그날그날 세척하여 다시 말쑥한 마음으로 새날을 열어야 할 것이다.

물론 나는 자신의 삶을 돌아보면 너무도 부족함이 많았다. 다만 지금도 여전히 그렇게 하며 살아야 한다는 생각만은 변함이 없을 뿐이다. 그래설까, 범속한 일상사의 애환 속에서 잠시 벤치에라도 찾아가 앉는 분과 나란히 앉아 이런저런 서로의 사는 이야기를 나누고 싶었다. 그것이 그동안 발표한 소설 중에서 대충 몇 개를 집어내어 선집을 엮는 소이이다.

차례

개의 아픔

개의 아픔

승객들이 모두 내린 다음에도 나는 멍하니 차창 밖에 눈을 둔 채 그대로 앉아 있었다. 안내양이 일깨우는 소릴 듣고서야 비로소 자리에서 일어섰다.

천천히 정류장을 빠져나온 나는 한길 가에서 또 잠시 발을 멈췄다. 새로 뚫린 그 길의 끝쪽을 내 눈이 한번 돌아왔다. 아무래도 낯선 고장에 잘못 내린 것만 같다. 아스팔트, 콘크리트 전주, 아크릴 간판, 건물들의 진한 배색. 언제 맥줏집이 다 생겼을까. 나는 한결 마음이 쓸쓸해졌다. 이윽고 나는 가게를 찾았다. 사탕 한 봉지를 사서 옆구리에 끼었다.

읍내에서 마을까지는 두 마장이 되었다. 형네 집엔 해가 떨어진 뒤에야 들어설 것이다. 겨울 날씨가 코끝에 맵다. 몸엔 줄곧 미열이 있었다. 택시가 생겨서 얼마 안 드는 요금으로 편히 갈 수 있다는 얘기를 알고 있다. 그러나 나는 그냥 걷기로 했다. 먼저 외투 깃을 세웠다.

마을로 가는 길은 플라타너스 가로수가 가지런히 늘어서 있다. 이 길은 읍내에서 다른 여러 고장으로 빠지는 길보다는 언제나 한산했다. 같은 지역을 잇는 철도가 나란히 나 있어서 도로는 교통 이용을 나누이기 때문이다. 깜깜한 밤에도 이 길은 흰 대님처럼 뽀얗게 드러난다. 방학 같은 때면 낙향한 읍내 대학생들이 곧잘 이 길을 어울려 걸으며 얘기를 즐긴다.

어린 시절, 나는 늘 이 길에 나와 놀았다. 모래성을 만들기도 했지만 읍내에 장이 서는 날이면 장꾼들을 보는 재미가 따로 있었다. 맑은 아침 햇빛 속으로 먼 여러 마을에서 장터를 향해 걸어 나오는 그들은 마치 학 떼와 같았다. 언제부턴가 그 흰옷들은 여러 가지 색으로 바뀌어 버렸다. 이제 그들에선 학 떼와 같이 눈부시던 모습도 사라졌다.

나는 발끝을 내려다보며 걸었다. 자신이 동화 속에 나오는 개미네 집을 찾아가는 매미 같은 생각이 든다. 나는 고개를 저었다. 결핵으로 여섯 달 동안의 휴직을 마치고 다시 학교에 나갔을 때, 그새 일했던 사람을 내보내기란 어려운 일이었다. 교장이 다른 학교를 알선하마고 했으나 나는 처음부터 믿지도 않았다. 그날부터 또 반년을 구직운동을 했으나 허사였다. 가구가 하나하나 팔리고 아내가 사과장사를 시작했으나 좀처럼 힘들었다. 마지막으로 텔레비전이 들려 나갔을 때 문밖에 서서 멍하니 골목길을 내다보던 만놈의 모습이 떠오른다. 나는 또 머리를 흔들었다. 하지만 마을이 가까워질수록 나의 마음은 어두워만 갔다.

마을 어귀에서 나는 또다시 걸음을 멈췄다. 게시판과 클로버 잎이 새겨진 돌을 양쪽에 세우고 산모퉁이로 돌아난 길이 병영의 길처럼 군살이 없게 손질이 돼 있다. 산모퉁이 위에 서 있던 정자나무는 보이지 않았다. 그 나무는 거의 밑둥치에서부터 갈라진 줄기의 가지엔 멧새들이 둥지를 틀었고, 여름이면 노인들과 아이들이 이 나무 밑에서 한낮을 보냈었다.

마을에서 빤히 올려다보이는 이 나무에 까치가 날아와 울면 마을 사람들은 그날 아침 좋은 소식이 생길 걸로 말하곤 했다. 가뭄이 들어 들이 벌겋게 마른 해엔 그 나무 밑에 모여앉아 구름을 살피며 기우제를 의논하기도 했었다. 그 자리에 지금은 원추형의 양철 지붕을 얹은 정각이 대신 들어섰다. 기둥과 지붕이 초록색이다. 나는 마을 앞들 쪽으로 눈을 돌렸다. 꼬불꼬불하던 논길이 바르게 잡혔고 경운기가 다닐 만한 길이 나 있다. 냇물가엔 미루나무들이 줄지어 꽂혔다. 나는 마을 길로 접어들었다.

산등성이를 올라서자 마을이 한눈에 든다. 하나같이 슬레이트로 바꿔어진 지붕들이다. 군데군데 층층대를 지닌 골목길들도 말쑥하게 손이 갔다. 대부분의 집은 블록담까지 둘러치고 있었다. 이제도 싸리울과 개나리울타리를 가진 집은 서너 채뿐이었다. 이 마을 사람들은 대개 담을 치지 않고 지냈었다. 그래서 곧잘 이웃집을 아무 때나 드나들었다. 한 집에 어떤 일이 생기면 그것은 곧 모든 마을 집에 알려졌다. 긴긴 겨울밤이면 이야기를 듣다가 그 집에서 그냥 쓰러져 잠들었다. 새끼를 꼬는 사랑방, 목화를 가리는 안방에서 그칠 줄 모르는 이야기는 샘물처럼 마르는 법이 없었다.

나는 어느 집에 전등불이 켜진 걸 보곤 형네 집으로 눈을 돌렸다. 단지 한 채 형네 양옥집은 푸른 지붕을 어둠 속에 먼저 묻히고 있었다.

철문 한 짝에 난 출입문은 지쳐만 두었다. 내가 들어서자 현관 옆에서 포인터가 짖어댔다. 문득 남의 집에 함부로 들어선 것 같은 생각이 든다. 나는 형이 사냥을 즐기기 위해 똥개는 복날 없애버리고 포인터를 사들였다는 얘기를 기억했다. 이 마을의 개들은 낯선 사람이 들어서도 짖는 수가 드물었었다. 어디 그럴 필요가 있느냐는 듯 앞발 위에 턱을 괴고 엎드렸다가 눈을 한번 떠본 뒤 감아 버릴 따름이었다. 그들의 적은 부엉이 울음소리거나 이따금 나타나는 늑대기만 했다. 귓속을 파고드는 포인터의 짖는 소릴 끊으려는 듯 나는 맏조카 애의 이름을 불렀다. 현관등이 켜지면서 핑크색 스웨터에 남색 치마를 입은 형수가 마루 끝에 나타났다.

"아유. 서방님 오시네요."

낯익은 사투리. 나는 미소로 인사를 대신했다. 언제부터 형수는 저런 빛깔을 좋아했는가. 이어 형수는 안방 쪽으로 얘들아, 작은아버지 오셨다, 하고 소리쳤다. 조카들 셋이 우르르 몰려나와 내게 꾸벅꾸벅 머리를 숙였다. 아이들 역시 빛깔이 진한 옷들을 입었다. 나는 팔을 잡기까지 하는 맏애의 머리를 쓰다듬으며 사탕 봉지를 내준 뒤 끝엣녀석을 안고 마루를 올라섰다. 녀석은 밍크오버가 몸에 컸다. 형수는 지금도 아이들 옷을 으레 좀 큰 걸로 사는가 보았다. 자개찬장과 줄기만 심긴 파초 화분 옆에 호두빛 찻상이 놓인 마루. 안방 문 벽 위엔 조화처럼 설게 보이는 솜씨의 과일 정물화 액자가 걸려 있다.

안방의 형광등은 두 알을 끼운 놈이었다. 안방으로 들어선 나는 미간을 찡긋했다. 국화무늬의 벽지에서 부서져 내린 하얀 불빛이 노란 비닐장판에 눈부셨다. 외투를 벗어 형수의 손에 건네고 나는 아랫목에 가서 자리 밑에 손바닥을 깔며 앉았다. 잔뜩 곱은 손에 미지근한 열이 왔다. 나는 온몸이 으스스했다. 그런 나의 머릿속엔 콩댐을 한 명개장판이 떠올랐다. 형수는 아이들만 데리고 저녁을 먹는 중이었다.

"형님은 어딜 가셨어요?"

아랫목 포대기 밑에 주발을 꺼내 상 위에 올려놓은 뒤

뚜껑을 여는 형수가 웃음기를 띄우긴 했지만 눈꼬리가 샐쭉해졌다.

"허구헌날 읍낼 나가지 않으면 사냥질이나 가지 뭐유."

나는 엽총을 들고 뛰어다니는 형의 모습이 상상되었다. 신발에 새끼를 감고 토끼를 쫓던 그가 아닌 것이다. 그는 총의 위력과 명중률에 깊은 흥미를 가질 것이다.

"갠 집에 있던데요?"

"병신 됐다구 싫대유. 글쎄."

"병신이라뇨?"

형수는 별하게 긴 인중을 한번 씰룩하더니 키득 웃었다.

"누가 아유. 배 밑이 좀 달라진 걸 벼엉신 병신 해유. 글쎄. 늙으면 그렇기두 하다는데유."

무슨 소린지 모르겠다. 그러나 나는 더 묻기도 싫었다.

"오늘도 사이렝이나 불어야 들어올지 말지 한걸유. 뭐."

밥그릇에서 피어오르는 김을 보자 나는 시장기를 깨달았다. 마루로 나갔던 형수가 맥주 한 병을 컵과 함께 들고 들어왔다. 술엔 생각이 없었다. 그러나 형수를 말리지 않았다. 밥상엔 으레 막걸리 한 사발이 따라야 하는 걸로 그녀는 알고 있는 것이다. 형수는 병마개를 몇 번 튀기기만 하다가 겨우 땄다. 조심스럽게 맥주를 따랐지만 컵 속엔 반도 차지 않으면서 부그르 거품이 넘쳐나왔다. 나는 밥을 씹던 입을 얼른 컵으로 가져갔다.

"암만해두 맥준 못 따르겠어유."

그녀의 얼굴빛이 잠깐 발갛게 물들었다.

"대수로울 게 있나요."

"형님은 번번이 타박인걸유."

"형수는 끝엣놈 돌잔치 때 얘기를 꺼냈다. 생전 보지도 못한 형의 읍내 친구들이 여남은명 반상기를 사 들고 몰려왔다. 술들이 취하자 그들은 형에게 마누라를 데려오라고 소리소리 질렀다. 안방에 끌려간 그녀는 맥주 따르기를 실패했고, 시킨 노래만은 도망쳐서 가까스로 면했다.

"……"

형수의 손에서 맥주병을 받아든 채 말없이 얘길 듣던 나는 거품이 가라앉자 컵을 마저 채웠다.

"이 맥주 맛이 뭐가 좋은 거유?"

나는 웃기만 했다. 말 오줌 같은 게 찝질하던데, 하고 형수는 혼잣말처럼 중얼거렸다.

"사람 입은 바뀌는가 봐유. 형님은 맥주 아님 안 마셔유."

누룩으로 담근 막걸리가 더 좋죠. 맥주를 반쯤 마시고 난 나는 계속 밥만 먹었다.

형수는 형의 바뀐 입을 말하고 보니 생각난다는 듯 그의 여자 관계를 푸념하기 시작했다. 술꾼이 술독에 빠지듯이 폭 빠졌단다. 남편과 함께 장터에도 한 번 나가 본 일 없으니 석 달이나 몰랐다는 것이다. 양복을 다리려고 호주머니

속의 것들을 빼놓다가 나온 편지에서 알았다. 글쎄, 사랑하는 아빠가 다 뭐유. 형 몰래 읍내에 나가 물어서 마침내 술집을 찾았다. 술집두 이상스러워유. 빨갛고 파랗고 노란 불들이 끔벅거리던데유. 미스 박이란 년은 마침 술청을 쓸고 있었다. 형수는 다짜고짜 머리채를 틀어잡았다. 얘 이 년아, 이렇게 지집이 시퍼렇게 살았다, 이년. 마침 술집에 들어선 형이 보았다. 형은 형수의 뺨을 후려갈기곤 몸을 떼어놓자 개처럼 끌어냈다. 그날밤 느지막이 집에 들어온 형은 방 문고리까지 잠그곤 두들겨 패기 시작했다.

나는 목구멍이 까슬까슬해졌다. 물을 한 모금 마셨다. 형수의 입에서 피사리, 동지섣달의 홑치마, 여름날의 김매기가 길게 쏟아져나왔다. 형님이 날 그럴 수 있에유? 형수의 눈엔 눈물이 글썽이었다. 내가 숟가락을 놓았다.

"괜한 소릴 해댔나 봐유?"

"아뇨."

형수가 밥상을 들고 나간 뒤 부엌에서 밥쌀 이는 소리가 들렸다. 나는 그녀가 시집오던 날의 일을 떠올리고 있었다. 그녀가 일가친척들에게 상면 절을 올릴 때마다 어머니는 폐백대추를 흩뿌렸고 문 밖에서 구경하는 이웃 여자들은, 절도 곱게 잘한다, 하고 연신 말했었다. 그런 형수는 그날 밤 늦도록 방 한쪽에 얌전히 눈을 내리깔고 앉아 있었다.

장가를 들기 위해 읍내에 나가서 목욕과 이발을 했던 형은 종종 술자리에서 빠져나와 안방으로 왔었다. 신랑이 저 색시 보고 싶어 드나드는 것 좀 봐, 하고 이웃 여자들이 웃으니까 형은 건성 거울 속을 살피곤 나갔었다. 형수 옆에 줄곧 앉아 있는 누나는 족두리나 옷매무새에 손을 쓰곤 하면서 언니 언니 하며 자꾸만 말을 걸었다. 호주머니 속에 폐백대추를 잔뜩 넣고 있는 나는 마을 애들과 놀면서 몇 번씩 손을 내밀어야 딱 한 개만 꺼내주곤 했다. 그 뒤로 나는 형수가 어딜 나갈 때면 꼭꼭 데려가길 바라서 운 적도 있었다.

형의 밥을 안치고 들어온 형수는 얼굴빛이 밝아져 있었다.

"서방님, 나도 이젠 달라졌에유."

그녀는 남자의 속에 대해 한동안 늘어놓았다. 나는 그녀의 눈가에 잡힌 주름살을 멍하니 바라보며 말없이 듣고만 있었다. 형수가 문득 말을 끊으며 문 쪽으로 귀를 기울였다. 클랙슨을 울리며 가까와오는 오토바이 소리가 들렸다.

"형님이 오시는군유."

형수를 따라 나도 밖으로 나섰다. 대문 두 짝을 모두 따자 등에 비스듬히 엽총을 멘 형이 나타났다.

"서방님 오셨에유."

타고 있는 오토바이를 몰아 마당에 들어와서는 형은 힐끗 나를 쳐다보곤 아는 체했다.

"내려왔냐?"

낮고 시들한 목소리가 입마개에 걸려나왔다.

"네."

내 목소리는 자신의 귀에도 들리질 않았다. 형은 모자, 장갑, 반 외투, 긴 구두서껀 온통 가죽으로 만든 것들을 몸에 들씌우고 있었다. 어느새 창고로 빠르르 뛰어간 형수가 드르륵 문을 밀쳤다. 마당 가운데 잠깐 머물렀던 형이 오토바이를 창고 안으로 몰고 들어갔다. 이윽고 오토바이 엔진소리가 헤드라이트 불빛과 함께 꺼지면서 형이 나왔다. 대문을 걸고 팔짱을 낀 채 현관에 들어선 형수는 마루 벽에 엽총과 탄띠를 벗어 거는 형에게 미소를 지었다.

"우짠 일유. 약주도 않구 오실 때가 다 있으니?"

장갑과 모자를 벗어 찻상 위에 던지며 형은 굳은 얼굴로 말했다.

"세숫물이나 떠와."

형수가 나를 향해 코끝을 찡긋해 보였다. 그녀에게 그런 애교는 없던 것이었다. 그리고 언제부터 형수는 그렇게 세심한 여자가 됐을까. 대야 물에 두 번씩이나 손을 넣어서 찬물을 탄 뒤에 내왔다.

세수를 마치고 안방에 들어온 형은 아랫목에 가 앉자 화장대 쪽으로 손을 내밀어 보였다. 형수가 잰 몸으로 화장품 병을 들고 와서 내민 손바닥에 우유빛 로숀을 두어 번 찍었다. 형은 양쪽 손바닥을 서로 비빈 뒤 얼굴에 나누어 가져가 문질렀다. 거무튀튀한 형의 피부는 별로 달라지지 않았다. 고르게 딴 면도 자리만이 기름 머리와 더불어 다를 뿐이다. 나는 어린 시절 아버지가 머리를 깎아주시던 일이 생각났다. 아버지가 아무리 가위질에 손공을 들여도 머리에는 송충이 달라붙은 것 같은 자국들이 남게 마련이었다. 형은 그게 싫어서 도망을 쳤다가 잡혀 군밤을 먹으면 울면서 가위질을 받았다.

형수에게 저녁상을 그만두라고 이른 뒤 형은 비로소 내 몸에 대해 물었다.

"이젠 다 낫냐?"

"네."

"애들은 잘 놀구."

아뇨, 나는 또 맏놈의 얼굴이 떠올랐다. 선생님이 이젠 육성회빌 내래요. 그러나 나는 또 같은 대답을 했다. 형은 벽에 등을 기대며 다리를 내뻗었다. 곧 호주머니에서 은하수 담뱃갑을 꺼내더니 피워물었다. 피면 어떠니, 전에 형은 담배를 피울 때마다 사양하는 동생에게 이렇게 말했었다. 형은 한동안 말없이 담배만 피웠다. 언제 그런 걸 다 배웠는지 형은 담배 연기로 허공에다가 동그라미를 만들어 날렸다.

"저번 계수씨 얘기룬 복직이 안 돼서 논다던데 자린 잡았냐?"

쌀 한 가마를 얻어온 때가 있었다. 내 목소리는 가늘게 떨렸다.

"아직 안……"

형의 눈길이 흘낏 내 몸을 돌아갔다.

"그럼?"

"……찾아 봐야죠."

올핸 틀렸어요. 그러니 돈을 좀 빌려주시면 제가 장살 하겠는데요. 잔뜩 기미가 낀 아내 얼굴이 떠오른다. 그때 형수가 또 맥주상을 봐왔다.

"술 생각 없어."

퉁명스러웠다.

"오랜만에 서방님이 오셨으니 형제분이 좀 드시구랴."

"그럴까, 이애나 한잔 주구 난 커필 줘."

눈가에 발간 빛이 스친 형이 다리를 사리며 재떨이에 담뱃불을 이겨 껐다.

그는 맥주병을 집어들었다.

"저두 생각 없어요."

"한잔 마셔."

쳐다보지도 않고 말하곤 팔길이 짧은 대로 그냥 앉아서 형은 맥주병 아가리를 컵 속에 처박듯 기울였다. 유리 벽에 부딪혀 몸부림치는 맥주는 컵 밖으로 방울을 튀기면서 이내 거품을 토했다. 나는 멍하니 그 꼴을 바라보았다. 들어라. 그러나 나는 전혀 마실 생각이 나지 않았다. 아무런 말이 없자 형은 더 권하지도 않았다.

"그래 언제쯤 직장은 될 것 같냐?"

"……"

도무지 할 말이 없었다. 형은 또다시 담뱃갑을 집어들었다. 담배를 뽑아 입에 문 채 형은 말을 이었다.

"현재룬 가망이 없냐?"

오그린 입술 새에서 담배가 까딱거렸다. 나는 말 없이 고개를 끄덕였다. 그러자 돌연 형의 언성은 높아졌다.

"도대체 네게 그런 병이 왜 나지? 내가 무식해서 그런지는 모른다만 폐병이 들만치 네 생활이 괴롭단 말이냐? 그럴만한 이유가 넌 어디 있다구 생각하냐?"

나는 형의 얼굴을 한 번 쳐다보고 말았다. 말귀를 알아들을 수가 없었다. 여전히 대답이 없자 형은 혼자 떠들기 시작했다. 우리에겐 부모의 유산이 있는 것두 아니잖냐? 너는 내가 부모 덕분에 이만한 줄 아냐? 너도 잘 알지 않냐? 그만큼 피땀을 흘렸다. 난 너두 그런 앤 줄 알았다. 사내가 계집자식을 먹여 살릴라면 노력해야지. 노력. 그래 몸 좀 아팠기로 한두 살 먹은 어린애여서 빈들빈들 놀구나 앉았냐? 네가 그 꼴이니 느이 식구들은 누굴 믿구 사니? 남자가 패기가 없으면 그건 끝난 거야. 나라구 넉넉해서 쌀짝이라도 올려보낸 줄 아냐? 그래 그걸 먹으며 맘이 편튼? 그럼 못쓴다. 죽음 죽었지 난 누구한테도 신세 안 진다. 이런 결심이 있어야지! 형은 더는 화가 치밀어 견디지 못하겠다는 듯 연신 입술의 담뱃가루를 푸푸 털어내며 숨이 가빴다. 이윽고 그는 오랫동안 말이 없었다.

"피곤해 죽겠다. 그만 가 자거라."

풀죽은 얼굴로 앉아 듣던 형수가 얼른 일어나서 건넛방으로 갔다. 내 입술은 바짝 말라 있었다. 기계 소리 요란한 공장에서 갑자기 나온 때처럼 가슴속이 허전할 따름이다. 아이들을 다시 누여 내 자리를 만든 뒤 형수가 귀엣말을 했다. 꿩을 한 마리두 못 잡았나 봐유. 나는 쓸쓸하게 웃었다. 잠이 오지 않았다. 밖으로 나서고야 말았다. 안방엔 불이 꺼져 있었다. 현관 불을 켜고 나는 마당으로 나섰다. 옛날 우물 자리엔 펌프가 들어섰다. 나는 그리로 갔다. 우물이 눈앞에 떠오른다. 아버지가 손수 파셨다는 우물은 깊이가 한 길도 안 됐었다.

이끼 낀 돌들 사이에선 노상 맑은 물이 떨어졌다. 형과 나는 집 안에서 놀 때면 우물 속을 오래도록 들여다보는 버릇이 있었다. 하늘과 구름은 눈으로 바로 보는 것보다 물 속에 드리워진 게 더 맑아 보였다. 나의 눈은 창고로 옮겨졌다. 외양간 자리였다. 나는 창고를 향해 걸어갔다. 언제나 입을 우물거리던 소 대신 오토바이 옆에 경운기가 있었다. 나는 곧 한구석에 처박힌 장롱을 보았다. 가슴속이 싸늘해 왔다. 나는 장롱을 어루만졌다. 양옥을 들이세운 뒤 토담집의 낡고 헌 것들은 하나하나 먼지 속에 묻히고 있었다.

글방에서 글을 가르치고 지내던 할아버지는 착해빠지기만 한 어른이었단다. 밤에 미투릴 삼아 장에 내다 팔았지만 언제나 나물죽도 어려웠다. 이 마을로 와서 살기까지 여덟 번이나 이살 했는데 나중엔 쪽박만 남을 지경이었단다. 하지만 할아버지는 며느리의 장롱만은 상하는 것조차 염렬하셨다. 어머니는 남의 집 디딜방아를 찧어주시곤 더운밥을 얻어오셨다. 할아버지는 맛나게 잡수시다가 으레 밥을 남기셨다. 아들을 돌아 며느리까지 밥그릇이 내려간 걸 보시고야 들창 쪽을 보시고 헛기침을 하셨다.

돌아가신 맏형을 가졌을 때, 어머니는 입덧커녕 하도 쌀밥이 그리워서 부엌에서 물만 실컷 떠 마신 뒤 물동이를 붙들고 이를 악물었단다. 그런대로 어머니는 꽤 넉넉한 친정에라도 한 번 다녀올 생각을 왜 못한 건지 모를 일이라고 하셨다. 아버지께서 물레방아를 만들 때까지 스무 해를 넘도록 길고 지겨운 가난과 싸울 줄만 알았을 뿐이다.

나는 천천히 장롱 서랍을 열었다. 누렇게 바랜 사진이 나왔다. 갓난이인 나를 어머니가 안고 아버지와 나란히 앉은 뒤에 맏형과 형이 누이를 가운데 두고 서 있다. 오랫동안 사진을 불빛에 비춰보던 나는 사진을 호주머니에 넣으며 다음 서랍을 열었다. 살이 닳아버린 참빗이 있었다. 나는 참빗을 코끝에 가져가 보았다. 이미 피마자기름 냄새는 거기 없었다. 동백기름을 바르도록 살아야지. 그러나 어머니는 형편이 나아져서도 동백기름을 사오진 않았다.

나는 창고에서 나왔다. 마당 가운데 잠시 걸음을 멈추고 하늘을 올려다본다. 모든 것은 쩡쩡 얼어붙는 중이다, 하고 나는 중얼거렸다. 울안에 선 앙상한 나뭇가지가 싸늘한 겨울바람에 떨고 있었다. 봄은 아득히 멀 것이었다. 나는 온몸에 으스스한 한기를 느꼈다.

형이 부르는 소리를 듣고서야 나는 잠에서 깼다. 어느새 아침 햇빛이 창문에 발갛게 물들었다. 형이 또 한 번 소리쳤다. 그러나 나는 도무지 몸이 무겁기만 해서 얼른 일어날 수가 없었다. 온몸에 열이 났다. 관자놀이가 몹시 아프다. 형이 또다시 악쓰듯 소리를 질렀다. 나는 두어 번 팔을 허위적거리면서야 겨우 일어났다. 벽들이 빙글 한 바퀴 돌고 제자리에 가 서는 듯했다.

형은 잠옷바람으로 포인터를 내려다보고 서 있었다. 형의 뒷짐진 손엔 가위가 들려 있었다. 그리고 개집 옆 봉당 위엔 머큐롬 약병과 핀셋이 비닐에 싸인 약솜 위에 얹혀 놓여 있었다. 나는 형과 그것들을 번갈아 보며 봉당을 내려섰다.

"날 좀 도와라."

형은 쳐다보지 않고 말했다. 마침내 형은 허리를 굽혀

포인터의 목에서 이어진 쇠줄을 잡았다. 포인터가 잘린 꼬리를 흔들면서 얼굴까지 핥으려 든다. 형은 얼굴을 조금 젖히면서 쇠줄 잡은 손 팔꿈치로 포인터의 머리를 한 번 떼밀었다. 포인터가 앞발을 접으며 앉았다.

형은 곧 쇠줄을 훑어 올라간 손으로 끝에 달린 고리를 몇 번 힘주어 틀어보았다. 고리는 개집 옆 말뚝에 꼬부려 박은 대못에 잡혀 있었다. 쇠줄을 놓은 형은 포인터의 머리를 두어 번 투덕거렸다. 그는 다시 몸을 폈다. 이어 그는 가위를 턱밑으로 가져다가 날을 만지며 살핀 뒤 한 번 써는 시늉을 해보았다. 그때 현관에 형수가 나타났다.

"글쎄, 왜 그러시유. 개두 사람이나 매한가지지. 그래놓음 살아유?"

벼엉신 병신 한 대유. 나는 정신이 번쩍 들며 포인터의 배 밑을 보았다. 포피(包皮) 밖으로 음경의 빨간 살점이 내밀어져 있었다. 내 눈이 재빨리 형의 얼굴로 옮겨졌다.

"아가리 좀 닥치구 있어. 누군 너만치 동정심두 없는 줄 아냐?"

"그럼 거냥 놔둬유."

"병신 육갑하네. 암껏두 모름 가만 있어."

"어머님이 마소두 사람 같은 거라구 하셨는데…… 개가 늙으면 그렇기두 하대유!"

형이 가위를 봉당 위에 홱 내던졌다.

"정말 너 꼴값할래? 이따위 병신 갤 가진 친구가 나 외에 있는 줄 알아?"

"애당초 그럴 갤 산 게 잘못이쥬."

형은 더 말할 필요도 없다는 듯 얼굴을 돌렸다. 나는 얼굴이 하얗게 질려 있었다. 형은 포인터의 목걸이를 양손으로 잡곤 나를 올려다보았다. 그의 눈엔 핏발이 서 있었다.

"이놈의 허릴 다리 새에 단단히 끼우구 이걸 이렇게 꽉 잡아야 한다. 놓치면 물린다!"

내 눈은 허공으로 돌려져 있었다. 형이 포인터의 목걸이를 놓으며 일어섰다.

"너두 싫냐!"

대답할 필요조차 없다고 생각했다.

"왜 싫냐?"

형의 눈이 노려보았다. 역시 나는 대답하지 않았다. 어째서 형은 오늘 아침 이 일을 하려고 맘먹게 됐을까.

여전히 쏘아보는 형의 얼굴에 갑자기 차가운 웃음이 나타났다. 나는 오싹 소름이 끼쳤다.

"왜 그렇게 사람들이 바보 같냐? 죽잖어, 개!"

나는 숨이 콱콱 막혔다. 나는 형의 손에 들려 있는 가위를 보았다.

형은 닫힌 가위 입으로 한쪽 손바닥을 두드리며 다시 말을 이었다.

"개 꼬릴 어떻게 자르는지 아냐? 마찬가지야. 나무토막 위에 놓구 손도끼로 치는 거야. 이놈두 그랬을 거야. 돼진 불알두 까잖냐?"

형은 참으로 끈질기다, 하고 나는 생각했다. 형의 얼굴을 빤히 바라보는 나의 눈앞은 뿌옇게 바뀌고 있었다. 쓰러지려는 몸을 간신히 버티고 섰던 나는 문 쪽으로 돌아섰다. 이내 걸음을 떼었다. 다리가 몹시 떨린다.

"흥, 혼자 하지."

내 귀엔 아무 소리도 들리지 않았다. 철문 앞에 이른 나는 포인터의 날카로운 비명을 듣고 발을 멈추며 얼굴을 돌렸다. 울부짖는 포인터가 허공으로 껑충껑충 솟구치며 목으로 쇠줄을 태질치고 있었다. 순간 나는 국부에 따가운 아픔을 느꼈다. 자신도 모르게 한 손이 샅으로 갔다. 약솜을 물린 핀셋을 들고 툭툭 튀어 떨어지는 핏방울을 피해 이리저리 움직이던 형이 힐끗 나를 보았다. 그는 곧 개에게서 물러선 채 웃음을 지었다.

"네가 개만큼 아픈가 보구나!"

나는 곧 허리를 잔뜩 구부려 대문을 나섰다. 형수가 쫓아나와 뭐라고 말했으나 역시 내 귀는 알아듣지 못했다. 나는 한길을 향해 비틀비틀 걸을 뿐이었다.

〈1974년, 동아일보〉

들쥐

들쥐

어서 상을 치워야지, 하고 중얼거리면서도 그녀는 다시 창밖으로 눈을 돌렸다. 앞집 담에 붙어선 장대 끝에 매달린 가로등 불빛 속으로 한결 굵어진 눈송이들이 펑펑 쏟아진다. 한동안 불빛 속을 멍하니 바라보던 그녀는 천천히 어두운 쪽으로 눈길을 옮겼다. 동네 지붕들 위엔 기왓골이 뵈지 않게 눈이 덮여갔다. 겨울 보리가 눈이불로 산다는데, 하고 뇌까린 그녀의 눈 속에서 어느새 지붕들은 맏애가 묻힌 그 쓸쓸한 산비탈로 바뀌어 있었다. 겨우 여섯 해 살걸……. 동시에 그녀는 이맛살을 찡긋했다. 그런대로 그녀의 귓속에 빠른 손짓으로 밀려서는 차들을 풀어내며 빽빽 불어대던 교통순경의 호각소리가 파고들었다. 그녀는 머리를 흔들며 눈을 꼬옥 감았다. 금세 콧등엔 땀방울이 송송 돋아나고 뱃속이 쩌릿하다. 메슥한 열기가 목구멍까지 솟구치면서 입 속이 말라버렸다. 그녀는 한쪽 손으로 뱃살을 꾹 눌렀다. 벌써 꽤 오래 전부터 종종 이 모양이었다. 참만에 눈을 뜨자 건성 혀끝으로 입술을 축이며 비틀비틀 돌아섰다. 하지만 그녀의 머릿속은 여전히 맏애 생각에 사로잡혀 있었다. 살아있으면 중학생이 됐을 텐데. 입속말과 함께 그녀는 전축 옆에 놓인 텔레비전을 흘끗 쳐다보았다. 무슨 수를 써서라도 왜 텔레비전부터 사주질 못했는지 모른다. 그래놓곤 찻길 건너편 라디오가게로 텔레비전을 보러 다닌다고 야단만 쳤지 않은가 말이다. 그녀는 손등으로 눈물을 찍어냈다.

상을 내려다본 그녀는 한숨을 휘 둘러냈다. 재떨이를 둘이나 놓았는데도 담뱃재와 꽁초들이 엎지른 술에 범벅이 되어 상 꼴은 말이 아니었다. 그릇들은 챙기려고 앉았지만 얼른 일손에 엄두가 나질 않았다. 순간 그녀는 이 상 모양처럼, 자신의 힘으로 어쩔 수 없게, 남편의 마음이 바뀐 것같이 느껴졌다. 오늘 이 집들이 잔치만을 놓고도 그랬다. 몸이 아파서가 아니라 죽은 애 생각이 나서, 이런 건 도무지 할 맘이 내키지 않았다. 그러나 남편은 기어코 하겠다는 것이다. 그래 그녀가, 이게 어떻게 산 집유? 하고 말하자 그는 낯빛이 벌게지면서 그녀의 얼굴 앞으로 검지만 세운 왼손을 불쑥 내밀더니 까댁까댁 흔들었다.

"또오 또, 그 쓸데없는 생각! 자꾸 그러고만 앉았을람 이 집도 사지 말 걸 그랬잖아!"

하곤 그는 간밤 마신 술 때문에 왝왝 헛구역질을 해댔다. 그래도 그녀는 은행에서 몇 해 동안 늘어난 맏애의 위자료가 집값의 반 이상을 차지했다는 생각에서 빠질 수가 없었다.

"죽은 애한테 너무 한 것 같아요."

"제발 그런 생각 좀 하지 마. 왜 그렇게 자신을 괴롭히구만 있지? 그래, 한번 생각해 봐, 새끼 없앤 돈으루 겨우 집을 샀다면 거 괴로워서 어디 배기겠어?"

"……그래두 사실은 사실 아뉴?"

이 말에 그는 흠칫 놀라는 눈빛이더니 더욱 얼굴이 뻘게졌다. 팔까지 부르르 떨었다.

"사실은 사실 아니냐구? 당신은 언제부터 그렇게 사실을 잘 믿었어?……거 원, 세상에 사실 소리 자꾸 하는 눔들 많더구만, 도무지 그 새끼들 맙더라……"

혼잣말처럼 말끝을 맺을 때, 그녀는 자기가 참 잘못 말했다 싶었다. 남편은 사실이란 말이 나오면 괜스레 흥분하던 걸 그만 깜박 잊었던 것이다. 그래서 그녀가 더는 할 말을 잃고 뜨개질감을 집어 들자 한동안 숨결이 고르지 못했던 남편은 담배에 불을 붙이며 말했다.

"그리구 집 산 돈이 어째 그눔의 위자료뿐야? 아니, 또 위자룔 왜 그렇게만 생각하지? 위자료가 죽은 놈을 위해서 나오는 거야? 죽은 놈이 쓸 수 있어 그래? 그건 산 사람들의 슬픔을 달래려는 위로금인 거야. 당신 사고방식이 여엉 못마땅해."

"……"

"제발 좀 앞으론 그런 생각 버려. 인생을 긍정적으로 볼 줄도 알아야지. 당신 맘 알긴 알지만, 그런다고 죽은 애가 살아오나? 그 애 동생들을 위해서도 너무 청승맞은 생각만 해선 안 되는 거야. 당신이 그 꼴이면 나두 직장에서 일이 손에 안 잡혀. 이젠 내 앞길이 양양하잖아?……그리구, 술 마시는 거보다도 앉아서 조용히 의논할 게 있어."

"……"

그래서 결국 오늘 술잔치를 치렀다. 그녀는 일손을 움직이기 시작했다. 종종 그릇 속을 불 밑으로 기울였다가 코를 대보며 상을 찌푸리곤 한다. 동치미 그릇에서까지 정종 냄새가 났다. 이렇게 난장판을 만들 게 뭐람. 술판이 떠오른다.

누구의 목인지, 잘라야 해, 끊어야 돼, 하고 마구 떠들던 그들은 술주전자가 다섯 개째 들어가자 노래가 시작되었다. 한동안 상 모서리가 얽도록 힘차게 두들기는 젓가락 장단에 맞춰 흘러간 옛노래가 뽑아지더니 마침내 누가 큰 소리로 제안했다. 집들인 구들장을 울려야 해. 뒤미처 쿵쾅대는 발소리가 나기 시작했다. 그러더니 갑자기 방문이 벌컥 열리면서 술이 빨갛게 오른 손님 하나가

마루로 나왔다. 그는 접시에 안주를 담고 있는 그녀 앞으로 다가오더니 먼저 걷어올려진 와이셔츠 소매 끝을 내렸다. 이어 늦춰놓은 넥타이 매듭을 죄일 듯 한번 잡아 보고 난 그는 허리를 깊숙이 접었다 폈다. 동시에 웃음기가 서린 얼굴에 내려뜬 눈을 허공 한곳에 굳힌 채 마치 교통순경의 그것처럼 두 팔을 안방 쪽으로 뻗어보냈다. 그와 함께 문이 열린 방안에서, 와하하, 웃음이 터져 나왔다. 아이, 전 노래 못해요. 속에 없는 미소를 입가에 뛴 채 그녀가 고개를 저었다. 그래도 그는 꼼짝 않고 서 있다. 그러자 방안에서 누가, 모셔오지 못하면 떼버려라, 하고 외쳤다. 또 와그르르 웃음소리가 일어났다. 결국 실랑이가 벌어졌고 그녀가 끌려들어 갔다. 한 곡 부르지 뭘. 그런 남편의 눈에 그녀는 재빨리 싸늘한 눈빛을 보냈다가 걷었다. 손님들은 일으켜 세운 남편의 팔에 그녀의 팔을 걸어 놓았다. 한 사람은 성냥개비에 꽂은 담배꽁초를 그들 입 가까에 갖다대었다. 아하아 실라예에……, 하고 남편 혼자서 노래를 시작했다가 몇 번 중지당했다. 우리 마누란 십구세기니 뭐 아는 노래가 있어야지. 애국가라두 좋아, 좋아. 하지만 그녀는 끝내 따라 부르지 않았다. 손님들도 시들해졌는지 나중엔 더 이상 성화대지도 않았다. 밖으로 나오자 그녀는 아랫입술을 꼬옥 깨물며 눈물을 글썽였다.

상을 치운 뒤 방바닥에 걸레질을 하면서 그녀는 또 한

번 벽시계를 올려다보았다. 열두 시 십 분 전이다. 웬일일까. 손님들과 함께 나간 지가 벌써 한 시간이 되는데 남편은 돌아오질 않는다. 집에서 차를 마셨으면 그만이지 또 무슨 차야. 하지만 이렇게 늦는 걸 보면 아무래도 다방에 앉아 차를 마시고 있을 것 같진 않았다. 잠자리를 펴놓은 그녀는 곧 서재로 갔다. 두 애들이 이불을 걷어차내곤 서로 껴안은 채 새우잠을 잔다. 그녀는 얼른 베개를 고쳐 베이곤 이불을 덮어 주었다. 그때 안방에서 열두 점을 치는 시계 소리가 들려왔다. 틀림없이 남편은 어디서 또 술타령을 하는가 보았다. 순간 방 가운데 멍청히 서 있던 그녀는 책상 위로 눈을 옮겼다. 종이로 된 탁상용 사진틀이 제몸에서 따내진 발로 비스듬히 놓여 있었다. 직원들과 청평으로 야유회를 갔을 때 찍은 천연색 사진이다. 잠바 차림에 검은 색안경을 낀 남편은 사장의 자가용 옆에 빙긋이 웃으며 서 있었다. 새 집을 사온 뒤 서재를 꾸밀 때 남편은 구태여 그 사진을 책상 위에 놓겠다고 했다. 서재엔 어울리지 않아요. 차라리 애들하구 찍은 가족사진이 어때요? 아냐 아냐. 새 집엔 새 모양이 좋아. 새 모양이란 말이 좀 귀에 설었지만 달리 더 말하진 않았다. 애들을 안고 찍은 게 더 어울리는데, 하며 그녀는 사진 속의 남편을 멍히 바라보았다. 지금 봐도 남편의 기름 바른 머리는 남처럼 여겨진다. 대학 강사로 나가며 야간 고등학교까지 일

자리를 가졌을 때, 그는 언제나 핼쓱한 얼굴에 더부룩한 머리였었다. 그런대로 그에게는 눈에 보이지 않는 건강이 읽혔다. 그런데 그가 작년에 〈한국무역〉 총무과장으로 간 뒤론 낯빛도 거무튀튀해졌고 체중이 자꾸 는다고 좋아하지만 왠지 후줄근해 보이기만 하는 것이다.

그녀는 방안을 한 번 휘둘러보았다. 한쪽 벽 책장에 빼곡히 꽂힌 책들. 남편의 손때가 묻지 않은 채 말끔히 정리되어 있다. 그리고 남편은 애들이 곧잘 서재에 들어가 마구 어지럽히고 책을 버려놨어도 전처럼 신경질을 부리지 않았다. 관대해진 건가? 뒤미처 그녀는 고개를 저었다. 밥상이 좀 늦거나 양복에 다림질을 걸렀어도 팩 쏘아붙이는 남편이다. 그런대로 그녀는 지금 눈에 보이지 않는 굵은 쇠줄이 남편을 얽었다는 생각이 든다. 처음 남편은 그 쇠줄에 얽히지 않으려고 손발짓을 하다가 마침내 두 손이 등 뒤로 묶여 버리자 순순히 반항을 멈춘 것 같았다. 그녀는 또 한 번 애들 몸에 이불깃을 여며주곤 형광등을 끈 뒤 서재를 나섰다.

안방에 들어서면서 그녀는 시계부터 보았다. 통금 시간에서 삼십 분이 지났다. 밖엔 여전히 눈이 멈출 줄을 몰랐다. 한 시가 넘도록 창가에 섰던 그녀는 이윽고 창호지 문을 닫고 말았다. 남편은 전에 몇 번 여관잠을 잤었다. 그런 날, 후줄근한 몸으로 집에 돌아오면 남편은 머리를 긁

적이며 비시시 웃음부터 흘렸다. 술집에서 열두 시 십 분 전에 나왔잖아? 차가 없었어.

그녀는 아랫도리를 이불 속에 묻고 턱에 손을 받쳤다. 그때 또다시 뱃살이 몹시 빳빳해진다. 이불 위에 엎드리자 한 손으로 허리께를 꼭 눌렀다. 미루지만 말고 내일은 병원엘 가야겠다.

맏애를 산에 묻고 열흘쯤 지난 날이었나 보다. 그날은 월급날이었다. 야간이라 언제나 그랬지만 밤늦게 집에 돌아온 남편은 전과 달리 얼굴이 창백했다. 툇마루 앞에 판대기를 붙여 만든 부엌에서 일하고 있던 그녀가 방으로 따라 들어서자 월급봉투를 꺼내준 그는 얼른 창께로 얼굴을 돌렸다. 그런 그의 눈에 눈물이 젖어 있었다.

"무슨 일 있었어요?"

그러자 그는 고개를 설레설레 흔들었다. 그리곤 혼잣말로, 더러워서 정말 장살 하든지 해야지, 하는 그는 옷을 벗는 손이 가늘게 떨렸다.

"누구하고 싸우셨군요?"

그럴 리가 없다고 여기면서도 그녀는 그렇게 물었다.

"아냐."

"근데 왜 그래요?"

역시 대답을 않곤 파자마를 갈아입은 뒤 밖에 나가 세

수를 했다. 다시 방으로 들어온 그는 물 묻은 얼굴을 닦다가 타월을 한쪽 볼에 붙인 채, 소주 한 병 사올래? 하는 것이다. 소주를 몇 잔 마시고서야 남편은 비로소 학교에서 있었던 일을 말했다. 늙은 대머리 선생이 월급봉투를 보다가 옆에 있는 선생을 향해서, 다달이, 잘두 죽구 잘도 장가든다, 하고 비꼬듯 투덜거리더란 것이다. 이내 쯧쯧 혀를 찬 대머리는, 상조회 규정을 고쳐야지 안 되겠어, 한 뒤 중얼거렸다. 쥐알만한 게 죽어도 부조금을 떼니 이거 어디 살겠어. 좀 떨어진 자리에서 이 말을 들은 남편은 금세 얼굴이 파랗게 질렸다.

"쪼옷차가서 대머릴 까줄래다 말았지. 늙은 자식이 그걸 말이라고 해?"

"……"

그녀가 눈물이 팽 돌아선 얼굴을 떨구자 그는 길게 한숨을 둘러냈다.

"다아 애비 못난 탓이지."

하고 말한 그는 어금니를 한 번 부드득 갈았다.

"개애새끼, 누가 달라는 조위금이었나? 그걸 받아들곤 섬찟해서, 쌍놈의 꺼 술이나 다 마셔버릴까 했던 건데……"

그리곤 한동안 침묵을 지키던 남편은 술상을 자기가 들어서 윗목에 놓으며 말했다.

"돈을 벌어야지 안 되겠어. 정치학인지 덩치학인지 맨날 해봐야 말뿐이지 배에서 쪼르륵 소리만 날 꺼구……”

치마폭에 떨어진 눈물자국을 손가락 끝으로 문지르던 그녀가 비로소 고갤 들었다.

“그래두 조금만 더 참으면 대학으로 가시잖아요?”

“가면 뭘해?”

“?……”

“나중 교수가 되면 뭐하느냐구? 복권이나 넣고 다니는 교술 말야. 차라리 남진군이나 될 걸 그랬어. 그러면 자식새낄 그 꼴로 없애지도 안 했을 거구 마누랄 셋방살이. 연탄개스에 시들게도 안 했을 테지.”

하는 말끝에 그는 허허 웃었다. 암튼 그런 뒤로 그는 대학에 강의가 없는 날도 낮에 집을 나서는 것이다.

“딴 생각은 하지 마셨음 좋겠어요.”

“응. 알았어.”

그런 남편이 작년 봄 느닷없이 한국무역의 총무과장으로 가 앉게 된 것은 그가 대필한 김 사장의 자서전이 출간된 지 열흘만의 일이었다. 그 회사 간부 몇 사람과 함께 고향의 국민학교 친구인 김 사장은 이제 국회의원 출마를 계획하고 그 기반 구축의 하나로 자기 선전을 위한 자서전을 생각한 것인데 사전에 조건부 밀약이 있었던 모양이다. 그날로 그는 학교에 사표를 냈다.

“이 교수님은 계속 꾸준히 공불하라고 하셨잖우?”

여전히 그녀가 아쉬워하는 듯한 말을 하자 그는 자르듯 말했다.

"다 관둬."

"……"

"이 교술 믿어? 학장자릴 일 년 만에 쫓겨나선 평교수로 한구석에 쭈그려 앉은 사람을?"

"학장 일과 교수완 다르잖우?"

"글쎄, 다 그만 둬."

그날부터 남편은 활기가 넘쳤다. 길목에 그를 태우러 오는 까만 포드차가 나타나면, 창피해서 얼른 집을 사야지 이거……, 하면서도 생기 도는 얼굴이었다. 그러나 한 달쯤 지나자 집에 돌아오면 멍하니 앉아선 이맛살을 찡그리는 때가 많았다.

"뭐 언짢은 일 있어요?"

그녀가 물어도 좀처럼 대답하지 않았다. 그리곤 혼잣소리로 개새끼, 개새끼, 하고 욕설을 씨부리는 것이다. 그런 어느 날 술이 몹시 취해 돌아온 그는 방에 들어서서도 몸을 휘청거리며 더럭더럭 욕설을 퍼부은 끝에 펴놓은 이불 위에 벌렁 나가떨어졌다. 쓰러져서도 그는 팔로 허공을 때리며 떠들었다. 그래, 이 새끼들아아, 사실과 달리 썼다아, 으쨀래? 새빠알간 거짓말을 죽죽 썼다 그거야. 그러니 으째겠느냐구? 이 씨발새끼들아, 그래 내가 출세에 눈깔이 뒤집혀서 도끼대가리 김용탤 갖다가 위대한 선각자로 만들어 놔았다. 그러니 느들이 으쨀 테냐구, 어엉? 그런 남편은 겉옷을 벗기자 내의바람이 된 몸을 몇 번 엎치락뒤치락하더니 잠들어 버렸다.

이튿날 술 잠을 깬 남편은 전에 없이 침울한 표정이었다. 술 약을 먹이고 난 후 그녀가 두 번째로 물어도 역시 대꾸가 없었다.

"그럼, 도끼대가리가 뭐예요?"

그 말에 화들짝 놀란 그는 곧 피식 웃었다.

"암것두 아냐."

그리곤 자는 애들을 멍히 바라보더니 회사에 나가야 한다고 서둘렀다. 그런 남편에게서 도끼대가리가 김 사장의 어릴 때 별명였다는 얘길 들은 것은 퍽 후의 일이었다. 턱이 빨라 세모난 얼굴에 눈이 좁고, 뒤통수만 뾰죽한 게 아니라 이마빼기도 툭 불그러진 바람에 그 별명이 붙었다. 헌데 그 별명이 더욱 안성맞춤인 것은 그 애의 잔혹성 때문이었다. 참나무 장작도 팩팩 쪼개지고 대못도 딱딱 박아놓는 도끼처럼 그 앤 무섭게 굴었다. 바짝 마른 몸매였지만 전교생 누구 하나 그앨 두려워하지 않는 애가 없었다. 그 애 앞에선 뚝심 따위가 힘을 못 썼다. 쇠꼬챙이나 깨진 유리병 쪽을 들고 달려드는 데는 누구도 도망질을 치기 마련이었다. 한 번은 힘센 상급생애가 맞서 버티다가 그대로 당해 버렸다. 썰매 송곳으로 지체없이 한쪽 눈을 콱 쑤셔놓은 것이다. 다친 애가 핏물이 마구 터져 나오는 눈을 두 손으로 싸 막은 채 얼음판 위에 쓰러져 뒹구는데도 그는 손톱만치도 겁내는 기색이 없었다. 겁을 내기커녕 대굴대굴 구르며 숨이 꺾이게 우는 애를 발로 몇 번 걷어차면서 또 까불면 그땐 모가질 찍어, 하더란 것이다. 이 일로 동네와 학교가 발칵 뒤집힌 건 말할 것도 없다. 며칠을 교무실에 꿇어앉아 벌을 받았다. 그 벌이 끝난 날 다시 교실에 돌아온 도끼대가리는 다리를 몹시 절룩거렸다. 거의 매일 한 차례씩 그는 책상 위에 올려져 종아리를 맞은 탓이었다. 그가 돌아오자 종알거리던 애들이 금세 조용해졌다. 그는 제자리에 가서 앉아 팔짱을 끼고 교실 안을 쓰윽 둘러보았다. 그 눈길의 서슬에 그 애에게 가 있던 아이들의 눈들이 재빨리 돌려졌다. 그런데 천천히 돌아가던 도끼대가리의 눈이 한곳에서 따악 멈췄다. 한 아이가 정신없이 그 애 얼굴을 쳐다보고 있었던 것이다. 뭘 봐, 임마! 하는 소리와 함께 컴퍼스가 홱 날았다. 놀란 아이가 얼른 머리를 돌리자 아슬아슬하게 귀를 스친 컴퍼스가 뒷벽을 갈기곤 마룻바닥에 떨어졌다. 네 눈깔두 쑤셔줄 테야. 도끼대가리는 빽 소리쳤다. 그때 유리창에 담임 얼굴이 나타나서 겨우 무서운 순간을 넘겼다.

이런 도끼대가리의 아버지는 백정이었다. 그는 살 뭉치

가 주렁주렁 걸린 푸줏간 한옆에 앉아서 언제나 멍하니 밖을 내다보고 있다가 손님이 오면 굼뜨게 일어나 칼을 들곤 했다. 도끼대가리의 어머니는 전신이 화류계로 그를 낳고 두 달쯤 돼서 장롱 속에 감춘 돈뭉치를 갖고 도망쳤다 한다.

아무튼 어려서부터 사납기 짝이 없던 이 도끼대가리는 결국 국민학교도 다 마치질 못했다. 허구헌날 장바닥에서 촌 애들이나 두들겨 팼고 아이들의 호주머니를 털었다. 그가 나중에 군대를 다녀와서는 서울 종로통을 누비는 깡패가 됐다. 길 가는 사람을 잡아다가 펜치로 살을 뜯어내는가 하면 술집에 불을 질러 경찰에 쫓기곤 했다. 물론 교도소엔 안방 드나들 듯하였다. 그 도끼대가리가 어떻게 돈을 모았는지 지금은 어엿이 사장이 됐고 이름을 바꾼데다가 눈은 정형을 했다. 그런 그가 남편이 대필한 자서전 속에선 불행했던 시절이니, 절망과 암흑의 연속이니, 치욕의 하늘 밑이니, 하는 말들 속에 오히려 둔갑을 하고 달라져 있었기 때문에 고향 친구들이 남편을 공격했던 것이다.

"사실대로 안 썼다는 거죠?"

"그렇지."

"왜 그러셨어요?"

"지금의 김 사장을 출발점으로 삼으려 했던 거지. 또 그게 현실적 요구고 말야."

"누구의?……"

"우선 나이구 그 담에 김 사장."

순간 남편의 관자놀이엔 소름이 쭉 돋았다. 그리곤 한동안 형광등을 멍하니 올려다보다가 갑자기 힘찬 목소리로 말했다.

"틀림없이 그 새끼들의 공격두 시간이 좀 지나면 물거품처럼 사라질 꺼야. 틀림없지."

"무슨 말씀예요?"

"당신두 생각해 보면 알 꺼야. 요즘 사람들이 어떤 일을 오랫동안 기억하거나 고집하는 거 봤어? 아무리 큰 사건이 생겨두 한동안만 떠들썩하면 이내 얘깃거리에서 떠나 버리지. 당장 우리 경우만 해도 그래. 애가 죽은 지 몇 해가 지나니깐 그만이거든."

"도무지 알 수 없는 소리예요."

그러나 그는 이 말엔 대꾸할 정신이 없는 듯 입속말처럼 뇌까렸다. 이길 사람은 반드시 그걸 믿어야 해. 그녀는 그지없이 불안한 맘이었지만 달리 무슨 말을 해야 할지 몰랐다. 그 뒤로 남편은 얼굴이 한결 밝아졌다.

이튿날, 남편은 열 시가 돼서야 버저를 눌렀다. 그녀가 쇳문을 따자 깃을 세운 코트 주머니에 손을 찌르고 섰는 그는 한쪽 눈을 찡긋했다. 순간 그녀는 울컥 비위가 뒤집혔다. 헛구역이 치밀어 입을 틀어막으며 빠른 걸음으로 하수구를 찾아가자 빤히 서서 쳐다보던 남편이 뒤쫓아왔다.

"왜 그래, 왜?"

하면서 그는 쪼그리고 앉은 그녀의 등을 가볍게 두드렸다. 잠시 후, 그녀가 소매로 눈을 닦으면서 일어서자 남편이 또 걱정스레 물었다.

"체한 거 아냐?"

그녀가 엷은 미소를 지으며 머리를 흔들자 이내 남편은 낯빛이 밝아졌다.

"이찰 갔지 뭐야."

현관을 향하면서 남편이 시들하게 말했다. 순간 그녀는 남편의 머리에 틀린 새집에 눈을 붙인 채 좀 전 헛구역질을 쳤던 자신이 너무했다 싶었다.

"술을 너무 하세요."

"글쎄 말야. 그놈의 술 참……"

구두 뒤꿈치를 맞대어 발을 뽑고 마루에 올라선 남편은 양팔을 벌리는 끝엣놈을 안아들었다.

옷마다 벗어선 그녀에게 건네준 남편은 파자마를 입자 아랫목에 가서 앉았다. 끝엣놈이 가서 안긴다.

"한 눔은 어디 갔어?"

"눈사람 만든다고 나갔어요. 아침은요?"

남편은 애를 감았던 팔을 풀어 손바닥들을 궁둥이 밑에

물리면서 그녀를 흘끗 쳐다보았다.

"빈 속인데…… 꿀물이나 타줘."

잠시 후, 부엌에 나갔던 그녀가 찻숟갈로 꿀물 컵을 저으면서 들어왔다. 남편은 컵을 받아들고 입을 열었다.

"어젠 당신 너무 애썼어. ……중대한 문젤 의논하는 자리였지."

"뭔데요?"

"경리과장 새낄……"

하고 남편은 손바닥을 펴서 자르는 시늉을 했다.

"왜요?"

"그럴 만한 일이 있어."

"부정을 했군요?"

"그런 건 별루 눈에 잡히질 않았지. 녀석이 워낙 고지식하거든. 말함 뭘 해, 출장비 십 환을 가지구도 안달복달 싸우는 앤데."

"회사로선 좋은 사람이네요?"

그러자 남편은 비웃는 웃음을 띄우며 머리를 흔들었다.

"그런 대가란 구멍가게 장사지. 큰돈을 벌랴면 손이 커야 하는겨. 헌데 그거보다도 녀석은 폐병야. 자꾸만 제가 폐병인 걸 감추다가 엊그제 들통이 났지."

"들통이 나다뇨?"

"우리는 분명히 녀석의 몸뚱이에서 썩는 낼 맡는데 대

구 전 건강타는 거야. 글쎄. 뭐, 사진두 찍어 봤대나. 그러다가 화장실 세면대 물로 몰래 약을 먹다가 영업과장한테 들켰지."

영업과장은 다짜고짜 그의 호주머니에 손을 쑥 디밀었다. 경리과장이 두 손으로 주머닐 누르며 세차게 몸을 흔들었다. 하지만 이미 약병은 영업과장의 손에 잡힌 뒤였다. 주머니 아귀가 찢어지며 손이 빠졌다. 하이파슬 잡숫는군. 영업과장이 씩 웃었다. 체념한 듯 멍청히 서 있던 경리과장의 눈에 눈물이 핑 돌았다. 그는 곧 영업과장의 손을 두 손으로 잡더니, 허 형, 나 직장 잃으면 죽어야 합니다, 하더란 것이다.

"우린 그 새끼가 얌체 없이 비밀을 지킨 게 더 꽤씸했어. 한배에 탄 놈이 그럴 수 있어? 의리 없는 자식이지. 그따위 폐병쟁이가 동지들과 점심을 같이 먹으면서 그처럼 태연했다니 그래 그놈이 사람야?

"쫓겨날까 봐 그랬잖우?"

"하갸 마누라도 없는 눔이 자식들 멕여살리자니 겁도 났겠지. 하지만 그렇게 비밀을 두는 놈은 다른 일에도 우리와 거릴 가질 게거든. ……그래서, 안 됐지만 집에 가셔서 발 닦구 주무십쇼, 이거야."

"……"

"왜, 당신이 기분 나뻐? 당신은 세상을 몰라서 그렇지.

헌데 아마 그 자린 내가 가게 될 거야. 그렇게 되면 그 회산 내 꺼나 다름없지."

하곤 남편은 그녀의 얼굴을 빤히 쳐다보았다.

"당신 어디가 아파?"

그녀는 두 손으로 배를 꼭 누른 채 고개를 끄덕였다.

"막둥일 둘래나. 철 지내구선?"

그녀는 피식 웃었다.

"맹장 아냐?"

"몰라요. 오래전부터 그래요. 병원엘 가 봐야 하겠어요."

당장 가야지, 하고 남편이 일어섰다. 학교 운동장에서 눈사람을 만들고 있는 큰애를 불러다 놓고 그들은 집을 나섰다. 한길엔 체인 감은 차들이 찰그락거리며 오간다. 한산한 일요일 아침나절의 햇살이 반들반들 눈길 위에 눈부셨다.

택시를 타자, 종로5가 갑시다, 하고 남편이 말했다. 이내, 남편은 졸음이 오는가 보았다. 눈을 감는다. 그녀는 차창 밖으로 눈을 돌렸다. 그녀는 문득 옆에 앉은 남편이 몹시 낯선 사내처럼 느껴진다. 동시에 해괴하게도 낯모르는 남자와 남편의 눈을 피해 만난 것 같은 생각이 들었다. 그녀는 얼른 고개를 저었다. 어느새 그런 그녀의 한 손은 남편의 무릎 위에 가 있었다. 눈을 뜬 남편이 그녀의 손을 내려다본 뒤 그녀의 어깨에 머리를 기대며 눈을 감았다.

그녀는 창유리에 나타난 험상궂은 사내의 얼굴을 보고 있었다. 사내의 얼굴에 온통 피멍투성이다. 머리는 헝클어졌고, 눈퉁이가 퉁퉁 부어 있다. 그는 앞이 잘 안 보여 줄곧 세차게 머리를 흔들었다. 그러면서 쉰 목소리로 커다랗게 떠들어댔다. 그렇소. 내 새끼가 굶어 죽던 날, 나는 도끼를 집어들었소. 닥치는 대로 남의 집 소며 개를 잡아다가 살아남은 새끼들을 뜯어먹였소. 내 눈엔 아무것도 보이지 않습디다. 아 그런데 오늘 그게 사람인 줄 모르고 찍은 거요. 그녀는 단박 현기증이 일었다. 낯빛이 핼쓱해지며 머리를 흔들자 남편이 또 눈을 떴다. 택시가 효제초등학교 앞을 지나자 남편은 등받이에서 몸을 떼었다.

"됐소, 여기서 섭시다."

진찰한 의사의 지시로 엑스레이를 찍고 나자 그들은 대기실 소파에 앉아 필름이 나올 때를 기다렸다. 마침내 한 시간쯤 지나서 가운 입은 사내가 암실에서 필름을 들고 나오는 게 보였다. 그가 진찰실로 들어간 지 얼마 뒤에 간호원이 문을 열곤 얼굴만 내밀고서 그녀의 이름을 불렀다. 그들이 들어서자 굵은 검은 테 안경을 쓴 의사가 흘끗 그녀의 얼굴을 쳐다보았다. 의사는 다시 필름을 들곤 밝은 창 쪽으로 회전의자를 돌렸다. 한동안 필름 속을 살핀 뒤 몸을 돌린 의사는 남편에게 입을 열었다.

"부인이라 하셨죠?"

"네."

의사가 의자에 앉아있는 그녀의 얼굴을 거쳐 남편 얼굴에 눈을 멈췄다.

"자궁암요. 수술로 생명은 건지겠구."

순간, 그래요, 하고 놀란 남편은 의사 앞으로 한 발짝 다가섰다.

"어떻게 해야 합니까?"

"입원해서 수술을 받아야죠."

그 사이, 그녀는 얼굴을 떨군 채로 입술을 깨물고 있었다. 그런 그녀의 몸은 가늘게 떨렸지만 이상하게도 마음은 편하다. 의사가 남편에게 아기는 몇이냐고 물었다. 둘입니다, 하고 대답한다. 그럼 이제 들어내도 섭섭할 거 없습니다. 그런 그들의 얘기를 들으면서 그녀는 여전히 타일 바닥을 내려다보기만 했다.

"수술빈 얼마나 듭니까?"

남편의 말이 떨어짐과 함께 그녀는 홱 머리를 쳐들었다. 틀림없이 사느냐곤 왜 안 묻죠? 그러나 그녀는 남편의 옆얼굴을 쏘아볼 뿐 아무 말도 하지 않았다.

"오십만 원쯤, 준비하심 됩니다."

의사의 말을 듣고 남편의 얼굴은 자신에 찬 표정으로 바뀌었다.

"수술빈 얼마 안 드는군요. ……헌데, 조용히 하나 여쭤

볼 게 있는데……"

말끝을 맺지 않고 남편은 그녀를 쳐다보았다. 곧 비시시 웃으며 당신은 좀 나가 있지, 하고 말했다. 그녀가 아무 말 없이 대기실로 나왔다. 대기실로 나온 그녀는 한쪽 옆에 놓인 수족관 옆으로 갔다. 그때 나지막한 남편의 목소리가 들려왔다. 부부생활에 하등 지장이 없죠? 네, 없습니다. 물에 데쳐낸 듯한 허연 열대어를 멍하니 들여다보던 그녀는 단박 속이 메슥해졌다. 그녀는 걸음을 떼었다. 남편과 의사의 얘기 소리는 더 이상 알아들을 수가 없었다. 듣고 싶지도 않다. 대기실 문을 밀칠 때 뒤에서 간호원의 목소리가 들려왔다.

"어딜 가세요?"

그녀는 대꾸를 하지 않고 곧장 걸음을 옮겨갔다. 층계를 내려다보자 눈앞이 흔들거린다. 등골엔 식은땀이 흘러내렸다. 그런대로 그녀는 층계 난간에 손을 짚으며 가까스로 한발한발 떼며 내려섰다. 한길로 나서자 그녀는 잠시 몸을 세웠다. 그 눈이 허공을 한번 돌아왔다. 하늘이 멀겋게 보인다. 아스팔트 위엔 여전히 체인 소리들이 설쳤다. 그때 또다시 빽빽거리던 호각소리가 귓속을 후벼판다. 그녀는 얼른 손으로 얼굴을 감싸쥐곤 아무 쪽으로나 발을 떼었다. 그래, 엄마두 네 곁에 갈 거야. 그녀는 몹시 다리를 휘청거렸다.

그런 그녀의 팔을 누가 홱 나꿔채듯 잡았다.

"어딜 정신없이 가는 거야?"

"……"

그녀는 남편의 얼굴을 멍하니 쳐다보았다.

"수술한다니깐 무서워?"

"……"

그녀가 말없이 머리를 흔들자 남편은 단박 얼굴이 뻘게졌다.

"그럼 왜 이런 속을 썩여?"

이 말과 함께 그녀의 몸을 몇 번 흔들었다.

"아냐요. 당신 속 썩일 생각은 없어요. 나 집에 가서 좀 눕고 싶어요."

"그러면 애초에 눕고 싶다고 했어얄께 아냐? ……왜 그렇게 자꾸 궁상만 떨려고 하는지 모르겠어. 내 기어코 머릴 좀 고쳐 놔야지."

그런대로 남편은 약간 누그러진 얼굴이 되더니 다가오는 빈 차에 손을 들었다. 차에 오르자 그녀는, 정말 내가 이래선 안 되는데, 하면서 등받이에 머리를 기대곤 눈을 감았다.

버저를 누르자, 엄마유, 하는 큰애의 목소리가 마루에서 난 것 같은데 벌써 쇳문이 따지며 열렸다. 그녀는 주춤하고 몸을 세웠다. 회색빛 잠바와 구겨진 까만 바지 차림에 머리가 더부룩하고 낯빛이 창백한 낯선 사내가 미소를 짓고 서 있는 것이다. 아주머니시죠, 하고 사내는 부비던 손을 잡으며 허리를 굽신했다. 그때 뒤에서 남편이 볼멘 소리로 말했다.

"아니, 경리과장이 우리 집엔 웬일야?"

그제야, 방에 좀 들어가 계시잖구요, 하고 마당으로 들어선 그녀의 눈엔 마루 끝에서 큰애가 들어 올린 포장된 물건이 보였다. 울멍줄멍한 걸로 봐서 과일 뭉치 같았다. 경리과장은 줄곧 웃음 띤 얼굴로 남편에게 다가서더니 내밀지도 않은 손을 덥썩 잡아쥐었다.

"유 선생, 이거 어떡합니까, 사람 하나 살려주셔야죠."

남편은 잡힌 손을 뿌리치듯 빼내면서 갑자기 허허 웃었다.

"아니 거 뭔소릴 그렇게 해? 내가 경리과장을 살리구 죽이구 할 수 있는 사람인가? 혹시, ……이거 된 거 아냐? 내 참."

검지를 이마 옆에서 돌려 보이며 말한 남편은 싱긋이 웃었다.

"무슨 말씀유, 유 선생. 내 다 알구 왔습니다. 유 선생 말씀 한마디면 되지 않습니까? 어떻게, 좀 살려줍쇼."

모시고 들어와서 말씀하세요, 그녀가 말했으나 남편은 그런 말은 귀 밖에 두고 웃음을 끊더니 눈을 크게 떴다.

"어허, 그거 큰일 날 소리를 자꾸 하네? 도대체 어느 놈이 그런 말을 헙디까?"

"아이, 유 선생. 그러지 마시구 내가 열심히 약을 먹고 있으니깐, 한 번만 봐주시면 그 은혠 평생 잊지 않겠습니다. 살려 주십쇼."

"허허, 이거 사람이 좋으니까 점점 헌다는 소리가 …… 당신 내 자리가 탐나? 탐나면 가져."

남편의 얼굴이 뻘게졌다. 순간 경리과장 얼굴은 웃음기가 가셔지더니 눈초리가 매섭게 바뀌었다.

"정말 안 되시겠습니까?"

경리과장은 부들부들 떨기 시작했다.

"글쎄, 참 답답하구만. 내가 당신을 살리구 자시구 할 처지가 아니라니깐."

풀죽은 남편의 말이 끝나자마자 경리과장은 홱 남편의 멱살을 움켜잡았다.

"뭐라구, 이 모사꾼 새꺄? 네놈이 속농간은 다 부려 놓고선 뭐 어쩌구 저쩌구? 너 죽고 나 죽자."

이거 놔, 이거. 하고 소리친 남편은 주먹으로 경리과장의 뺨을 쳤다. 그래도 경리과장의 손이 멱살을 죄기만 하자 남편은 또 한 번 그의 얼굴을 퍽 내갈겼다. 그녀가, 왜들 이러세요, 하고 소리치며 그들 사이에 들러붙었을 때, 경리과장은 주르륵 코피를 흘렸다. 그러나 그는 잇날을 하얗게 드러내고 웃으며 얼결에 놓쳤던 멱살을 다시 잡으려 했다. 남편이 틈을 주지 않고 그의 어깨를 벌컥 떼밀었다. 뒤로 한 발짝 물러서며 비틀한 몸을 잡은 경리과장은 꼼짝 않고 그 자라에 굳어 버렸다. 그런 그는 여전히 입가에 웃음을 흘리면서 남편의 얼굴을 쏘아보았다. 온몸에 소름이 돋은 그녀는 현관 앞에 나와 서 있는 애들에게 고개를 돌렸다. 솜, 솜을 가져와라. 큰애가 잽싸게 찾아 가져온 솜을 받아들곤 경리과장 앞으로 다가갔다. 그러자 경리과장이 그녀를 홱 옆으로 밀어버렸다. 그와 함께 남편이, 이 새끼 얼른 꺼지지 못해, 하고 소리쳤다. 순간 경리과장은 이를 한 번 부드득 갈았다.

"안 간다. 여기서 네놈에게 맞아죽을란다. 흥, 여기서 죽고 말 테다."

"뭐라구, 이 새꺄?"

남편이 또 달려들려고 몸을 움직였다. 순간 그녀가 울음을 터뜨리며 남편을 막아섰다. 동시에 그녀는 두 손으로 남편의 어깨를 부여잡으며 그의 가슴에 얼굴을 파묻었다. 마구 도리질 쳐대던 그녀는 울음 섞인 목소리로 떠듬떠듬 입을 열었다.

"당신은 짐승이 됐어요, 짐승이."

"뭐라구?"

그러나 그녀는 더 말할 수가 없다. 어서 날 죽여라, 경리과장이 소리를 꽥 지른다. 그런 그는 옷섶을 코피로 물들이고 있었다. 남편은 갑자기 돌이 된 듯 더는 아무 말도 하지 않았다. 그녀의 울음 속에, 기운 햇살만이 마당에 가득했다.

〈1975년, 현대문학〉

말라깽이

말라깽이

말라깽이 이거부(李巨富)가 나와 소식을 끊고 지낸 게 어느새 팔 년이나 되었다. 헌데 지난봄, 그러니깐 넉 달 전에 그는 불쑥 다시 나타난 것이다.

그날은 아침의 일기 예보를 깨고 하필이며 퇴근 때가 다 돼서 비가 쏟아지기 시작했다. 나는 비를 맞으며 버스 정류장까지 걸어갈 일이 큰 걱정이었다. 그래서 미리부터 한 손으로 바바리코트 깃을 여며 쥔 채 창밖을 내다보며 비가 뜸해지기만을 기다리는데 전화벨이 울렸다.

"김 과장님요? 계세요."

나는 얼른 전화통 쪽으로 발을 옮겼다. 누구야 또. 좀 귀찮았다. 자연 내 목소리는 시퉁그러졌다.

"네, 김철환입니다아."

"철환이지? 나야, 나."

말소리가 여간 빠르질 않았다. 그래 그런지 상대가 누

구라는 걸 얼른 알아차릴 수가 없었다. 나는 잠시 사이를 뒀다가,

"이거 참, 내 정신이 말이 아닌데. 누구?……"

하자 저쪽은 가벼운 콧방귀를 한번 날렸다.

"아아니, 이 사람, 그래 친구 목소리마저 잊었군? 나 이거부야! 말라깽이 이거부란 말야!"

"어랍쇼, 말라깽이가 이거 어쩐 일이야, 엉?"

참말 뜻밖이었다. 그것도 그럴 것이 나는 그가 친구 만나길 싫어한다고 믿고 있었기 때문이다. 한번은 종로2가에서 그를 만난 적이 있었다. 고동색 골덴 양복차림에다 한쪽 팔엔 까만 일토수를 끼곤 걸어오는 것이었다. 나는 저만치서 얼른 한 손을 들어보였다. 그 순간 이거부는 홱 옆으로 몸을 돌려 마침 앞에 문이 젖혀진 서점 안으로 들어서는 게 아닌가. 나는 그가 친굴 알아보지 못한 걸로 알곤 뒤따라 들어섰다. 그런데 나는 그냥 문가에 서 버릴 수밖에 없었다. 이거부는 흘끔 뒤를 한 번 돌아보곤 눈길이 마주치자 부리나케 저쪽 출입문 쪽으로 가기 때문이었다. 나는 참 불쾌했다. 그런대로 그가 궁상맞은 제 꼴을 친구에게라도 안 보이려고 그랬을 거라고 그저 좋게 얼버무리고 말았던 것이다. 헌데 제 쪽에서 먼저 전활 걸다니? 그리고 또 그에게서 볼 수 없었던 밝은 음성. 거기다가 친구들이 불러대면 못마땅해 하던 제 별명을 제가 펑펑 쓰잖

는가.

"어쩐 일이냐고? 이 말라깽인 체중 미달로 군대도 못 갔지만 친구 축에도 못 껴? 하하하."

웃음소리도 제법이다. 나는 저으기 놀라웠다.

"아니, 이 친구야 그게 아니구. 자네가 좀 도도해진 것 같아서……하하하."

일부러 내가 비꼬자 그는 그 말이 꽤는 만족했던 모양이다. 또 한 번 웃어젖히는 것이다.

"암튼 이거 영광이군 그래. 말라깽이 이거부가 그런 소릴 듣게 된 게 영광이잖구. 고맙네, 고마워. 하갸, 말라깽이 이거부가 그만한 소릴 들어도 억울찮게 됐지. 아암, 됐구말구."

"뭐, 체중이라두 막중하게 올렸나?"

"체중? 아, 까짓 체중쯤야 이제 막 올라갈 판이지. 그게 문제가 아냐."

"그래? 더 대단한 건가?"

"그러엄."

"거 참 반가운 소식이군. 기분 존대애."

"암튼 긴 말은 만나서 하구. 자네 날 좀 만나. 시간 있지? 이 말라깽이 이거부가 술 한턱 내지."

그 호기있는 말투가 반갑고 대견해서,

"고맙네. 곤냐꾸가 되도록 자네 술 좀 마셔야겠네."

나는 술 마실 맘은 손톱만치도 없었지만 그렇게 말했다. 그러자 그는 너무도 즐거워서 울컥 슬퍼졌던지 갑자기 누그러진 목소리를 떨려 보냈다. 그래, 나 이제 친구들도 만나고 살 테야, 하고 길게 한숨을 둘러내곤 다방 이름을 가르쳐주었다. 전화를 끊자 나는 곧 사무실을 나섰다.

다방 문을 밀치고 들어서자 이거부는 줄곧 문에만 눈을 붙이고 있었던 듯 얼른 한 팔을 들어보였다.

"야아, 정말 이거 오래간만이다!"

나는 새삼스레 떠벌이었다. 단정한 머리, 밤색 싱글, 그리고 찻상 위에 놓인 거북선 담뱃갑과 가스라이터, 이런 것들을 한눈에 보며 나는 이거부의 손에 잡혀 나란히 앉았다.

"월부책을 들고 사무실에 왔던 게 마지막이었지?"

이거부는 웃는 낯으로 고갤 끄덕이더니 담뱃갑을 집어 내밀었다.

"야, 이 친구 신세 폈군!"

하고 나는 담배를 빼어 물었다. 뒤미처 그가 라이터를 찰깍 켜댔다. 이것 봐라.

"그래 지금 뭘하구 지내?"

내가 물으니깐 이거부는 아무 말없이 안주머니에서 지갑을 꺼내 명함 한 장을 꺼내주었다. 이거 하나면 다 안다는 듯한 태도였다. 나는 명함을 들여다보았다. 그는 광명

인쇄소란 데의 조판과장이었다.

"아니, 언제 인쇄 기술을 다 배웠어?"

"한 사 년 됐나 봐."

안정이 됐군 그래, 하고 나는 턱을 내밀면서,

"뭐야, 존 일은? 거부라두 됐어?"

하고 물었더니 그는 내 의자 등받이 위에 팔을 뻗어 얹으며 다리를 꼬았다.

"나 집 샀어!"

순간 나는 화들짝 놀라곤 어깨를 뒤로 젖혔다.

"그래애?"

"으응."

그는 아주 자신만만한 표정으로 나를 바라보았다.

"하아, 이거 정말 굉장한 얘긴데! 이거 참말 이거부의 기적이구나, 이거부의 기적!"

나는 그의 손을 다시 잡아 힘차게 두어 번 흔들어주었다. 얼마나 대견스런 일인가. 참말 기적 같이만 여겨졌다. 삼십여 년을, 집은 고사하고 입에 풀칠만도 어렵던 친구가 아닌가. 아암, 이거부 기적의 탄생이지. 나는 꿈만 같았다. 이거부는 그런 내 태도에 몹시 감동되었던지 담배를 입에 가져가는 팔이 부르르 떨렸다.

"자아, 어디루 모실 테야?"

"집으루."

"아암, 그래야지. 도둑장갈 들었어두 묵인했지만 이참에 제수씨 절두 받아야겠구…… 아암, 집으루 가야지. 하하하."
"미안해."
이거부는 얼굴에 물을 들였다.
"그런 빈말 가지구 되나. 하하."
"……"
이거부네 집은 삼양동 버스 종점에서도 7분이나 걸어 올라가야 있었다. 그리고 집 앞에 섰을 때 대뜸, 비둘기 집만 하구나, 했을 만치 그의 집은 대지와 건평이 작았다. 일자집으로, 마루를 사이에 두고 옹색한 부엌이 달린 안방과 건넌방이 있었다. 그런대로 집은 갖출 것을 다 갖추고 있었다. 마당 한옆에 나란히 붙어서서 장독대를 이고 있는 목욕탕과 광, 변소 옆에 손바닥만 한 꽃밭. 그리고 집 지은 사람의 손이 꽤는 야무졌던 것 같았다. 변소, 부엌, 목욕탕의 타일, 시멘트 입힌 마당, 담 따위의 모두가 눈에 벗는 데가 하나도 없었다. 나는 수돗물은 잘 나오느냐는 둥, 세 식구 살긴 안성맞춤이라는 둥, 하고 제법 살림꾼 같은 소릴 해가며 다락문도 젖혀 보고 건넌방 미닫이도 열어 보곤 하였다.
그날 이거부는 엔간히 기분이 들뜨는 모양이었다. 안방 벽에, 내가 사 들고 들어간 벽시계를 거느라고 못을 박다가 망치로 손을 때릴 정도였다. 술상을 놓고 마주 앉으면서부터는 사뭇 줄담배질이었다. 그리곤 내가 무슨 말을 할 틈도 없이 지금까지의 결혼 생활에 있었던 숱한 고생담을 털어놓기에 입을 다물지를 못하는 것이다.

"말 마. 내가 고생하는 거야 으레껏 있을 노릇이지. 남자야 처자식을 위해 일하는 게 의무거든. 더군다나 내게 뭐가 있어? 또 나 같은 놈은 고생에 워낙 이골이 났으니깐 그저 그런가부다 할 수도 있어. 근데 여잔 그게 무슨 죄냐 말야? 못난 서방 만난 죄밖에 더 있겠어? 그 죄로, 없고 없어도 양심 하난 바른 여편네가 도둑년까지 됐었다니깐!"

그녀가 식모살이하던 집 쥔 여자의 패물이 몽땅 없어졌던 것이다. 집안이 벌집 쑤신 것 같이 되었다. 나중 알고 보니 쥔 여자가 바람이 나서 없애곤 남편이 갑자기 물으니까 모른다고 해서 그 지경까지 이르게 됐던 것이다. 그가 이런 얘길 열나게 떠들어대자 안방에 걸레질을 하고 있던 이거부의 아내가 한마디 했다.

"그런 얘긴 창피하게 왜 하시유? 어서 손님 약주나 따뤄유."

아하, 잔이 볐군, 하고 이거부는 내 잔에 술을 따른 뒤 머릴 돌리고,

"하두 당신이 고생한 게 가엾었어서 그랴."

그런 그는 문득 웃음을 거둔 얼굴로 나를 보았다.

"조판하면서 읽은 대학교수의 글에두 있는 말이었는데,

역시 사람에게 젤루 중한 건 애정이더군!"

"?……"

"만일 우리 내외가 서로 믿구 참아내는 사랑의 힘이 없었다면 이만큼이라두 살게 되긴 어려웠을 거야."

"아암. 뭣보다두 먼저 소중한 건 애정이라구."

이 말을 들은 이거부의 아내는 문득 걸레질을 멈추곤 남편의 뒤통수를 한번 흘겨보았다.

"당신 거짓말 좀 작작하시유. 믿고 참는 맘이 있어서 걸핏하면 그렇게 성을 내셨우?"

체머리를 흔들며 싱그레 웃는 그녀의 얼굴이 발갛게 물들었다.

"하아. 그거야 어디 당신이 미워 그랬나?"

이거부의 그 말을 내가 거들었다.

"그렇죠. 이 형의 맘씬 저두 알죠."

"글쎄. 으짠 이가 어린애마냥 배고픈 걸 못 참아유. 식모살일 관둔 뒤루 시장에서 반찬 장살 할래니 밥이 좀 늦겠어유? 그러면 다락다락. 그 신경질 못 봐유."

"글쎄 그려. 배고픈 거 하난 못 배긴단 말야. 어려서 너무 밸 주려 그런가 봐."

이거부는 멋쩍게 웃었다. 아무튼 그날 이거부는 이야기 샘이랬으면 좋았다. 이마가 좁고 눈이 작은 데다가 인중이 길고 잇몸이 튀어나와서 꼭 원숭이 낯짝 같은 얼굴에 취기를 적시곤 때로 눈물까지 글썽이며 얘기의 끝을 몰랐다. 별의별 일을 다하며 겪었던 온갖 고생을 죄다 털어놔야 속이 시원할 모양이다.

그러던 이거부가 뭔가 갑자기 생각난 양 아내를 향해, 여보 그 사진첩 좀 가져와 봐, 하였다. 그녀가 곧 반으로 접힌 신문뭉치를 가져왔다.

"난 이게 바로 사진첩이지."

싱긋 웃는 이거부는 꺾인 신문뭉칠 펴놓았다. 어느 일간 신문의 천연색 화보판이었다.

"이것 좀 보게. 이게 라왕 원목의 채벌 사진야. 근사하지?"

그리고 다음 장을 넘기고서,

"이건 석유시추 작업 광경. 어마어마한 광경이지?"

그는 몇 장을 더 넘겨가며 감탄하더니 내게 보라는 듯 신문을 밀어놓으며 말을 계속했다.

"은제 우리나라 사람이 이런 일이 있었어? 은제 저 남양 지방에 가서 다른 나라 사람을 부려 봤었냐구. 석유 시추 작업만 해두 그려. 그런 기계 우리가 옛날에 상상이라두 할 수 있던 거야? 난 말야, 우리나라 선수가 이기고 있는 아나운서 중계방송 소리만 들어두 가슴이 울렁거리다 못해 곧잘 눈물이 나서 그런지 이런 사진을 보면 어쩔 줄을 몰라. 이런 걸 봐서라두 우린 현재의 괴로움을 참고 이겨나가야겠어. 어엉, 반드시 내 한번 잘살아 보겠어. 거부가 되겠단 말야."

나는 그런 그의 의욕과 패기가 그저 즐겁게만 느껴져서 여러 차례 격려의 말을 하기도 했다.

"아무렴, 제발 부자 좀 돼. 옛날 생각해서 돈 웬술 갚으란 말야."

"그럼. 이제 그건 문제두 아냐."

우리는 자그만치 소주 다섯 병을 비워냈다. 나는 밤이 늦어서야 비틀비틀 이거부의 집을 나섰다.

나는 그의 과거를 누구보다도 잘 알았다. 읍내에서도 한동네 살았던 것이다.

어린 시절, 나는 이거부네가 언제 어디서 읍내 우리 동네로 이사왔는지 그것까진 잘 알지 못한다. 아마 그가 너댓 살 났을 때 온 것 같다. 암튼 이거부는 아버지와 단둘이 살았다. 그리고 집안이 몹시 가난했다. 우리 집에서 조금 떨어진 역전 농업창고 근처의 움막집이 그애네 집이었다. 이엉새가 바람 탄 것마냥 꺼칠하게 덮였고, 가마짝 문은 바람만 불면 곧잘 훌렁훌렁 뒤집혔다. 불을 때면 연기가 굴뚝에서보다는 여기저기 벽틈에서 새어 나와 집 전체를 감싸버렸다.

이거부는 참말 너무도 살기가 없는 애였다. 갈빗대가

하나하나 드러나는 앙상한 가슴. 그리고 어깨 밑엔 제 주먹 하나가 들만큼 폭 패였다. 톡톡 볼그라진 뒷목의 척추 마디뼈며 이마, 광대뼈 같은 데는 별스레 반들거렸다. 팔과 다리는 젓가락 같다는 소리가 맞았다. 헌데 그 젓가락 같은 다리를 접고서 쪼그려 앉았을라치면 귀밑까지 와닿는 두 무릎이 어찌 그리 커 보이는지 모를 노릇이었다. 이런 이거부는 일하는 저의 아버지를 언제나 따라다녔다.

이거부의 아버지는 날품팔이였다. 남의 집 거름을 쳐주기도 하고 미장일에 불려가는가 하면 동네의 큰일 치르는 집에선 마당에 차일을 치기도 하고 부고나 청첩장 뭉치를 들고 읍내를 돌아다니며 돌리기도 했다. 또 가을철에 방앗간 안에서 온몸에 뽀얀 겻가루를 뒤집어쓴 채 일하는 모습도 보였다. 그런 그는 겨울철엔 일거리가 없어 편편히 놀며 지내야 했다. 그래서 그는 노상 동네 사람들이 모여드는 양지바른 추녀 밑에 나타난다. 소매 끝이 해지고 몸에 큰 양복저고리에다가 풀기 없는 광목 바지를 입고 팔짱을 낀 그는 동네 사람들의 한 옆에 서서 얘기를 듣는다. 아니, 때로 누리끼한 잇날을 드러내며 소리 없이 웃기도 하지만 대개는 이야기엔 별로 흥미가 없는 듯 먼 산에 눈을 주고 서 있다. 점심 때가 되어 동네 사람들이 어깃어깃 흩어져 돌아가면 일쑤 그는 하품을 하곤 그 자리에 쪼그려 앉아 버린다. 넓은 자리를 독차지라도 하겠다는 듯.

그리곤 가까이서 흙장난을 하거나 벽에 사금파리로 낙서를 하며 노는 아들에게 종종 중얼거리듯 말한다. 그런 짓 그만 햐, 그런 짓. 그러나 그 목소리엔 딱히 자르는 힘이 없었다.

이거부의 아버지는 이렇게 앉았다가 간혹 누구네 잔손일에 불려가는 수가 있다. 사다리를 놓고 망치질을 할 것이거나 나뭇단을 부엌으로 져 들이는 일 같은 것이다. 그러면 그의 얼굴엔 금세 생기가 돌았다. 동시에 여전히 장난하는 아들에게, 냉큼 관두지 못하겠니, 하곤 손목을 잡아 쥐며 일 부른 집으로 가는 것이다. 그날은 그들 부자가 점심을 요기하는 날이 된다. 그러나 인색한 사람은 요일 조일 부려먹고도 담배 한 대 내미는 일 없이, 애썼우, 하고 빈말로나 끝내거나, 점심을 안 했으니 어쩌나, 한다. 그러면 그는 아쉬은 듯 빈손을 툭툭 털면서, 해두 짧은데유 뭐, 하곤 다시 양지쪽엘 찾아가 앉는다. 그런 그는 이번엔 얼굴을 일한 집 반대 켠으로 돌리곤 크악칵, 마른 가래를 몇 번 틀어낸다. 그럴 때 그의 눈은 벌겋게 충혈되기 마련이다. 하지만 이거부는 이런 저의 아버지와 달랐다. 아버지 뒤를 졸레졸레 따라다니며 일손을 도왔던 그는 양지쪽으로 찾아가는 아버지와 일한 집 안쪽을 번갈아 보다가 냅다 그 집 문짝을 걷어차는 것이다. 그래서 동네 사람들은,

"그눔이 여나문 살만 돼 봐라. 즈 아범 앉혀놓고 멕일 레."

하고 이거부를 칭찬했다. 아닌게 아니라 이거부는 참 야무진 데가 있었다. 한번은 우리가 가마솥을 거느라고 그애 아버질 부른 적이 있었는데, 그때 이거부의 그런 점이 그대로 나타난 것이다. 한나절이 걸려 일을 마친 뒤 부자가 점심을 먹고 나자 어머니가 보리쌀 한 말을 내왔다. 헌데 어머니와 이거부 아버지 사이에 받으라커니 싫다커니 실랑이가 벌어졌다.

"그러지 말구 받으시구랴."

어머니가 보리쌀 자루를 이거부 아버지의 가슴에 안겨 붙이자,

"그깐 일에 보리쌀을 한 말씩이나……"

하곤 그는 말도 안 된다는 듯 완강하게 머리를 흔드는 것이다.

"글쎄, 이런 때나 한번 드려야 하잖겠우. 까짓 보리쌀을…… 자, 받우."

그러자 이거부 아버지는 자루를 받아 봉당에 놓으며, 그냥 해드려두 좋은 걸 밥에 술에 먹구……, 하곤 아들의 머릴 툭 친 뒤 횅하니 대문께로 갔다. 그런데 그때 저의 아버지 얼굴을 쳐다보고만 있던 이거부가 봉당으로 가더니 자루를 잡는 것이었다.

"그래, 니가 들구 가라."

그렇지만 이거부는 자루를 들어 올릴 기운이 없었다. 어머니가 웃으시곤 문 앞에 서 있는 이거부 아버지에게 말했다.

"아버지가 들고 가시구랴."

그래서 결국 이거부의 아버지는 되돌아와서 자루를 허리에 끼곤 아들을 앞세워 집을 나섰다.

국민학교에 입학하자 이거부와 나는 한 반이 되었다. 그리고 이거부가 맨 앞에 서서 입학식을 치른 때부터 아이들은 그를 말라깽이라고 놀렸다. 그들은 또,

"아유우, 이런 새끼하구 그래 내가 한 반야?"

하고 발로 엉덩짝을 차거나,

"말라깽이, 너 내 말 안 들음 죽여, 너."

하곤 종주먹을 대기도 했다. 그러면 이거부는, 그야말로 이마가 좁고 눈이 작은 데다가 잇몸이 튀어나오고 인중이 길어서 꼭 원숭이 같은 얼굴을 딴 데로 돌리며 자리를 피한다. 그래 그런지 이거부는 여간해선 우리들의 놀이에 끼어드는 일이 없었다. 신바람 나게 놀고 있는 곁에서, 마치 그의 아버지처럼 덩달아 웃고 손뼉을 칠뿐이다.

"옘마, 재밌어, 너두 해 봐."

하고 내가 말해도 그는 아무런 대꾸조차 없다. 그렇다고 혼자 집으로 가는 것도 아니다. 그저 언제나 구경꾼으

로 만족한다는 듯이 아이들의 옆에 따를 뿐이다. 헌데 이거부가 끼어드는 딱 한 가지가 있었다. 구슬치기였다. 어려서 우리들의 구슬치기 놀이는 밑천이 단지 한 개만 남게 된 애가 마지막의 기회를 다른 애에게 맡겨도 좋게 약속되어 있었다. 그럴 때 잃은 애는 으레 이거부를 불러 대신하게 했다. 그만큼 이거부는 백발백중의 실력이 있었다. 참으로 신기한 노릇이었다. 한동안 이맛살을 찡그린 채 한쪽 눈을 가늘게 뜨면서 홱 발을 앞으로 날렸다 하면 구슬은 틀림없어 저쪽의 구슬을 갈기는 것이다. 야하, 하고 둘러선 아이들은 소리친다. 그렇게 하여 번번이 잃은 애가 줄을 잡게 된다. 때론 겨우 줄을 잡은 애가 도리어 따들어 가는 수가 있다. 그러면 이번에는 역전세에 놓인 애 쪽에서 이거부를 찾는다. 그러나 이거부는 결코 해주지 않는다. 넌 낼 해줄께. 이런 이거부를 우린 무척 어른스럽게 여겼다. 그리고 구슬치기에서 이거부 때문에 딴 애는 나중에 사례로 한 움큼의 구슬을 내미는 수가 있다. 그럴 때도 그는 머리를 흔든다. 그런 이거부가 하도 신기해서 나는 한번은 그의 발을 들어보게 한 적이 있었다. 그러나 검정 고무신 바닥은 엄지발가락 밑이 구멍 나 있을 따름이었다.

이거부가 아버지를 잃은 것은 6·25 때였다. 그때는 그래도 그만하면 괜찮다 싶게 이거부네가 자리를 잡은 때였었다. 해방 바람에 생긴 적산가옥을 동네 사람들의 주선으로 이거부네가 갖게 되었을 뿐 아니라 그 아버지가 우편국 배달부로 취직해 있었던 것이다. 그러나 공산군이 들어오면서 군청의 어느 과장, 우편국장 등과 함께 공직에서 일한 반동이라고 끌어간 뒤 행방불명이 되고 말았다. 수복 후에도 이거부의 아버지가 돌아오지 않자 동네 사람들은 이집저집에서 얹혀 지내는 이거부를 집 판 돈을 손에 쥐여 읍내에서 오리쯤 떨어진 고아원에 데려다 주었다.

지금도 나는 이거부가 고아원에서 지내던 모습을 생각하면 콧마루가 시큰해진다. 텁석부리 원장놈은 애당초 사회사업가가 못되었다. 가여운 고아들을 빙자하여 외국 사회단체로부터 돈을 우려내는 비겁한 사기꾼에 불과했다. 자활업체라는 미명 하에 성냥공장, 농장, 기와공장 등이 해마다 늘어갔지만 허구헌날 아이들의 배를 곯렸던 것이다. 그래서 아이들은 몰래 고아원을 빠져나와 도둑질, 강탈 따위로 노상 말썽을 일으켰다. 그러면 텁석부리는 아이들의 등에 구렁이가 감긴 것처럼 매질을 하곤 했다.

결국 원장의 속셈은 세상에 드러났다. 국회의원으로 출마한 것이다. 입후보 선전 때 고아들이 끄는 리어카 위에 서서 자못 엄숙한 표정으로 떠들던 꼴은 참 가관이었다. 그는 세 번씩이나 출마했지만 모두 낙선하고 말았다. 동시에 채무 때문에 고아원이 깨져버렸다. 아이들은 저저끔

살길을 찾아 나설 수밖엔 없었다. 이거부도 마찬가지였다. 열일곱 살난 이거부는 서울로 올라왔다. 그때부터 그는 닥치는 대로 일하며 굴러다녔다.

이런 그의 옛날을 생각하면서 나는 이제 그만큼 된 것을 여간 기뻐하질 않았다. 그리고 이거부한테서는 별다른 용건이 없어도 종종 전화가 왔다. 우리는 그저 그새 별일 없었느냐는 말 담에 그날의 날씨를 얘기하거나 오늘은 무슨 일을 한다는 그런 대화를 나누는 것이었다. 또 나나 이거부나 그런 얘기만으로도 즐거웠다. 헌데 그를 만나고서 한 달쯤 지난 날이었다. 사흘 동안인가 전화질이 없던 끝에 문득 사무실로 날 찾아온 것이었다. 마침 점심시간이어서 나는 곧 그를 데리고 밖으로 나섰다.

"용꿈은 꿨지?"

그러나 그는 아무 말 없이 빙긋 웃기만 했다.

"?……"

나는 이거부의 옆얼굴을 흘끗 쳐다보았다. 푸수수한 머리, 그리고 그의 낯빛에서 그늘을 깨달았다. 그런대로 이거부에게 흐르는 가난기, 그저 그런 걸로 여기곤,

"인제 운동도 좀 하구, 오입두 좀 하구 해야지."

하고 웃었다. 그래도 그는 여전히 말이 없었다. 우리는 내 단골식당에 들어가 마주 앉았다. 헌데 이상한 노릇이었다. 얼마 전의 이거부답잖게 멍청히 창밖에 눈을 주곤

말이 없지 않은가.

"무슨 일 있었어?"

그러자 그는 퍼쩍 정신이 드는 모양으로 나를 쳐다보며 중얼거리듯 말했다.

"아냐, 암것두."

"그럼 왜 낯빛이 그래?"

"왜, 아주 나빠?"

"나쁘잖구. 꼭 마누라한테 소박당한 쌍판인데?"

"……"

그의 얼굴엔 문득 쓸쓸한 빛이 스쳐갔다. 동시에 그런 자신의 감정을 감추기라도 할 양 얼른 물컵을 집어 들었다. 나는 달리 할 말이 없었다. 그래 한동안 침묵을 지키다가, 오늘 놀아? 하고 물었다. 뒤미처 그는, 가끔 좀 놀기두 하지 뭐, 하고 나지막이 말 한 뒤,

"광태 알지?"

그러고는 빤히 내 얼굴을 쳐다보는 그의 눈은 빛났다. 무슨 뚱딴지같은 소리야.

"알잖구."

"나하구 있었던 일두?"

"글쎄, 그것두 대갠 다 알걸?"

동시에 나는 그의 왼쪽 넓적다리를 내려다보았다. 하지만 식탁에 가려 보이지 않았다. 그런대로 실밥자국이 그

대로 남아버린 그의 왼쪽다리의 흉터가 눈앞에 생생했다. 순간 개새끼, 하고 나는 속으로 광태놈을 욕했다.

어려서 이거부를 제일 못살게 군 놈은 광태였었다. 녀석은 노상 양손으로 입꼬리가 처지게 만들어선 원숭이 낯짝처럼 보이게 해가지고 그를 놀려댔다. 깽깽 말라깽이 원숭이 같은 말라깽이. 그 소리에 맞춰 머리까지 병신스레 흔드는 것이다. 하지만 그런 정도는 아무것도 아니었다. 이거부의 책을 뺏어서 칼자국을 낸 뒤 홱 던져주는가 하면 연필 끝으로 이거부의 귓바퀴나 뒷목을 찌르는 것이다. 그러면 이거부는 고개를 딴 데로 돌리거나 그 자리를 피했다. 그래도 쫓아다니며 괴롭히면 이거부는 마침내 울음을 터뜨리는 것이다.

이런 이거부가 한번은 광태놈을 두들겨 팬 적이 있었다. 국민학교 사학년 땐가 보았다. 우리 친구들이 지금도, 기적야 기적, 할 만큼 그것은 참으로 놀라운 일이었었다. 정말 믿기지 않을 지경이었다. 하지만 무적의 제왕 같은 광태놈이 이거부의 밑에 깔려 버둥대다 못해, 사람 좀 살려, 하고 비명을 지르던 꼴은 분명한 사실이었다.

그날도 광태놈은 애들과 오징어 발을 나눠 먹으면서 이거부를 노래하듯 놀리다 못해 자꾸만 지분거리기까지 했다. 그런데 이거부의 태도가 전과 달랐다. 눈빛이 싸늘하게 바뀐 얼굴로 책상 앞에 가만히 앉아있다가 별안간 자리에서 일어섰다. 그리고 그것은 참으로 눈 깜짝할 사이였다. 광태놈에게 확 달려든 이거부는 녀석의 발목을 잡아채고 말았다. 광태놈이 벌렁 뒤로 나가떨어졌다. 그와 함께 이거부는 광태놈의 가슴 위에 올라탔다. 동시에 그는 두 주먹으로 광태놈의 얼굴을 마구 때렸다. 광태놈이 윗몸을 일으키려고 안간힘을 쓰자 이거부는 녀석의 살을 닥치는 대로 물어대기 시작했다. 마침내 광태놈이, 아휴, 아휴, 앓는 소릴 내더니 기어코 그 창피스런 비명을 지르게 된 것이었다. 그 꼴에 모여 섰던 우리는 웃음을 터뜨렸다. 광태놈은 이거부가 때리고 물고 하다가 잠깐 숨을 두르는 사이 몸을 빼내어 도망쳤다. 그 뒤로 광태놈의 태도는 돌변했다. 전처럼 이거부를 들볶지 않는 건 물론 다른 애들과도 들까불며 어울리질 않았다.

광태놈은 자유당 시절 정치깡패였다. 주로 동대문 일대를 주름잡고 놀았는데, 그 시절 이거부를 끔찍스레 보복한 일이 생겼다.

등에 너댓 개의 라디오를 짊어진 이거부가 한 손에 유행가가 틀려나오는 라디오를 흔들며 가는데 광태놈이 따악 앞을 막아섰다. 뒤에는 두 놈의 깡패가 팔짱을 끼고 서선 노려보았다. 그들은 덮어놓고 이거부의 양어깨를 잡더니 으슥한 골목길로 들어섰다.

"쥐새끼만 했을 때 일이니깐 쬐끔만 침을 주마."

광태놈은 혼잣소리로 뇌까리더니 두 깡패놈에게 턱짓을 했다. 이거부는 발버둥쳤지만 곧 바지가 벗겨졌다. 그때 광태놈이 주머니에서 소주병을 꺼내더니 옆의 돌담에 탁 쳤다. 광태놈의 손엔 삐죽삐죽한 날이 선 소주병이 주둥이만 남았다. 이거부는 얼굴이 하얗게 질려선 몸부림을 쳤지만 양쪽에서 팔과 어깨를 껴잡은 놈들 때문에 몸이 움직이질 않았다. 별 수 없었다. 마침내 정신을 잃었다가 깨어보니 넓적다리는 피투성이었다.

이 일로 서울 올라와 대학에 다니고 있는 고향 친구들이 광태놈을 찾아갔다. 하지만 광태놈은 눈 하나 까딱도 하잖는 것이다.

"야아, 갓난애 오줌 한 번 싼 건데 왜 말이 많으냐?"

그 말에 친구들은 기가 막혔을 뿐이었다. 그런대로 내가,

"암튼 너 맘 고치잖으면 생각을 바꾸겠어."

하자 광태놈은, 야아가 애교떠네, 하곤 피식 웃는 것이었다. 그런 광태놈이 5·16 때 자취를 감췄다. 그 뒤로 한 번도 소식조차 듣지 못했었다.

"갑자기 걔 얘긴 왜?"

이거부는 급히 머리를 흔들며, 아니 그냥……, 하고 말끝을 흐리더니,

"걔 아버지두 좋잖은 사람였지?"

하고 물었다.

"그럼. 거 애꾸눈 아냐! 왜정 땐 형사놈 앞잡이였구 6·25 땐 또 내무서원 노릇두 했지."

"그려그려. 그래서 광태두 앞장서서 소학교루 다니며 빨갱이노랠 불렀잖아?"

"그랬지. 사실 그런 짓 한 거 생각하면 아무리 철부지였어두 살려준 게 고맙지."

"걔 아버진 월북했나?"

"글쎄, 잘 모르겠는데……. 근데 광태놈 얘긴 왜 별안간에?"

비로소 이거부는 던지듯 말했다.

"걔가 우리 집 근처에 살더군."

하루는 퇴근하여 마악 집 골목엘 들어서는데 빨간 티셔츠를 입은 광태놈이 손을 내밀더란 것이다. 이거부는 섬찍했으나 녀석은 옛일은 전혀 잊은 듯 태연한 얼굴로, 너 여기 어디 사냐, 하더란 것이다. 이거부가 고개를 끄덕했더니 녀석은 나두 요 근처야, 하곤 이거부 집의 위치를 자세히 물었다. 그러고 나서 헤어졌는데 그날 밤 늦게 녀석이 집으로 찾아왔다. 집에 들어선 녀석은 집안을 쓰윽 둘러보며 마루 끝에 걸터앉았다. 그리곤 대뜸 이거부의 아내를 보곤, 아주머니, 물 한 그릇 주슈, 하며 이거부에게 한쪽 눈을 찡긋했다.

"아다라시였겠는데?"

이거부의 가슴속이 부르르 떨렸다. 그러나 이거부는 달리 할 말도 없었다. 물을 마시고 조금 앉았던 광태놈은 자리에서 일어났다.

"잘됐다. 야. 자주 놀러 오마."

"……"

광태놈을 문가에서 배웅하고 돌아온 이거부는 몹시 떨떠름했다.

"왜 그류?"

"아냐."

"아유. 그 당신 친구분은 허우대두 기골차우. 당신 같은 사람 열이 덤벼두 못 당하겠구랴."

이거부는 미간을 찡긋하곤 자리에 드러누웠다. 신문을 펴들었지만 제대로 기사를 읽을 수가 없었다. 더구나 열몇 명째의 사람을 죽인 살인범의 행방이 묘연하다는 삼면 기사는 이거부의 숨통을 누르는 듯했다. 이거부는 곧 아내에게 불을 끄라고 일렀다. 그 다음날 이거부는 아내로부터 구멍가게 앞에서 듣고 온 광태놈의 형편을 전해 들었다. 녀석은, 아낸지 동거하는 여잔지, 암튼 다방 마담과 살고 있었다. 여자가 일터엘 나가면 녀석은 진종일 방안에서 뒹기적대다가 가끔 공중전화나 걸려고 밖엘 나온곤 했다. 그런 광태놈은 종종 여자를 두들겨 패곤 했다. 문밖에서 싸우는 소릴 들어 알았지만 대개는 여자의 남자

관계 때문이었다. 그렇게 의심이 많대유. 글쎄.

그 뒤로 광태놈은 툭하면 이거부를 찾아왔다. 그리곤 마치 제 집처럼 아무렇게나 행동하는 것이다. 발을 쭉 뻗고 벽에 기대앉아서 잘 때가 됐어도 텔레비전을 켜놓게 하거나 이거부 아들의 코를 비틀어 울리기도 했다. 어느 때는 친구가 왔는데 냉수 한 그릇 없느냐, 하면서 피식 웃기도 했다. 또는 신문을 읽고 앉았다가, 새끼 야무진데, 이런 정도로 해나가면 백 명쯤 없애고도 거뜬하겠는걸, 하곤 눈가에 웃음을 띠우기도 하였다. 그만만 해도 좋았다. 친구가 없을 때 찾아오는 것은 곤란했다. 그럴 때 광태놈은 이거부의 아내에게 연애냐 중매이냐는 둥, 심지어는 남녀 간에 먼저 육체적 상태가 나쁘다면 애정이고 나발통이고 없다는 혼잣말도 씨부렸다. 이런 광태놈을 이거부의 아내가 좋아할 리 없었다. 그녀는 남편에게 그가 오지 않게 해달라고 요구했다. 그러나 이거부는 그런 재주를 몰랐다.

"아 그래, 그것두 못해유?"

"글쎄, 방법이 있음 말해 봐."

"오지 말라구 하문 되잖아유?"

"어떻게 그런 말을 해."

"왜 못해유? 당신이 못하면 누가 해유?"

그 일로 그들 내외는 다투기까지 했다. 사실 광태놈의 문방이 싫은 건 누구보다고 이거부 쪽이었다. 하지만 암만 머릴 짜도 방법이 없더란 것이다. 무슨 핑곌 꾸며 한 두 번 발을 끊겐 할 수 있을 것이다. 허나 그걸 바라진 않았다. 마침내 이거부의 아내에게 지난날 광태놈과의 일을 죄다 털어놓았다. 그러자 그 이튿날 당장 일은 터지고 말았다. 여자만 있는 집을 들어서는 광태놈을, 전날 몹시 분개했던 그녀는 문 앞에서 쏘아 붙였던 것이다.

"여기가 무슨 노름방인 줄 아유?"

그만큼만 한 것도 남편 체면을 생각해서였다고 그녀는 말하더란다. 물론 광태놈은 낯빛이 하얗게 질렸다. 그리곤 그 자리에 한동안 서 있던 끝에, 광태 인생두 인제 바닥이 났군, 하지만 철들 나야겠어, 하더니 돌아섰다. 소문을 따르면 그날 저녁 같이 사는 여잘 반쯤 죽였다.

이거부는 잠시 말을 끊고는 담배를 피워물었다.

"아주머니가 잘하셨지, 뭐."

이 말에 이거부는 들은 척도 않고,

"담날 광태가 집을 나갔어, 철없는 애들을 죄다 찢어 버릴 테야, 하면서."

하곤 낯빛이 어두워졌다. 나는 단박 코웃음을 쳤다.

"그래봐야 제 신세 망치지 뭐."

"하지만 이미 억울하게 망쳐진 사람이 있을 거 아냐?"

나는 그런 이거부가 엔간히 못마땅했다. 그래서 벌컥 성난 목소리가 나왔다.

"개새끼. 나타나서 꼴값하면 대갈빼길 까버려."

그 말에 이거부는 저으기 실망하는 표정을 보였다. 그러나 더는 아무 말도 없었다. 마침 갈비탕도 다 먹은 뒤여서 우리는 곧 식당을 나섰다. 헤어지는 길에서 여전히 씁쓸한 표정의 그가 딱해서 나는 씩 웃곤 어깨를 가볍게 두어 번 두드려주었다.

"그런 거 걱정할 거 없어. 법이 있잖아? 서투르면 고발해 버리지 뭐. 어쩔 거야. 제까짓게. 염려 말구 용꿈이나 자꾸 꿔."

그는 희미하게 미소지으며 건성스레 고개를 끄덕이었다. 나는. 돌아서서 가는 이거부의 뒷모습이 무척 초췌해 보였다. 그런대로 빨리 사무실로 돌아왔다.

그 뒤. 아마 두 달쯤 지난 날이었을 것이다. 아침인데 수위실로부터 부인네가 찾아와 기다린다는 전갈을 받았다. 들여보내라고 했더니 굳이 거기서 잠깐 만나보고 가겠단다고 했다. 나는 문득 이거부의 아내 같다는 예측이 들었다. 사실 그동안 나는 이거부를 만날 수가 없던 것이다. 그에게서는 전화마저 없었다. 그런데다가 나도 지방 출장이 잦았어서 그에게 전화를 걸어볼 틈이 별로 없었다. 어쩌다가 바쁜 틈에 걸면 영락없이 자리에 없거나 결근했다는 대답이다. 그럴 때 자리에 오거든 전화 좀 걸게 해달랬지만 오질 않았다. 그래 그럭저럭하다가 그렇게 오래됐지만 맘 한편에 이거부의 생각이 남아 있었던 터이다. 수위실에 가니깐 예상대로 이거부의 아내였다. 그녀는 앞으로 손을 모은 채 나무 그늘 밑에 서 있었다.

"아주머니, 갑자기 웬일이세요?"

"……"

얼굴을 붉힌 그녀는 입만 씰룩일 뿐 얼른 대답을 못했다. 나는 그녀를 가까운 다방으로 안내했다. 자리에 앉는 길로 커피를 시키곤 서둘러 또 물었다.

"이형한테 무슨 일이 생겼나요?"

그제야 그녀는 체머릴 한번 흔들곤,

"글쎄, 사람이 미쳤나 봐유."

하고 말문을 떼었다.

"미치다니요?"

나는 몹시 놀랐다.

"글쎄, 허구헌날 잠두 안 자구 잘 먹지두 않구 방안에 멀거니 앉아선 베란간 사람만 들볶아대군 그래유."

"회사에두 안 나가구요?"

"요 며칠 샌 회사에두 안 나가유."

"그래요? 아니, 그 친구가 별안간 왜 그래요?"

나는 먼젓번 만났던 일을 떠올리며 그렇게 물었다.

"전들 그걸 알겠어요? 그래 하두 답답해서 아저씰 찾아왔어유."

그러고는 그녀는 이거부의 이상한 모양이 나타난 첨부터의 일을 들려줬다.

광태놈이 동네에서 사라진 날 밤이었다. 밤 한 시는 되었을까. 이거부는 별안간 잠자리에서 일어나 앉았다.

"왜 그러시유?"

그러나 그는 가쁜 숨소릴 내며 방문에 귀를 모았다.

"마룻문 잠갔어?"

떨리는 목소리였다. 그녀가 일어나 앉았다.

"그럼 마룻문 안 잠거유."

"……"

이거부는 말없이 안심한 듯 자리에 도로 누웠다. 허나 잠이 안 오는 모양이었다. 몸만 뒤척이었다. 시계가 두 점을 치도록 그 모양이기에 그녀는 말을 걸었다.

"뭔 소릴 들으셨어유?"

아냐, 하고 간단히 대답한 이거부는 무슨 말을 더 해올게 싫었던지 옆으로 몸을 돌려버렸다. 이튿날, 그는 전이나 다름없이 출근길을 서둘렀다. 그런데 대문 밖에 나섰던 그는 다시 돌아서서 쪽문으로 머릴 디밀곤,

"낮에두 문단속은 잘해야 해."

한 뒤 문을 꽝 닫았다. 그러나 그녀는 남편을 별달리 생각하지 않았다. 그런데 여느 날 보다 반 시간쯤은 일찍 돌

아온 그는 그날 밤 또 그 모양이었다. 그리고 이번에는 무슨 말을 물어도 전혀 대꾸가 없이 오랫동안 문을 어둠 속에서 노려보는 것이다. 그 다음날부터는 그런 짓이 점점 더 심해 갔다. 닷새째 되는 날 밤엔 광에서 한 발가량 되는 각목을 갖다가 머리맡에 놓고서야 잠자리에 들었다. 그리곤, 낮에 누가 왔었느냐, 대문은 쇠빗장까지 질렀느냐, 이것저것 물어대는 것이었다.

"왜 그러시유? 산동네에 도둑이 잦다는 소문 땜에 그류?"

역시 이거부는 대답하지 않았다. 그런 그는 집안에 손질하는 버릇이 없어졌다. 아침이면 아들을 깨워 나가던 산보도 하지 않았다. 거기다가 말하길 아주 싫어하고 식사도 제대로 못했다. 그녀는 도무지 알 수가 없었다. 더구나 회사에서 일을 하다가 갑자기 집에 왔다 가는 데는 이상하기만 했다. 그렇게 보름쯤 지난 일요일 아침이었다. 어디 간다는 말도 없어 밖에 나갔다가 한 시간쯤 지나서 돌아왔다. 그의 표정은 한없이 어두웠다. 그리곤 방에 들어서는 길로 드러누워 천장을 멀뚱히 올려다보고 있더란 것이다. 나중 알았지만 그가 아침에 다녀온 곳은 광태네 집이었다. 그녀가 동네 부인들한테서 이 사실을 알고 들어와,

"그 녀석넨 뭣하러 갔었어유?"

하고 물었다. 그러나 그는 멍청한 얼굴을 한 번 돌렸을

뿐 달리 말이 없었다. 그리곤 저녁 무렵 그는 엉뚱한 짓을 저질렀다. 고무신을 신고 나가기에 산보를 가는 줄 알았다. 헌데 그는 웬 개 한 마리를 끌고 들어서는 것이었다. 큰 송아지만 한 셰퍼드였다. 이때 이거부는 며칠 새에 볼 수 없던 밝은 낯이었다. 그녀는 우선 그런 남편이 여간 반갑질 않았다.

"아이구, 개두 좋아라. 그게 어서 나셨어유?"

"조오치? 이눔이 얼마나 훈련이 잘됐는지 알아? 도둑이 들어오지. 가까이 올 때까지 가만있지. 그러다가 한발 앞이 다 하면……"

하고 이거부는 개 줄을 감은 손과 남은 손을 다 같이 눈께로 들어 올려 사이를 뜨게 한 손가락들을 꼬부려 힘을 넣었다. 그게 마치 적에게 앞발을 드는 개의 시늉이었다.

"……와왕, 하는 거야. 도둑은 꼼짝도 못 하지. 했다면 그냥 콰악 덤벼들거든. 뒈질라구 꿈쩍을 해? 그렇게 해서 날이 밝을 때까지 세워둔다니깐. 독 묻은 살코기? 이눔은 그런 거 안 먹어."

그녀는 뭣보다도 남편이 전날을 되찾은 게 기뻤다.

"그래, 그게 어디서 났유?"

"샀어."

"네에?"

이거부는, 혀를 길게 빼물고 몹시 헐떡이는 개 앞에 대약물을 갖다주면서 무표정하게 말했다.

"샀다니깐. 두 번 월급날 쪼개 갚기루 하고 데려왔어. 나나 하니깐 그만한 편의두 봐주는 거야."

"얼만데유?"

"십만 원."

"네에?"

그녀는 또 한 번 놀랐다. 이이가 정신이 있나 없나. 그녀는 눈앞이 다 아찔했다. 집을 사느라고 얻어서 이잣돈 나가는 게 있다. 그러나 그녀는 곧 마음을 돌려먹었다. 애들마냥 개를 좋아하는 모양이니 말 말자고 생각했다. 이거부는 개 줄을 수도 파이프에다가 묶어놓고는 곧 다시 나가더니 커다란 개집을 땀을 흘리며 메고 왔다. 제일 큰 건데도 저눔한텐 옹색하겠는걸, 이거부는 중얼거리며 집자릴 정하자 못을 치고 야단이었다. 일을 마치고 그가 마루에 걸터앉기에 그녀는 지나는 말처럼 입을 열었다.

"조금 벅차겠쥬?"

그 말에 이거부는,

"담을 높이구 철망을 치구 문창살을 붙이는 것보다야 덜 들지."

뒤미처 그녀가, 담을 왜 높여유, 했지만 그는 아무 말도 않았다.

그날부터 이거부는 활기가 돌았다. 그렇지만 그게 닷새

로 끝났다. 개가 도망을 친 것이다. 구멍가게 가서 두부를 사 올 것이기에 문을 지치기만 했더니 그새 나간 모양이었다. 이거부는 출근도 그만두고 미친 듯이 개를 찾아 돌아다녔다. 허나 개는 찾지 못했다. 이틀을 눈이 충혈돼선 헤맸지만 개는 보이지 않았다. 마침내 이거부가 아내에게 화를 내기 시작한 건 말할 것도 없다. 여지껏 없던 손찌검까지 마구 했다.

"기집년두 다 소용없어. 다 뒈져버려. 니가 날 응결들여 죽이려구 일부러 도망가게 한 거지, 엉, 일부러!"

당최 기가 막힌 소리였지만 어쩔 수가 없었다.

"왜 말을 못 해, 이 쌍년아? 니가 날 응결들여 죽이려구 그랬지? 바른대로 말해! 어서, 어서엇, 어섯!"

그런 이거부는 꼭 실성한 사람 같았다. 회사도 툭하면 빠졌다. 그러더니 요 며칠 전에 웬 공기총을 사 들고 들어왔다는 것이다.

"공기총요?"

내가 눈빛을 빛내며 물었다. 그러자 그녀는 손수건으로 눈물을 찍어내며 고개를 끄덕이었다.

"네에, 공기총유. 그걸 가져온 담부턴 인제 그냥 둬선 안 되겠다 싶어져유."

"……"

이거부는 공기총을 빌렸는지 샀는지 그런 건 아예 말하

지도 않았다. 아니, 그는 집에 돌아와도 남이나 다름없었다. 쇠통 말을 모르는 것이다. 그리곤 밤낮없이 공기총에만 매달렸다. 그는 그 총을 항상 자기 잠자리 머리맡에 놓아두었다. 그런데 한 가지 이상한 일이 있었다. 밤 한 시, 세시, 다섯 시면 그는 시계 소리와 함께 총을 들고 방문을 나섰다. 그때부터 그는 약 반 시간 동안 집안 구석구석을 살피는 것이다. 그 태도가 여간 괴이칠 않았다. 한 손에 총을 들고 살금살금 변소 앞으로 가면 우선 변소 벽에 급히 몸을 붙이고 한동안 가만히 있다. 그러다간 갑자기 변소 문을 홱 열어젖히며 총구를 들이미는 것이다. 그는 목욕탕, 광, 부엌 뒤를 모조리 그렇게 살펴나간다. 그러나 집안엔 수상한 게 아무것도 없다. 그러면 그는 잠자리로 돌아와 퍽 오랫동안 멍청히 앉았다가 그 자리에 쓰러진다. 이거부의 아내는 번번이 그런 남편을 뒤쫓아나가려 했었다. 그러면 이거부는, 안돼, 안돼, 하다가 마침내는 개머리판을 번쩍 허공에 치켜드는 것이었다.

"끝까지 날 들볶을래? 그냥 다 죽여놓고 말 테야!"

"죽여유, 죽여! 그럼 아주 편하겠어유. 어서 죽여유!"

한번은 그녀가 이렇게 대들자 참말 이거부는 방아쇠를 당긴 적도 있었다. 순간 마룻문 유리가 날카로운 소리로 깨뜨려졌다. 그 뒤로, 그녀는 어쩔 재간이 없었다. 그래서 남편이 그 괴상스런 수색전을 펴고 있는 동안 그녀는

요 위에 일어나 앉아 한숨을 쏟아낼 뿐이었다. 그 끔찍한 고생 끝에 집을 샀는데, 이 꼴이 돼버리다니. 그녀는 그저 억울하기만 한 것이다.

"어쩌문 좋쥬? 암만해두 집을 잘못 산 게 아니겠어유?"

"그렇게 생각하실 건 아니죠."

"그라문유?"

"……"

"원체 복이 없는 것들이니 그럭저럭 셋방살일 해두 복장이나 편케 지낼걸……"

"……"

"그이 몸은 말이 아니유. 가뜩이나 마른 양반이 잠 못 자, 밥을 안 먹으니 배기겠유."

큰일인데. 나는 자신도 모르게 성냥개비를 똑똑 분지르며 침묵을 지켰다. 이윽고, 나는 아무튼 이거부를 만나 봐야 하겠다고 생각했다.

"오늘은 시간이 없구, 낼 퇴근하는 대로 들르겠습니다."

"꼭 좀 들려주세유. 늘 아저씨 얘길 하던데……"

그녀와 나는 자리에서 일어났다. 나는 머릿속이 몹시 띵했다. 사무실에 돌아온 나는 문득 이거부 회사로 전화를 걸어 볼 생각이 났다. 이거부는 나오지 않았다. 그리고 전화 받은 사람이 내 목소리가 귀에 익었던지,

"그 사람 어째 우리 회사에 이젠 맘이 없는가 봅니다."

했다. 나는 다급히 물었다.

"왜요?"

"결근도 결근이지만 웬 사냥질에 취미 붙였군요."

"……"

나는 더 할 말이 없어서 수화기를 놓고 말았다.

이튿날, 나는 퇴근 때까지 기다릴 형편이 못되었다. 출근하자마자 이거부 아내의 전화를 받은 것이다. 그녀는 느닷없이 울부짖었다.

"애 아빤 이제 죽어유, 죽어유! 아저씨, 빨리 좀 오세유."

"뭐라구요? 아주머니, 차근차근 좀……"

그런 사이 냅다 울음소릴 터뜨린 그녀는 도저히 말을 잇지 못하더니, 빨리 좀요, 하곤 수화기를 놓아버렸다. 나는 수화기를 내던지듯 놓자 사무실을 뛰쳐나왔다. 짜식 총질을 했나?

이거부네 집 골목엔 동네 사람들이 잔뜩 모여 있었다. 나는 다급히 사람들을 헤치고 나섰다. 순간 나는 발을 멈추고 말았다. 이거부와 광태놈이 양쪽 담벼락에 등을 붙이곤 마주 서 있지 않은가. 그리고 그들의 몰골은 엉망진창이었다. 갈갈이 찢겨진 옷, 피투성이가 되어 있는 팔과 얼굴, 골목길에 흩어진 벽돌 조각, 깨진 유리병. 나는 온몸을 부르르 떨며 발을 떼었다. 그 순간 이거부가 꽥 소리를 질렀다.

"가까오 오면 너도 줘여!"

그 소리와 함께 홱 몸을 날린 이거부는 광태놈의 허리에 달라붙었다. 그러나 뒤미처 광태놈은 이거부를 멀찌감치 던져버렸다. 이거부는 팔다리를 몇 번 허우적거렸다. 이내 몸을 일으킨 그는 곧바로 광태놈에게 다시 달려들었다. 하지만 이거부는 또 한 번 광태의 맞은편 벽 밑에 나가떨어졌다. 동네 사람들이 혀를 차며 또다시 웅성댔다. 다시 일어나 앉은 이거부의 얼굴엔 새로운 핏물이 골을 타고 흘렀다. 순간 나는 광태놈 앞에 나섰다. 박살을 내고 말 것이었다. 그때 이거부의 아내가 경찰관을 앞세우고 나타났다. 광태놈은 홱 몸을 돌려 도망치기 시작했다. 경찰관이 그의 뒤를 쫓았다.

이거부의 아내는 피 걸레가 된 남편의 몸을 붙들곤 울지도 못했다. 나는 이거부의 몸을 일으켜 안았다. 미안해. 이거부가 눈을 떴다 감으면서 희미한 목소리로 중얼거렸다. 그러나 나는 좀처럼 할 말이 없었다. 짜아식. 거부되기 힘도 드는구나. 비로소 나의 얼굴에 눈물이 흘러내렸다. 그때 무슨 소릴 듣고서 나는 이거부의 얼굴을 보았다. 골목길에 가득히 들이비친 아침 햇살 속에 이거부의 하얀 잇날 끝은 사라지지 않고 있었다.

〈1976년, 현대문학〉

무서운 얼굴

무서운 얼굴

이것은 내가 S고등학교에서 함께 일했던 함영주라는 선생의 이야기다.

그와 나는 그 학교에 한 무렵에 부임했다. 내가 열이틀인가 앞서갔을 뿐이다. 그리고 꼭 한 달 만에 학교를 그만뒀고 나는 그보다 두 달 남짓 더 있었다. 그러니깐 그와 내가 같이 있었던 기간은 고작 일 개월에 불과했다. 하지만 그의 얼굴은 십 년도 더 넘은 것처럼 내 머릿속에 깊이 새겨져 있다.

어찌 나뿐인가. S고등학교의 모든 교사, 특히 김 선생의 가슴속에도 그의 얼굴은 오래 살아남을 것이다. 아니, 누구보다도 김 선생의 마음속에선 그의 사진까지 간직하고 있는 만큼 삶의 길동무로 항상 숨을 쉴 것이다. 그의 말마따나 무서운 얼굴로 말이다.

그렇듯 함 선생은 조그마한 직장 구석에서나마 용기가

어떤 것이라는 걸 보여줬던 것이다.

함 선생이 학교에 부임한 것은 2학기에 들어와서 첫 수업이 시작되는 날이었다. 내가 두 시간째 수업을 마치고 교무실로 돌아오니 그는 새마을부 끝자리에 앉아 있었다.

취색 잠바 차림에 머리칼은 푸수수 헝클어져 있었다. 가뭇한 낯빛, 턱이 빠르고 콧날이 곧았다. 얼굴에서 싸늘한 기운이 풍겼다. 그는 수굿하고 앉아선 뭔가를 끄적이고 있었다.

첫눈에 나는 그가 새로 온 고3 국어 선생인 줄 알았다. 그 자린 바로 고3 국어를 맡았다가 그만둔 선생의 자리였고 또 후임은 앞사람의 책상을 그대로 쓰는 게 예사였기 때문이다.

나는 그가 반가웠다. 같은 국어과여서였다. 더구나 담당 학년도 같았다.

자리에 앉자마자, 나는 담배를 피워물며 옆자리의 김 선생에게,

"새로 오신 분이죠?"

눈짓을 해 보이며 물었다.

"흥, 그런 모양인가 봅니다."

김 선생은 시큰둥하게 대답했다. 그에겐 그런 버릇이 있었다. 신임교살 보면 아무런 이유도 없이 일단 경멸과

적의를 내보이는 것이다. 내가 왔을 때에도 그랬다. 그러나 사귀게 되면 그의 그런 태도는 어느새 자취를 감췄다. 나중 알고 보니 학교에 대한 불만이 그런 모양으로 나타나는 것이었다.

"아직 인사 소개가 없었죠?"

"간부들한텐 합디다, 칫. 차별 좋아하지, 차별! ……쫄병들야 낼 직원조례 때나 알게 되겠지, 뭐."

나는 담배를 재떨이에 비벼 끄고 자리에서 일어섰다.

내가 가까이 갔지만 함 선생은 수굿한 모양을 풀지 않았다.

"선생님, 첨 뵙겠습니다."

그는 얼른 자리에서 일어났다. 우리는 수인사를 했다. 나는 마침 셋째 시간이 비어서 그의 옆자리에 앉았다.

흔히 첫인살 나누면 그렇듯 우리는 서로의 주거지, 나이, 가족 사항 등을 묻고 대답했다. 그의 말소리는 나지막하면서도 또박또박했다. 그래설까, 그의 인상은 한결 차가와 보였다.

"반갑습니다. 마흔둘, 나이도 동갑네고 집들도 서울이고 같은 신참이고…… 앞으로 사이좋게 지냅시다. 하 하."

"……"

함 선생은 말없이 입가에 미소를 띄웠다. 우리는 한동안 더 이런저런 얘기를 나눈 뒤에,

"고향이 어디세요?"

하고 내가 물었다.

"숲실이라고요. 저 강원도 명주 땅에 있죠."

"숲실요? 거 이름이 특이하네요."

"한자론 임 곡, 수풀 림(林) 자에다가 골 곡(谷) 자를 쓰죠."

"임곡보다 숲실이 더 좋네요."

"그렇죠. 갈매울이니 다래실이니 가리꼴이니 하는 이름들처럼 순수한 우리말 이름이 더 아름답죠."

"그럼요 ……숲실이라, 아마 깊은 산골인가 보죠?"

그는 먼저 고개를 끄덕인 뒤,

"아주 깊은 산골이죠. 숲실이란 이름 그대롭니다."

이렇게 말하는 그의 눈은 잠깐 창밖을 한번 돌아왔다. 고향 마을이 떠오르는 모양이었다. 나도 덩달아 흘깃 창밖을 내다보았다. 아침나절 가을의 하늘은 더없이 푸르렀다. 운동장의 미루나무들은 맑은 햇살 속에 잎들을 떨고 있었다.

고향의 이름을 두고 얘기한 탓일 것이다. 그 담의 우리 화제는 작명에 대한 것으로 바뀌었다. 내가 말했다.

"사람 이름도 죄다 순 우리말로 짓는 게 좋은데……"

"좋죠. 전 애들 이름을 그레 졌죠."

"그래요? 뭐라고요?"

"박꽃, 박눈으로요."

“함박꽃, 함박눈, 거 참 좋은 이름인데요! 하하하.”

나는 유쾌하게 웃었다.

그러나 속으로 은근히 부끄러웠다. 그럴 것이 나는 아이들 이름을 죄다 한자(漢字)로 항렬자를 넣어 지어줬던 것이다. 애당초 함 선생같은 생각이 없던 건 아녔다. 또 관념으로야 족별의식 따윌 무시했다. 헌데 막상 순우리말로 이름을 지으려니까 미묘한 갈등이 생겼다. 어쩐지 이름이 가벼워 보였다. 그리고 애들이 장차 집안네 자손들 사이에서 외돌기라도 할 성싶었다. 결국 좀 아쉬운 기분이면서도 문중 돌림자를 그대로 썼다.

“주위에서 반대를 안 했나요?”

“왜요, 아버님은 구학문을 하신 분이라 이만저만 역정을 내시지 않았죠.”

하곤, 그는 아이들 출생신고 때 부친과의 의견 차이로 겪은 고충들을 털어놓았다.

“참 용기가 있으셨네요.”

그러자 그는 문득 깊은 생각에라도 잠기는 듯한 표정이 되면서,

“뭘요, 그까짓 게 무슨 용기겠어요. 세상엔 용길 가질 일들이 얼마든지 많은걸요, 뭐.”

하고 혼잣소리처럼 말했다.

“?……”

나는 뭔가 궁금증이 치밀었다. 그러나 입을 열지 않았다. 그의 얼굴에 어떤 고통과 우수의 그늘이 서리는 듯해서였다.

우리 사이엔 한동안 침묵이 흘렀다. 이윽고 나는 그의 곁을 떠났다.

나는 저으기 실망했다. 또 한 사람의 우울한 친굴 안 것 같아서였다. 그만큼 나는 모두 기가 꺾여 있는 직장의 분위기가 싫었던 터이다.

그러나 함 선생에 대한 나의 예감은 전혀 잘못된 거였다. 왜냐하면 온 지 사흘 만에 함 선생은 이 직장 사람들로선 정말 놀라자빠질 짓을 했기 때문이다.

직원조례 때면 으레 교무주임이,

"직원조례하겠습니다."

하고 알리면 선생들은 기립하여 모두 교감 자리에 앉아 있다가 일어서는 교장을 향했다. 이어 교무주임이,

"교장선생님께 대해여 경례!"

하는 구령을 따라 모두 굽신 절을 했다. 그 다음 국기에 대한 배례였다.

처음 왔을 때, 나는 이 짓이 제일 싫었다. 교장이 오십도 안 된 젊은 사람이래서가 아녔다. 관료적인 냄새가 풍겨서였다. 그냥 직원들이 맞절이나 하면 얼마나 자연스러

운가. 하지만 첫날 얼결에 따라 해놓곤 나중에 그만둘 수도 없었다. 더구나 내 자린 교장 앞이었다. 그래서 조례 때만 되면 내 쪽에서 낯빛이 벌게지면서도 남들 같이 해왔다. 다른 선생들 역시 마찬가지였다. 교무주임이 아부를 하느라고 그따위 인사법을 만들어 놨다고 투덜대면서도 도린 없었다.

그런데 함 선생이 한 짓을 봐라.

그는 교무주임의 말이 떨어지자마자 자기 뒤쪽 벽에 걸린 태극기를 향해 몸을 돌렸다. 그 순간 옆자리의 선생이 그가 잘 못 알아들은 줄만 알고 귀뜸을 했지만, 그는 들은 척도 않곤 뒤미처 경례, 소리가 떨어지자 아주 정중한 태도로 오른손을 왼 가슴에 갖다 붙였다. 근처의 선생들이 키득키득 웃었다.

이어서 모두는 태극기 쪽으로 몸을 돌렸다. 다시 교무주임이,

“경례!”

그러자 함 선생은 이번엔 교장을 향해 허리를 굽신했다. 마침내 와하, 웃음이 터지고 말았다. 뒤미처 착석들을 해서 각부 주임들의 시달사항을 들으면서도 여기저기서 키득키득 웃음소리가 터져 나왔다. 교장이 화를 참다 못해,

“조용히들 해욧!”

직원조례가 끝나자 교장은 눈꼬리를 세우며 교감에게,

"도대체 조례 분위기가 그게 뭐요? 교감은 새로 온 선생한테 이 학교 제도도 설명해주질 않소?"

하곤 나가버렸다. 교장보다 열 살은 더 많은 교감은 잔뜩 미간을 찌푸리며 함 선생을 불렀다. 시치밀 딱 떼고 가만히 앉아 있던 함 선생이 교감 앞으로 갔다.

"도대체 뭘하는 거요?"

"뭘 말입니까?"

"몰라서 묻는 거요?"

"정말 모르겠습니다."

"아니, 아까 그 인살 어떻게 했는지도 모르오?"

"어떻게긴 제대로 했잖습니까?"

"제대로?"

교감이 어이없다는 듯 입을 딱 벌리고 있다가,

"혹시 함 선생 돌지 않았소?"

"아뇨. 돌긴 왜 돌아요?"

그리곤 머릴 다 흔들어 보였다. 선생들이 또다시 머릴 돌리고 키득거렸다. 세 명의 주임들은 불쾌한 표정으로 함 선생을 쏘아보았다.

"어랍쇼! 교장한테 경례할 때 태극기에 대고 하고 태극기에다 할 때 교장한테 하구. 그거 돈 사람이 아뉴?"

"아, 순서 말입니까? 순선 그게 맞는 순서가 아닙니까?"

교감이 기가 막히다는 듯 잠시 함 선생의 얼굴을 쏘아

보기만 하다가.

"당신이 딴 데서 그 따위루 했는지 몰라도 우리 S학교선 그게 아닌 것도 몰라요. 그래?"

"딴 데나 여기나 먼저 태극기를 향해 해야 하잖습니까?"

"뭐라구?"

"그리고 언제 저한테 그런 거 말해줬습니까?"

"옆 사람 하는 것도 못 봐요?"

"전 무작정 남을 따라 하질 않습니다."

"그래요? 하아 참."

교감은 하도 기가 막혀 할 말이 없는가 보았다. 그는 곧 함 선생을 가라고 했다.

선생들은 이제 웃지 않았다. 사태의 발전이 뻔했기 때문이다. 당장 그날로 함 선생은 쫓겨날 것이다. 아직 도위(道委)의 승인이 나잖았으니 더 말할 처지도 아닐 것이다.

지각, 결근은 물론이고 피치 못할 사정으로 아침 청소 지도에만 빠져도 사유서를 써내라는 데였다. 또 사유서 두 번만 쓰면 〈경고처분서〉라는 게 날아왔다. 이러고저러고 말로 하질 않았다. 그런데 그 경고처분선가 뭔가는 받았다 하면 낯색을 죽이는 놈이었다. 학기말이나 학년말에 보따리 쌀 준비를 하라는 신호였기 때문이다.

헌데 함 선생의 한 짓은 그런 정도로 끝낼 게 아녔다. 높은 것들 생각에 따르면 이건 뭐 아예 말조차 하지 말고 끝장낼 일이었다. 선생들은 금방 낯빛이 흐려졌다. 일부에선 일찌감치 대폿집에 가서 송별회를 해버리는 게 낫다는 소리도 나왔다.

그러나 그게 또한 빗나간 예상이었다. 함 선생을 쫓아내기는커녕 이튿날부터 조례 때 의식순을 함 선생식으로 바꾸기까지 했다. 흘러나온 얘기론 교장이 그렇게 지시했다고 한다. 그러나 교감, 주임들은 함 선생을 내보내자고 주장하는 한편 종전의 순서를 고집했던 모양이다. 본래 아부하는 족속들은 그렇질 않던가. 그러자 교장은 벌컥 화를 내며,

"그런 이유로 잘라냈다면 거 소문 좋게 나겠소? 당신들은 대체 교장을 어떻게 보좌하겠다는 거요, 엉?"

얘긴 그걸로 끝나버렸다. 자아, 사태가 이렇게 예상을 뒤엎고 보니깐 선생들은 어떠했겠나. 실실실 괜스레 웃음을 날리기도 하고 복도에서 지나치며 농담들도 해댔다. 별것도 아닐 조그만 사건의 결과에서 그들은 벌써부터 자유스런 분위기의 한 조짐을 의식하는 모양이었다. 그렇듯 그들은 자유스러움에 기갈이 들어 있다고 해야 되었다.

그러니 김 선생이 어떠했을까. 이놈의 불평꾼 태도는 그게 한번 볼 만했다.

"하아 참, 그저께 나두 당신하고 같이 가서 인살 했어야 하는 건데, 내가 당신네들보다 한 살밖에 더 많어? 근

데 거만하지도 않으면서 새로 온 선생을 찾아가지 않았으니…… 거 예의가 없었지 뭐야."

그러더니 그는 벌떡 자리에서 일어났다. 그는 더벅더벅 함 선생한테로 갔다. 함 선생이 급히 자라에서 일어서자, 김 선생은 그 듬직한 허리통을 깊숙이 접었다. 그 꼴이 꼭 선생님께 절하는 국민학교 학생 같았다. 그 다음 김 선생은 함 선생의 옆자리에 두 손을 포개어 잡고 앉았다. 한동안 정중하기 이를 데 없는 표정으로 얘기를 나누던 김 선생은 마침내 자리에서 일어났다. 그는 또다시 아까처럼 허리를 굽혔다. 나는 웃지 않을 수가 없었다. 자리로 돌아온 김 선생의 얼굴은 벌게져 있었고 숨결이 고르질 않았다.

"인제 임잘 만난 거야, 임잘!"

혼잣말처럼 뇌까리길래,

"누가?"

시치밀 떼고 물었더니,

"학교 꼴도 이젠 돼가겠다! 아암, 날카롭게 생긴 얼굴하며 아무도 만만히 못 볼 사람이야."

중얼대듯 말하는 것이다.

사실 김 선생의 말이 옳았다. 함 선생의 용모엔 함부로 범할 수 없는 그런 힘이 있었던 것이다. 교장이 사건 처리를 그렇게 한 데에는 은연중 그의 그런 힘이 작용했을 터이다. 더욱이 그는 들어올 때 치른 시험 성적이 유례가 없이 우수했다. 아이들도 첫 시간부터 좋아했다.

그러나 함 선생은 교무실 안의 들뜬 분위기를 전혀 깨닫지 못하는 듯 한결같이 덤덤한 얼굴이었다.

그날 이후 함 선생, 김 선생, 나는 학교엘 오면 곧잘 한데 어울렸다.

특히 김 선생은 매사에 함 선생과 함께 행동하려 들었다. 그는 네 시간째에 수업이 없어도 전같이 이른 점심을 먼저 먹으러 가는 일이 없었다. 함 선생을 찾다가 그가 수업 중인 걸 알면 반드시 기다렸다가 함께 식당으로 갔다. 퇴근도 마찬가지였다. 퇴근 때 셋이서 나오다가 혹 함 선생이,

"소변 좀 보고 갈 테니 먼저들 나가시죠."

하면, 그는 그 자리에 딱 발을 세우고 기다리는 것이다. 그런 때 한번은 내가,

"빨리 갑시다. 올 테지 뭐."

하자 김 선생은,

"같이 가요, 같이! 세상에 의리가 있지 그래 먼저 나가?"

하고 흐흐흐 웃었다.

항상 이런 식이었다. 그러니 김 선생이 우리한테 터놓고 학교에 대한 불평들을 말하지 않을 리가 없었다. 교장은 이사장 동생이라고 자격증도 없는 놈이 교장을 해 먹고

있다는 둥, 교감은 눈깔이 새빨갛게 돈만 안다는 둥, 월남 귀순병 대담방송에서 들었는데 거긴 〈엄중경고처분〉이란 게 있으니 경고처분설 띄우는 건 빨갱이 식이 아니냐는 둥, 몇몇 선생들은 그게 선생이냐는 둥, 입이 아프게 떠들었다.

사실 이 학교엔 너무도 어이없는 일들이 많았다.

우선 체벌만 해도 그렇다. 이건 훗제 지도가 아니라 고문이었다. 무릎을 꿇려놓고 몽둥이로 조져대는 건 그래도 나았다. 일쑤 매에 못 견뎌 쓰러진 아일 구둣발로 마구 짓이기는 것이다.

헌데 처벌 따윈 암것두 아니었다.

예비고사 합격률을 높이기 위한 조처는 기가 막혔다. 진학반 네 학급 이백사십 명 중에서 모의고사 실시로 일찌감치 합격권 내에 든 아이들만 추려가지고 수험지도를 하는 것이다. 나머지 애들은 아예 미리부터 잘라버리는 것이다.

그 아이들의 문제가 이만저만 심각하질 않았다. 장차 예비고사 응시를 못 할 터이니깐 수업도 제대로 받질 않고 허구헌날 말썽만 부렸다. 말썽을 부리면 또 말썽을 부린다고 조져댔다. 선생들도 그 애들은 돌대가리니 쓰레기니 하는 말들을 거리낌 없이 써가며 공부도 소홀히 했다.

종종 학부형들이 찾아와 항의를 했다. 그러면 그 꼴이 볼 만했다. 가정 학습 지도 불충분을 반성 못 하고 왜 학교를 추궁하느냐, 학교 방침상 안 된다, 그거였다. 그래도 화를 내고 따지면 곧잘 선생이란 게 삿대질까지 해대며 큰소리였다. 학부형들은 별수 없이 눈물만 질금거리며 돌아서는 게 보통이었다.

자연 아이들은 생기가 없었다. 꼭 애늙은이들 같았다.

기가 죽어 있기론 선생들도 마찬가지였다. 오직 명령과 복종만 있는 분위기였기 때문이다. 도무지 인정미와 의논성스러운 구석이 없었다. 부친이 위독하시다는 전보를 받은 사람한테 그깐놈의 학급 종례를 마치고 가라면 말 다 했잖은가. 또 직원들 경조사가 있어도 미리 좀 알려주는 법이 없다. 기껏해야 당일 아침 마지못해 알려주는 것이다. 상문(喪門) 따위로 수업 결손이 나지 않게 하기 위해서였다.

잡무만 해도 그랬다. 무작정 시달만 해댔다. 직원회는 어떤 꼬락서닌가. 쇠통 발언할 기회를 주지 않았다. 마땅히 선생들의 의견을 들어 정할 만한 일도 이미 간부회에서 정해 가지고 나왔다. 의견을 말할 필요도 없었다. 자연 선생들은 뒤에서 투덜댔다.

그런 선생들은 도시 한담이란 걸 몰랐다. 예외란 딱 세 사람뿐이었다. 첫째가 교무주임이었다. 일쑤 그는 주걱턱에 안경 쓴 얼굴을 쳐들곤 앞에 앉은 중년의 여선생을 향해,

"할망구우! 정말 영감을 앉혀두고 거둬멕이시느라구 고생이 많으셔! 하하하."

하고 늘 해대는 말을 하며 제멋에 겨워 웃어젖혔다.

그러면 학교에 온 지 오 년이 됐다는 여선생은,

"그렇시다, 그려! 서방 멕여살리느라구 위장병까지 생겼시다, 위장병까지."

하곤 책상 위에 놓은 위장약을 집어 흔들어 보였다. 물론 마지못해 받아주는 태도였다.

선생들은 누구도 그 농담에 귀를 기울이는 사람이 없었다. 사실 그건 농담이라기보다 야유처럼 느껴졌기 때문일 것이다. 오직 한 사람, 주임보다도 나이가 많은 기획계 선생만이 무슨 인사성이나 차리듯 책상에 눈을 둔 채 히죽 웃어줄 따름이다. 아니, 교무주임의 그런 농담을 들을라치면 으레 맞장구를 치는 사람이 하나 있었다. 학생부에 앉은 젊은 체육 선생이었다.

"그려어, 서방 멕여살리느라구 위장병까지 다 생겼다 이거여. 나 같음 맨날 학교에 와서 그놈의 뜨물 같은 위장약 홀쩍홀쩍 마셔대지 않구 이혼허겄어, 그리구 나처럼 쟁쟁한 젊은 놈한테 재혼한다 이거야. 얼마나 좋아, 힘 좋아서 밤이나 낮이나 해줄 수 있구."

그러면 사내들 틈에서 시달릴 대로 시달려 이력이 난 중년 여선생은 그 걸걸한 목소리로,

"얼씨구 좋아하네! 야, 내가 이혼을 해두 니 같은 병신한테 시집갈 줄 아냐, 야."

하곤 낯색이 울그락불그락해졌는데도 열댓 살이나 연하인 저 망나닐 어쩌지 못하겠다는 듯 후후 웃어버리는 것이다.

해병대 장교로 제대했다는 그 체육 선생은 그게 어릿광대라면 똑 알맞다. 그만큼 농담, 잡담에 장난질을 즐겼다.

학교엔 여선생이 딱 두 명 있었다. 중년 여선생 외에 독일어를 가르치는 처녀 선생이었다. 체육 선생은 걸핏하면 그녀한테 가서 짓거리를 해댔다. 학생들이 보는 앞이어도 상관이 없었다. 마구 성 얘기를 떠들어가며 지분거렸다. 너무 지나쳐 처녀 선생은 몇 번 울기까지 했다.

또 하나 곧잘 잡담을 꺼내는 사람은 연구주임이었다.

그는 어려서 보약을 많이 먹었다고 했다. 아닌게 아니라 혈색이 좋고 몸매가 다부졌다. 학생들을 잘 팰 만도 했다. 그가 한번은 이런 애길했다.

"짜식이 첫날 수업을 들어가니깐 잔뜩 대가릴 책상 위에 숙이고 있잖겠어요. 몇 번 얼굴을 들라고 했죠, 헌데 이 새끼가 도무지 눈깔만 치뜨지 고갤 안 들어요. 화가 나서 좇아가 몇 대 쥐어박았죠. 그런데 그래두 자꾸 대가릴 숙인단 말예요. 다시 좇아갔죠. 알고보니 이 새끼가 병신였어요, 헤헤헤. 그래 궁릴 하다가 몇 놈의 혁댈 풀르게 했죠. 그걸 이어 갖고 고릴 만들어서 녀석의 머릴 묶었어요. 그리곤 두 놈을 나오라고 해가지고 뒤에서 있는 힘을 다

해 잡아당기게 했죠, 헤헤헤. 그런데두 글쎄, 안 되대! 안 펴져."

아연할 수밖에 없었다.

아무튼 이렇게 세 명의 입 말고는 모두 벙어리들 같았다. 혹 교감이나 어쩌다가 비시시 웃을까. 평교사들은 귀가 뚫렸으니 듣는다는 시늉으로 제 소리들은 한마디도 하질 않았다.

이런 속에서 물론 김 선생의 태도는 함 선생이 오기 전에도 조금 달랐다. 체벌 교사한테 쫓아가 몽둥이질을 말리려고도 들었고 장난질을 일삼는 체육 선생을 점잖게 나무라기도 했다. 그러나 상대는 오히려 김 선생을 힐난했다. 나도 당신만큼은 교사로서의 양식이 있다는 둥, 당신이 교감, 교장이야 뭐야, 왜 남의 개인적인 일에 간섭하느냐는 둥, 하면서 아래위를 훑어보는 것이었다. 김 선생은 얼굴만 벌게져가지곤 자리로 돌아왔다.

그럴 때 김 선생은 동조를 구하듯 나를 다잡고 쳐다보았다. 하지만 몹시 난처함을 느끼는 나는 어물어물 시선을 딴 데로 피하게 마련이다. 종이호랑이, 종이호랑이, 하고 자조하는 말을 속으로 뇌까리기만 하면서. 참말 나는 이빨과 발톱이 빠져 버린 늙은 호랑이가 아니라 아예 종이호랑이쯤으로 자신을 치부하고 있었다. 그리고 그것은 급성간염의 발병으로 치러야 했던 삼 년 동안의 암담한 실직 상태가 죄였다고 스스로 변명하는 것이었다. 동시에 무슨 잃어버린 영화를 회상하듯 그야말로 패기가 만만했던 옛일들을 떠올리며 쓸쓸한 감상에나 빠져 버리곤 했다. 이런 내 꼴을 보면 김 선생은 비웃는 낯으로 혀를 끌끌 찼다.

그러나 그도 별도리란 없었다. 그러던 김 선생이 함 선생이 온 뒤부터는 노골적으로 불평을 떠들어대는 건 말한 것도 없고 곧잘 서슴없는 행동을 해대기 시작했다. 체벌 교사의 손에서 몽둥이를 빼앗아 홱 던져버리기도 했고 학부형을 울린 교사와 언쟁을 벌이기도 했다. 그뿐인가, 경고처분 제도는 김일성이가 하는 것이니 당장 집어치워야 한다는 둥, 관리자들 연수교육은 왜 없느냐는 둥, 참말 놀라게 굴었다. 그런 김 선생을 볼 때 나는 은근히 걱정스러우면서도 한편으론 통쾌하여 전에 없이 종종 맞장구를 쳐줬다. 얄팍한 수작이었다.

하지만 함 선생은 이렇다저렇다 말질에 끼어드는 일이 없다가 일쑤 엉뚱한 소릴 꺼냈다.

예를 들면,

"김 선생님, 게 알죠, 게?"

그리고 손가락들을 게 발처럼 만들어 움직여 보였다.

"알죠."

"그 게가 옆으로 기죠?"

"그렇죠."

"앞으로 기게 하려면 어떻게 해야 합니까?"

김 선생은 고개를 갸웃거리다가,

"글쎄, 시멘트로 양쪽에 벽을 쌓나, 흐흐흐."

"자알 생각해 보세요."

"암만해두 안 떠오르는데?"

"그냥 내버려둡시다. 문제도 풀질 말고 그냥 내버려두고, 그리고 게두 그냥 기어가게 내버려둡시다. 하하."

"?……"

"?……"

"그놈은 그게 앞으로 가는 거니깐 시멘트벽이고 뭐고 쌓지 말구 그냥 내버려둡시다요."

"뭐라구? 하아, 그런데 그려! 흐흐흐흐흐."

"하하하."

어떤 때는 이런 소리도 꺼냈다.

"김 선생님, 삼국통일은 누가 했죠?"

"그거야 묻는 사람이 돈 사람이지."

"글쎄 누굽니까?"

"국민윤리 선생이 그것두 모를까 봐."

"아마 모르실껄."

"하아 참, 김유신 장군이지 누군 누구야?"

"거봐, 틀렸잖남."

"그럼 누구란 말야?"

"병든 노모, 꽃 같은 새악실 두고 떠난 지아비들이 했지."

"뭐라구? 하아, 이거 또 걸려들었네! 흐흐흐. 한 사람의 공적이 아니다 그거지? 흐흐흐. 옳았어, 옳아!"

"그 지아비들이 어젯밤 꿈에 나타나서 아우성을 칩디다."

"뭐라구? 꿈에 나타났다구?"

"그런데 선생님, 선생님 목욕 댕기죠?"

"그럼 뭐, 생전 목욕도 않는 사람 같은감? 흐흐."

"발가벗으면 몸에 멍 자리가 얼마나 많습디까?"

"웬 멍 자리? 무슨 소릴 하려구 또 이래?"

"글쎄, 있어요 없어요?"

"내가 뭐 병신같이 매만 맞는 놈인가? 이래봬두, 신이 아니거든 무릎을 꿇지 말라, 하고 배운 나폴레옹을 국민학교 사학년 때 읽었다구! 그런 놈이 매를 맞았겠어?"

"내 눈엔 선생님이 옷을 입고 있어도 멍들이 보이는데?"

김 선생은 건성 자기 몸을 살피며,

"어디, 어디? 뵈면 말해 봐?"

"허어, 눈이 멀었구려!"

그리고 함 선생은 눈을 스르르 감고 타령조로,

"여기 가엾은 심봉사가 왔구나! 청아, 청아, 가엾은 심청아! 빨리 와서 네 아빌 눈뜨게 하거라."

하곤 감았던 눈을 떴다. 김 선생이 그런 함 선생의 어깨를 치며,

"두 눈이 시퍼런 놈한테 재수 없게 그런 소리 하기요? 흐흐."

"아니오, 아니오! 자아, 보시오. 되놈들이 와서 걷어차면 어구구, 쪽발이놈들이 와서 짓밟으면 애개개, 그저 매만 맞고 살았는데 멍이 안 보이다니, 멍이 아니 보이다니!"

"흐흐흐."

"하하하."

헌데 이런 얘길 들은 담에 김 선생의 태도가 문제였다. 걸핏하면 교무실이나 식당 같은 데서 교감이나 주임들한테 함 선생투를 흉내 내어 말하는 것이다. 아니 한술 더 떠서 야유조로 나왔다. 교무주임이 게 얘길 듣고 고개를 갸웃거리자 냅다 웃음보를 터뜨리며,

"그걸 알면 아이큐가 백이십요, 백이십! 그러니 S고등학교 교무주지임 아이큐 알 만하지."

하는 것이다.

교무주임은 얼굴이 다 벌게졌었다.

김 선생이 이런 꼴로 나오자 높은 것들의 심사가 좋을 리 없었다. 그리고 그 짓은 함 선생의 출현으로 비롯된 사실임을 너무도 잘 알고도 남았다. 그러나 당장은 함 선생을 어쩌지도 못하고 있었다. 그런 어느 날, 한 가지 놀라운 일이 생겼다. 퇴근 무렵 교장은 함 선생을 은밀히 불렀던 것이다.

교장은 아무도 눈치 못 채게 함 선생을 요정으로 데리고 갔다. 계집 하나씩을 옆에 앉히고 첨엔 덮어놓고 술만 마셨다. 어지간히 술이 취하자 교장은,

"함 선생, 여러 가지로 부족한 게 많은 S에 와서 고생이 많소. 하지만 함 선생 같은 유능한 분이 고생을 참고 애를 써줘야 이놈의 역사도 전통도 없는 학교가 발전하겠소. 우리 손 잡고 일합시다."

하더니 부하 간부들의 무능을 들고나왔다. 죄다 삼류, 사류 대학 출신들이어서 그런지 도무지 업무 수행상 교장을 제대로 보필하질 못한다는 거였다. 또 유능한 교사는 서울에 인접된 도시여서 모두 서울로 빼앗기고 만다는 거였다.

"그러니 명년에 교감을 잘라 버리고 함 선생을 교감에 앉히겠소, 선생을 잘 다루고, 그게 내 보필을 잘하는 거요. 우리 손 잡고 S를 일류로 만들어 봅시다."

함 선생은 술이 번쩍 깨는 것 같았다. 그는 한동안 교장 얼굴을 빤히 쳐다보기만 하다가,

"더러운 술을 마셨군 그래요?"

"뭐라구?"

그러나 함 선생은 달리 대꾸가 없이 한번 씩 웃고는 돌연 오른손 검지를 입속에 처넣었다. 뒤미처 욱 소리와 함께 마신 술을 냅다 술상에 토해 버렸다. 단박 술판에 난리

가 난 건 말할 것도 없었다. 계집아이들이 소리를 지르며 뛰쳐 일어났고 교장은 이게 뭔 짓이냐고 외쳤다. 허나 함 선생은 까짓것 아랑곳도 없이 계집아이들한테 버럭 이런 소릴 질렀다.

"야 이년들아, 가서 와이어브러시 가져와. 이 더러운 술을 마셨으니 입을 좀 닦아야겠어! 와이어브러시로 북북 닦아 내야겠어."

하고는 그대로 일어나 밖으로 나왔다.

이런 얘길 듣자 김 선생은,

"어랍쇼, 거 왜 그랬어? 사립학교구 이사장 친동생이라 얼마든지 모가질 자를 수가 있는데? 교감새끼 더러운 인종이라구! 아주 악질야. 당신이 교감 되면 우리도 살고, 거 얼마나 좋아 차암 잘못했다, 그거!"

그 말에 함 선생은 빙긋 웃기만 했다. 나는 묵묵히 그런 함 선생의 얼굴을 쳐다보았다.

김 선생의 사건이 터진 것은 그 일주일 뒤였다.

김 선생은 갑자기 사흘 동안 결근을 했다. 첫날은 그저 무슨 사정이 생겼겠지 하고 예사로 보아넘겼다. 그러나 이틀, 사흘째가 되자 함 선생과 나는 몹시 궁금해 했다. 우리는 내일엔 김 선생네 집에 찾아가 보자고 약속했는데 이튿날 그는 학교에 출근했다.

"아니, 어떻게 된 겁니까?"

우리는 물론 선생들도 모여들며 물어댔다. 전엔 이런 일이 없었다. 결근은 고사하고 심지어는 전근을 하는 선생이 있어도 높은 것들 눈치만 슬슬 보며 선뜻 악수 한번 하질 않았었다. 높은 것들이 그런 태도를 취하니 당연했다. 그들은 당사자가 앞에 가서 보고하듯 형편을 말해야 그제서야 고개를 끄덕이며 알겠다는 투였던 것이다. 헌데 그런 분위긴 깨져나가고 있었다. 아무튼 선생들이 진심으로 걱정하는 표정이 되어 묻자, 김 선생은 한쪽 손으로 목 밑을 가리키며,

"수술을 받았어요."

그러고 보니 그는 잠바 속으로 두툼한 머플러를 목에 감고 있었다.

"어딜, 왜?"

"결핵성 임파선염, 왜 연주창이라고들 하잖수."

하곤 그는 다음과 같은 얘길 했다. 퍽 오래 전부터 왼쪽 가슴 위쪽에 뾰루지가 나선 곪아터졌다. 그러나 대수롭잖게 여기곤 자꾸만 고약이나 갈아붙였다. 헌데 일요일인 나흘 전 목욕을 갔는데 환부가 터졌다. 피고름이 얼마나 많이 쏟아졌는지 모른다. 그리곤 내처 피가 터져나왔다. 지혈을 시키다 못해 타올로 싸 막고는 그대로 목욕탕에서 나왔다. 집엘 왔으나 피는 계속 쏟아졌다. 할 수 없

이 병원엘 갔다. 참 미련하기도 하슈, 하고 의사가 말했다. 듣고 보니 연주창이었다. 그는 곧 수술을 받아야 했다.

"참 고생하셨네!"

선생들은 그 병은 대개 과로가 원인이라면서 위로의 말들을 했다. 그리곤 그게 근치가 어려워서 자꾸만 수술을 받게 된다는 둥, 고양이를 두어 마리 삶아 먹으면 즉효라는 둥, 한마디씩 떠들어댔다. 이윽고 수업 때문에 제자리로 돌아갔다.

그런데 한 시간 수업이 끝난 뒤였다.

함 선생과 내가 교무실로 들어서자 김 선생은 기다렸다는 듯 앉았던 자리에서 일어나더니 우리에게 따라오라는 눈짓을 해 보이곤 복도로 나갔다. 우리가 뒤따라 나가자,

"교감이 날더러 관두라는 거야!"

"왜?"

우리는 동시에 반문했다.

"연주창은 불치병이라구 집에서 치료나 받으래."

"?……"

"선생들도 알지만 내가 학교 관두면 새끼들은 어떡해?"

그 순간 나는 김 선생이 지난날 마구 불평하던 일을 떠올리며,

"거 야단났잖아…… 하지만 법이 있는 데 맘대로야 되겠어?"

법이고 뭐고 별 소용이 없을 걸 뻔히 짐작하면서도 그렇게 말했다. 허나 함 선생은 피식 웃기만 하고 가부간 말이 없었다. 그러자 김 선생은 낯빛이 죽으며,

"난 어떡해야 하지? 이 학교서 법을 쳐들어 봤잔데! 또 붙어 있는 게 중요하니깐 그래선 안 되는데 난 어떡하지?"

하지만 함 선생은 창밖으로 눈을 돌릴 뿐 종시 입을 열지 않았다. 나는 그런 함 선생에게 눈을 주고 있다가,

"사정을 해보는 수밖에 없잖우?"

"그렇지?"

세 사람은 잠시 침묵을 지키고 있다가 교무실로 돌아왔다. 그길로 김 선생은 교감한테로 갔다. 그는 허리를 굽히곤 한참 동안 떨리는 목소리로 말했다.

"글쎄 그런 사정을 누가 몰라서 그러오? 여기 김 선생보다 더 형편이 나은 사람이 누가 있소? 하지만 다른 사람 경우도 마찬가지요. 치료 받자면 줄곧 학괄 빠져야 하는데 학교에 그런 지장을 줘서 안 되는 거 김 선생이 더 잘 알잖소? 더구나 김 선생은 학교에 불만도 많으시고. …… 그러지 말고 자아, 이참에 사표 써줘요."

그리고 교감은 다시 볼펜을 잡았다. 김 선생이 그의 팔을 잡았다.

"교감 선생님, 한 번만 봐주십쇼. 고의로 병이 난 것도 아니구 또 치룐 수업에 지장이 없을 때 가서 받겠습니다."

그러자 교감은 김 선생의 손을 홱 떨어내며,

"글쎄 안 된다잖아요? 어서 한 장 그려내요."

김 선생은 멍청히 서 있다가 자리로 돌아왔다. 그는 얼굴에 땀을 흘리고 있었다. 다음 시간 벨이 울려 대부분의 선생이 교무실을 나가자 김 선생은 또 다시 교감한테로 갔다. 얘기를 들은 교감이 이번엔 화를 벌컥 내며 김 선생을 떼밀기까지 했다. 그러자 김 선생은 얼른 그 자리에 꿇어앉더니 비는 시늉을 하며,

"한 번만 봐주십시오. 과거지산 지가 참회하겠습니다. 한 번만 봐주십시오."

곁눈질을 하던 나는 흘끗 함 선생을 쳐다보곤 책상 위로 눈길을 떨구었다. 함 선생은 두 손으로 턱을 괸 채 뚫어지게 교감 쪽을 바라보며 앉아 있었다.

"허어 참, 정말 왜 이래요? 학교 방침상 안 된다고 했잖아요? 빌잖아 벌벌 기어도 안 되는 건 안 돼요!"

그때였다. 빌기를 멈추며 교감을 노려보던 김 선생이 벌떡 일어서더니,

"야, 이 새꺄! 교감이면 다야? 너 이 새끼 작년에 내가 올 때 돈 안 줘서 벼르고 있었지? 내가 그걸 모를까 봐?"

"뭐라구?"

"입은 삐뚤어졌어도 말은 바로 하라구. 내가 시험 칠 때 너 어떻게 했어. 내가 시험이나 봤어? 네놈이 팔십오 점

을 만들어 가지고 들어와서 뭐랬어? 뭐, 내가 꼭 써주고 싶어서 정답을 보구 점술 만들어줬으니 첫 봉급은 날 달라구? 이 새꺄, 첫 봉급을 안 줬더니 너 유감 삼았지? 이 개새끼야. 저녁을 세 번이나……"

자리에서 벌떡 일어난 교감이 떼밀치는 바람에 말을 끊었던 김 선생은 그의 멱살을 잡으며,

"세 번씩이나 사줬음 되었지 어떻게 더 사줘? 니 여편네가 복부인 노릇하려구 아파틀 샀다가 망했음 망했지 그따위 부정을 일삼아?"

그때 자리에서 일어나 쫓아온 주임들이 김 선생의 팔을 비틀어 떼어놓고는,

"왜 큰소리야, 이거! 누굴 도둑놈으로 몰아, 엉?"

하고 얼굴이 벌겋게 달아올라선 곧 치기라도 할 듯이 구는 건 연구주임이었다.

어느새 그리로 쫓아간 나도 김 선생님, 김 선생님, 하면서 어쩔 줄을 몰라했다. 교감은 발을 굴러가며 누굴 모략하느냐고 떠들어댔고, 주임들은 말을 삼가하라고 김 선생을 공박했다.

"허어, 그래?"

연신 이런 말만 뇌까리며 자라에 돌아와 앉은 김 선생은,

"어디들 두고 보자, 이 새끼들! 응, 어디 두고 보자구, 이

놈들아."

하며 씨근거렸다.

이내 교무실 안은 잠잠해졌다.

알고 보니 교감의 비행은 사실이었다.

첨 왔을 때 함 선생과 나도 그랬지만 김 선생도 교장실에서 시험을 치러야 했다. 헌데 그는 마침 교장이 출타 중이어서 교감 앞에서 봐야 했다. 교감은 교장 책상 서랍에서 시험지를 꺼내 가지고 돌아오자 얼른 내주질 않으며 자꾸만 이런저런 얘기를 시켰다. 그러는 동안 교감은 계속 김 선생의 얼굴을 살폈다. 어찌나 유심히 살피는지 김 선생의 대꾸하는 말을 못 알아들을 정도였다. 자꾸 되물었다. 그러던 교감은 문득, 삼 년이나 놀았죠? 하고 물었다. 김 선생이 그렇다고 하자 교감은, 그럼 점수 잘 맞긴 틀렸어, 하더니 내 하는 대로 하겠소? 물었다. 김 선생이 무슨 뜻인 줄 몰라 가만 있자니깐 교감은, 그렇게 해요, 하더니 시험지를 든 채 서무실 쪽 문이 아니라 복도 편 문으로 나가버렸다. 교감이 돌아온 건 십오 분쯤 지나서였다.

헌데 이게 놀라운 일이었다. 자리에 앉은 교감은 마침 교장이 없어서 다행이라며 자기가 김 선생을 꼭 쓸 욕심으로 정답을 보고 팔십오 점으로 만들어왔으니 그리 알고 첫 봉급을 타면 그건 인사로 달라는 거였다. 김 선생은 어이가 없었다. 그런대도 미처 말을 못 하고 있는데 뜻밖에 서무과장이 문을 밀치고 들어섰다. 시험 다 보셨습니까? 서무과장은 그 가랑가랑한 목소리로 말했다. 그러자 당황한 교감은 엉겁결에, 성적이 아주 좋습니다, 하곤 시험지를 서무과장에게 내밀었다. 그걸 받아본 서무과장은 호들갑스레 칭찬을 하고는 곧 서무직원을 불러 잘 철해두라고 일렀다.

"시험지가 증거물루 있을 거라구! 그리구 나중에 안 거지만 교감과 서무과장이 서로 잡아먹을려구 하는 사인 줄 알구도 있다구. 하지만 인간이 불쌍하구 나두 꼭 취직을 하잖으면 안 되는 형편이어서 너 좋구 나 좋게 내가 돈은 못 줬어두 세 번이나 저녁을 샀다구. 근데 이 새끼가 그동안 어떻게 했는지 알아? 경고처분설 두 장이나 받게 했어, 주번 근무에 꼭 삼 분 늦었다구 글쎄."

비로소 나는 김 선생이 항상 불만에 사는 까닭을 알 것 같았다. 함 선생은 그런 얘길 듣자,

"김 선생이 워낙 머저리 같으니깐 그랬지."

하고는 처음으로 허허 웃었다.

그런데 김 선생의 일은 묘하게 돌아갔다. 교감이 느닷없이 태도를 바꿔 그날 김 선생을 은밀히 만났던 것이다.

이튿날, 학교에 나타난 김 선생은 얼굴이 부어 있었다. 기분도 좋아져 있었다.

"어쩐 일입니까?"

그러나 그는 교무실 안을 둘러보고 대답을 안 했다가 나중에 서야 말을 했다.

"교감하고 곤냐꾸가 되도록 마셨는걸. 흐흐흐……"

"그랬어요?"

함 선생이 의아한 눈초리로 물으니깐,

"특히 함 선생한테 비밀루 하자구 했는데. 흐흐흐."

그러자 함 선생이 예의 나지막하고 또박또박한 말소리로,

"앞으로 괜찮을 거 같애요?"

그 말에 김 선생은 단박 낯빛이 어두워지면서,

"그게 불안해. 하지만 어떡해? 당장 발등의 불은 끄고 봐야지. 다른 일이 생기면 그땐 그때 가서 생각해야지."

혼잣말처럼 뇌까렸다.

바로 그 다음날 직원조례 때였다. 주임들의 그 줄기찬 시달이 끝나 교무주임이 폐회를 선언하려는 참인데 함 선생이 자리에서 일어났다. 직원실 안의 눈들이 그에게 쏠렸다.

"교감. 앞으로 나오시오!"

모두 깜짝들 놀라지 않을 수가 없었다. 교장이 교감을 돌아보며,

"모두 무슨 짓들이요?"

금세 핏기가 가신 교감이 미처 무슨 말을 못 하는 사이,

"교감, 앞으로 나오라고 했잖소?"

그러자 자기들끼리 쳐다보며 교장을 흘금거리던 간부 중에서 연구주임이 자리를 박차고 일어났다.

"니가 뭔데 교감 나와라 마라 하는 거야, 건방지게?"

그러나 함 선생은 눈 하나 깜박하지 않으며,

"교감, 앞에 나와서 얼른 공개사과 해요. 그 다음 김 선생님한테 어제 김 선생이 당신한테 했듯이 무릎 꿇고 빌어요. 만일 그렇게 안 하면 사태가 심각해져요."

순간 교감이 푹 고개를 떨구었고, 다급히 자리에서 일어난 교무주임은 교장한테 가서 귓속말을 했다. 물론 어제의 일을 말하는 것이었다. 김 선생은 책상 위로 눈을 떨구고 있었다. 연구주임은 함 선생을 노려보고 있었다.

이윽고 얘기를 듣고 난 교장은 얼굴이 빨갛게 바뀌면서 먼저 손을 내뻗어 흔들며,

"앉아! 도대체 니가 뭔데 교감보구 공개사과 해라 마라 명령야? 뭐, 무릎을 꿇고 빌어? 이게 도대체 어떻게 생겨먹은 놈의 대가리야? 건방진 놈 아냐, 저거? 위계질서두 없는 데서 산 놈 아냐, 저거? 앉아! 앉잖으면 당장 파면시킬 테야! 내 참 기가 막혀, 원."

너무너무 어이가 없다는 얼굴이었다.

그러나 함 선생은 이미 짐작을 했다는 듯 손톱만치도 당황하는 기색이 없이,

"교장도 공개사괄 하고 싶나요?"

"뭐어얏?"

그러자 함 선생은 빙그레 웃기까지 하고는,

"몰라서 반문하는 건 아니겠죠? 님자를 붙이지 않아 대단히 미안합니다만 국문학도인 내가 알기론 그것이 최대 존경의 접미사의 하나여서 마구 쓸 수가 없습니다. 군소린 말고, 어서 교감 일어나 사괄 하시오."

마침내 기가 차서 말이 안 나온다는 듯 빤히 함 선생을 쳐다보던 교장은 허허 웃음을 날리곤, 잘들 해보슈, 잘들! 하고 교감에게 내뱉곤 자리를 떠나버렸다. 피신일 터였다.

교무실 안에 무거운 침묵이 흘렀다.

이윽고, 얼굴을 쳐든 교감이 함 선생을 잡아먹을 듯이 노려보며,

"야, 임마! 내가 죽음 죽었지 공개사관 못한다. 어쩔래? 어디 맘대로 해 봐. 나두 이판사판이야."

하고선 또 횡하니 밖으로 나갔다.

그때 교무주임이 재빨리 폐회를 알렸고, 담임들은 학생 조례를 위해 일어섰다.

그 뒤 닷새 동안의 일은 모두 적을 수도 없을 정도였다. 교장실에선 연일 간부회의가 열렸다. 어느 날은 꼬박 밤을 새우며 말씨름들을 했다고 한다. 한편 함 선생에 대한 태도도 매일 달랐다. 맘대로 하라고 배짱을 부려보기도

그는 씩 웃고는,

"고향에 가서 돼지를 몇 마리 길러도 먹고살긴 하잖겠어요?"

그는 한발 층계를 내려섰다.

가을날의 아침 햇살은 그가 오던 날처럼 운동장에 가득히 쏟아져 내리고 있었다.

〈1980년, 현대문학〉

저녁놀

저녁놀

나는 어렸을 적에도 우리 동네의 목롯집 할멈이 고향 토박이가 아니라는 것만은 알고 있었다. 그녀는 우리가 쓰는 '하겠어?'를 '하갔어?'로 '왔지?'를 '왔디?'라고 하는 사투리를 썼던 것이다. 많이 희석된 사투리를 쓰는 중에도 더러는 아직도 뚜렷이 남아 있었던 터이다. 그러나 할멈네가 언제 어디서 우리 동네로 흘러들어와 자리 잡고 살게 되었는지 그런 건 알지 못한다. 그녀네는 내가 태어나기 전부터 우리 동네에 살았고, 따라서 나는 그들이 그냥 우리 동네 사람으로 알고 지내왔을 따름이다.

목롯집은 바로 한길 가에 자리 잡고 있었다. 위쪽으로 넉 장씩의 유리를 끼운 네 짝 미닫이가 출입문인데, 이 문짝들은 언제부턴가 사시사철 흙먼지를 잔뜩 뒤집어쓰고 있었다.

그렇다. 이제 곰곰이 기억을 되살려보니 그건 바로 해

방이 되고 한길에 오가는 자동차들의 숫자가 나날이 부쩍 부쩍 늘어나면서 생긴 현상이었다. 비가 오는 날이면 자동차들은 우마차들과 달리 한길 바닥에 고인 흙탕물을 가차 없이 튀겨댔던 것이다.

할멈네는 처음 한동안은 대야에 물을 떠다가 흩뿌리며 말라붙은 흙탕물을 닦아내기도 했었다. 하지만 장마철에 들어 그런 일이 소용없게 되자 그냥 내버려 둔 것이 아예 닦음질을 잊어버리게 했던 것이다. 그래서 문짝은 드나드는 술꾼들의 손이 닿는 손잡이 부위만 빼고는 두꺼운 흙때가 앉아 있었다.

할멈네 식구로는 영감과 두 딸, 아들 하나, 그리고 둘째 딸 소생의 아들딸들 셋이 있었다. 술청에 들어서면 길게 가로질러 목로가 있고, 그 너머 왼쪽에 부엌이 딸린 윗방과 거기 아랫방이 잇대어 있는데 할멈, 영감, 아들이 윗방을 쓰고, 큰딸은 나가 있어서 과수댁인 둘째 딸이 애들을 데리고 아랫방에서 기거했다. 비좁고 군색한 형편이었지만 그들에게선 불만스러워하는 기색 따위는 전연 풍기지 않았다.

내 기억에 할멈은 늘 취기에 젖어 있었다. 조반을 막걸리 한 잔으로 대신한다는 할멈은 낯빛이 불콰해져서는 애나 어른이나 사람을 만나면 앞니 두 대가 빠진 누릇한 잇바디를 드러내고 미소를 지으며 먼저 인사말을 던지곤 했다. 마치 언제나 좋은 일만 있는 분 같았다. 그런 할멈은 드나드는 술꾼들을 상대하는 일 외에 집안의 다른 일들엔 손도 까닥하지 않았다. 술상을 보는 건 둘째 딸의 몫이고, 낡은 넥타이로 허리끈을 한 한복 바지 차림에 구중중한 회색빛 양복 상의를 걸친 영감은 한쪽 구석에서 파를 다듬거나 안줏감으로 닭의 목을 비틀고 손질하는 일을 했다.

그런데 언젠가 어른들이 나누던 말에 의하면 이 집안사람들은 그 출생이 그야말로 구구각색이었다. 영감부터 말하면 할멈의 세 남매 중 누구 하나 그의 소생이 아니었다. 아니, 세 아들딸도 모두가 각성바지였다. 둘째 딸의 세 애들도 맏이인 사내애와 두 딸과는 애비가 다르다 했다. 그러니깐 할멈을 거친 남자가 자식 수로만 따져도 셋인 셈이고, 둘째 딸 역시 두 사내를 겪은 과부인 것이다.

할멈은 우리 집과 가까이 지냈다. 그렇게 된 첫째 이유는 할멈네 목롯집 맞은편 길 건너에 우리 집에서 경영하는 우마차 제작 공장이 있었기 때문이다. 아버지는 공장에 찾아온 구매자들과 상담을 마치고 나면 으레 손님들을 할멈네 목롯집에서 대접했던 것이다.

아버지가 자기네 큰 단골손님이었던 때문일까, 할멈은 곧잘 두툼하게 부친 구수한 부침개나 삶은 쇠머릿살이나 돼지비갯살 같은 걸 푸짐하게 쟁반에 담아 어머니한테 들고 오곤 했다. 그리고 그런 걸 들고 온 뒤면 어머니와 한

참씩 이런저런 얘기를 나누곤 했었다. 그렇게 쌓인 정분으로 할멈은 혹 어머니가 병이 나서 식사도 제대로 못 하는 형편이면 다른 입맛 당기는 별식이라도 마련해서 찾아오곤 했다. 어머니 쪽도 마찬가지였다. 우리는 양곡(糧穀)을 위한 거라지만 동네에서 부잣집이라는 소릴 들을 만한 전답을 갖고 농사를 지었던 만치 쌀을 비롯해서 보리와 여러 잡곡 그리고 고구마, 감자, 고추, 파 따위 같은 농작물을 풍성하게 수확했는데, 어머니는 이런 것들을 푸근푸근 퍼담아 할멈네로 보내곤 했던 것이다.

할멈은 우리 집에 오면, 겨울철이 아니고는 으레 쪽마루에 걸터앉아 쪽문을 열어놓고 그 문지방에 두 팔을 걸친 채 내다보는 어머니와 이런저런 얘기를 나누기 마련인데 때로 괴로운 속 사정도 털어놓던 것을 나는 지금도 기억한다.

어느 해 가을이었다. 녹두부침개 서너 장을 부쳐 들고 찾아온 할멈은 쪽마루에 앉자 전에 없이 어둑한 낯빛으로 한숨을 쉬고 나서 입을 열었다.

"나야 종눔의 자식으로 태어나서 종으루 묶여 살디 않구 이르케 제 맘대루 밥먹구 잠자구 사는 것만두 복이디요. 이제 누가 날더러 종눔종눔하맨서 하대 하갔시오. 하지만 큰딸넨은 기게 아니더라구요."

"다 잊어버려요. 아직두 속내루덜은 문벌을 따지는 아니

꼬운 세상이니 차라리 애당초 성혼 안 된 게 잘된 건지두 몰라요. 그런 집안 자식하구 혼인하구 나서 고생하느니, 아암, 안 된 게 백 번두 낫지. 짚신두 제 짝이 있는데 잘난 인물에 설마하니 제짝 없겠수."

"하지만 그건 온전한 몸으로 기대릴 때 얘기디요. 저년이 저르케 술집으루 뛰어들었으니 인자 제대로 짝을 딧긴 글렀시오."

맏딸은 '온천장(溫泉場)' 기녀로 있었다.

당시 온천장은 숙박시설을 갖춘 고급요정이었다. 경찰서장, 군수를 비롯한 관내 기관장이나 총독부, 도 같은 상급관청에서 내려온 관리만 드나들고, 조선 사람으로는 그들을 접대하기 위한 지주 정도나 출입할 뿐 일반인은 발 그림자도 못 하던 데였다.

맏딸은 중키에 알맞은 몸매, 계란처럼 동그스름한 얼굴에 선량함이 풍기는 눈매와 곧잘 보일 듯 말 듯한 미소를 짓는, 교양미 흐르는 자태를 가진 미녀였다. 그런 그녀는 한가한 낮이면 곧잘 밖에 나와 바람을 쐬었고, 그럴 때 나는 그녀를 종종 볼 수가 있었다. 우리 논이 온천장 바로 옆에 붙어 있었는데, 들일이 있는 날 심부름이나 가을에 새를 보러 가곤 했기 때문이다.

기모노를 입고 발가락이 드러나는 하얀 양말 바람에 게다를 신은 그녀는 마당 나무들 사이나 연못가를 산책하거나 벤치에 앉아 해바라기를 하곤 했는데, 지나가는 나를 보면 으레 손짓으로 불러서는 조그만 캐러멜 곽이나 사탕 봉지를 건넸다. 무슨 말을 하지도 않고 그저 상그레 웃으며 그런 걸 주는 것으로 보면 나를 특별히 염두에 두고 있는 듯했다.

아무튼 나는 그런 걸 받으면 아무 말 없이 고개만 한 번 꾸벅해 보이곤 돌아섰는데, 고 달콤하고 향긋한 맛, 나는 늘 그것이 그녀의 예쁘고 착한 마음씨처럼 느껴지곤 했었다.

해방이 되자 온천장은 문을 닫았다. 그와 함께 일인인 온천장 주인과 몇 종업원들은 곧 저희 나라로 갔는데 어찌 된 건지 조선 사람인 할멈의 맏딸도 어디론가 종적을 감춰 버렸다. 그즈음 어느 날 빈대떡을 부쳐 들고 어머니를 찾아온 목롯집 할멈은,

"오늘두 또 온천장엘 찾아갔드랬어요. 하지만 또 허탕쳣시요."

"문지기 지 서방이라 했든가, 그 일꾼한테 좀 다그쳐 물어보지 그랬수."

"다그쳤드랬디요. 하디만 그 싸내눔은 오늘두 대문을 안 열구는 울 넘으로 목줄기만 빼구서, 해방됐다구 난리들 쳐서 잠시 피해 있디만 곧 돌아오겠지요, 하는 말만 합디

다… 기년이 어데서 목심이나 부티구 살아 있으문 다행이갔시요."

"먹구 살자구 그런데 있었던 것두 죄랍디까?"

"그룬 사정을 어데 봐 주덩가요. 그리구 기년이 짜장 입에 풀칠 헐래서 거게 가 있었답데까. 죽고 못 사는 눔한테서 종년 피를 받은 데다 술장사까지 하는 에미를 뒀다구 겔국은 채이구 나설랑 그 앙심으로 일본기생이 된 거디요."

"그래두 큰 죄 지은 거 없으니 무사하리다. 해코질 한다면 그게 나쁜 인종들이지요. 소란하니 어디 절에라두 가서 잠시 피해 있는 것일께요. 너무 걱정 마시구려."

"그루타면야 오죽 좋갔시오."

목롯집 할멈은 한숨을 길게 내쉬었다.

그동안 그녀 역시 누구 못지않게 해방된 것을 기뻐했었다. 거리로 쏟아져 나온 사람들이 목이 쉬도록 만세를 외치며 몰려다닐 때, 그녀는 술을 동이째 내다 놓고는 퍼 돌렸다. 그녀는 사발로 술을 퍼 돌리다가도 양팔을 하늘로 뻗으며, 만세다 만세! 하고 외치는가 하면, 희희낙락 사내들과 어울려 덩실덩실 춤을 추기도 했다. 그런 목롯집 할멈이 딸 걱정으로는 그만 어두운 낯빛이었다.

그렇게 두어 달이 지난, 그러니까 해외에서 독립운동을 하던 사람들이 속속 귀국할 무렵의 어느 날, 목롯집 할멈은 평소 보지 못했던 고운 한복차림으로 우리 집에 찾아왔다.

“아이구, 곱기도 해라! 대례청 새색시가 눈 흘키겠구려. 대체 어딜 갈려구 그렇게 곱게 옷갓을 하셨수?”

목롯집 할멈은 고운 차림과는 달리 싱그레 웃는 낯으로,

“왔시요. 큰년의 애비가 중국서 돌아왔시요! 임시정부에서 일한다구 했었거덩요.”

“아, 그래요. 을마나 반갑구 좋겠수!”

“내 맴야 하룻밤 정분으루두 그렇디만 그쪽야 날 기억두 못 할디 몰라요. 주막집 헐 때 일본 순사눔들한테 급하게 쫓기는 걸 감춰서 목심을 붙쳐 놘 것뿐이니.”

“그러니 그게 대단한 거지. 어서 가 봐요.”

“…나야 수절헌 년두 아니구 바랄 게 없시요. 하디만 제 핏둘은 알려줘야겠시오. 또 기년이 즈 애빌 만나면 봉변두 면케 되지 않갔시오?”

“아암, 그렇다마다. 혹시 봉변을 당할지도 몰라서보다두 당연 아버지를 찾아 만나는 게 도리지. 어서 가보구려.”

말없이 고개를 숙여 보이고 나간 목롯집 할멈은 읍내에 하나 있는 목탄 트럭을 얻어 타고 서울길에 올랐다.

그러나 목롯집 할멈은 닷새 만에 몰라보게 초췌한 몰골이 되어 돌아왔다. 갈 때의 옷차림 그대로 우리 집부터 들렀는데 그 신색이 말이 아니었다. 새물내를 풍기던 옷은 누추한 데서 입은 채로 지낸 듯 후줄근히 구겨져 있었고,

더러워진 동정지에 쪽머리는 풀어진 걸 손으로 대충 글어 올려 비녀를 꽂은 머리였다. 거기다가 지물지물 눈에 눈곱까지 끼어 있었다.

"아니 이게 어쩐 일유? 못 만났구려?"

목롯집 할멈은 아무런 대꾸도 없이 넋 나간 사람처럼 쪽마루에 걸터앉아 마당에만 눈을 주고 있었다.

"답답하우. 말줌 하시우."

목롯집 할멈은 담배에 불을 붙인 뒤 길게 연기를 한 번 뿜어내고는 비로소.

"괜시리 갔더랬시요."

"아직 안 돌아오셨습디까?"

"오긴 왔는데 만나주질 않습데다."

"왜? 어째서?"

"비선지 쫄짠지 딱 가루막구설랑 말을 받아 안으루 들어갔다 나왔다 하더니 내중가서 안 된다 합데다."

"아니 누구란 걸 알구 나설랑 그랬다는 거유?"

"그럼 그럼. 꼬티꼬티 캐묻길래 자세자세 말하구 딸 얘기꺼정 죄다 했디요. 그랬더니 그런 분 없다구. 잘못 알구설랑 찾아왔다구 가라구 헙디다. 하두 기가 맥혀서 줄곧 여관잠을 자며 자꾸 찾아갔디요. 그랬더니 쫄짠지 뭔지가 버럭 화를 내며 떼밉디다. 그래 그냥 왔시오."

"허어. 거 알다가두 모를 일이네."

"…첨에 알은 척을 했다가 맘이 바뀐 걸 보면 자식 있는 게 그 사람 멩에에 걸림돌이 된닥 판단했던가 보이다."

목롯집 할멈은 옷고름으로 눈의 물기를 찍어냈다.

"세상에…"

한동안 침묵을 지키던 목롯집 할멈은 맥없이 몸을 일으켰다.

그리고 이듬해 해토 무렵 목롯집 할멈은 세상을 떠났다.

"얼이 빠져 지내더니 그여쿠 떠나는구먼."

어머니는 혼잣말로 딱해 했다.

그런데 맏딸은 장례에도 얼굴을 보이지 않았다.

그리고, 장례 후 두어 달쯤 지나 목롯집 사람들은 뿔뿔이 흩어졌다. 듣자니 영감은 향방 없이 집을 떠났고, 아들은 군인이 되겠다고 서울인가 어디로 갔으며, 둘째 딸은 제 두 딸들을 각각 뉘 집 양딸로 들여보낸 뒤, 안성인가로 갔는데 재가란 말이 있고, 열여덟 살 난, 창백한 낯빛에 늘 음울한 표정을 지은 채 일요일이면 성경책을 끼고 예배당엘 가던 아들은 강원도 어느 깊은 산중에 있는 기도원으로 갔다는 얘기가 있었다. 그러나 저러나 시간이 흐르면서 마을 사람들은 목롯집 사람들을 잊어갔다.

그런데 그해 가을, 할멈의 맏딸이 동네에 나타났다. 맏딸을 처음 본 순간 누구도 전혀 알아보지 못했을 만큼 그녀의 몰골은 전과 딴판으로 변해 있었다. 무색 무명저고리와 검정색 몸뻬에, 머리에는 흰 타월을 감아 쓰고 있었고, 병색이 완연한 창백한 낯빛, 홀쭉한 볼, 양 눈 밑으로 번진 기미, 이마에 패인 주름살들, 그리고 눈꼬리엔 잔주름들이 부챗살 모양으로 잡혀 있었다. 무엇보다도 보는 이에게 기분 나쁜 인상을 던지는 것은 눈자위에 실핏줄이 돋아 있는 그 게슴츠레한 눈빛이었다. 갓 핀 꽃처럼 아릿답고 나비처럼 상냥하고 날렵해 뵈던 모습은 흔적조차 찾을 수 없었다.

나중에 밝혀진 바에 의하면, 그녀는 그동안 역전에 있는 한 적산가옥에서 지 서방이라는 사내와 살고 있었다. 지 서방은 전에 맏딸이 있던 온천장에서 잡역부로 일하던 사내였다. 당시 쉰 두엇쯤 나뵈던 그는 중키에 무척 다부진 몸매를 가진 사람이었다. 목이 밭고, 전에 언젠가 온천장에서 바짓가랑이를 걷어 올리고 흙일을 하고 있을 때 안 거지만, 그는 짧고 굵은 암팡진 장딴지에 마치 지렁이 같은 파란 핏줄들이 돋아나 있었는데 겉보기에도 기운이 무척 세어 보였었다. 들으니 그가 지난날 온천장에서 일하게 된 것은 그의 기운 덕분이었다고 한다. 그 전까지만 해도 그는 이리저리 떠돌며 날품팔이로 살던 사내였는데, 온천장을 지을 때 고용됐다가 그의 장사 같은 힘이 주인의 눈에 들어 붙박이로 눌러앉게 되었다고 한다. 그는 온천장 정원을 꾸밀 때 다른 인부들은 둘이서 밧줄을 걸어

목도로 져 나르는 돌을 혼자 힘으로 번쩍번쩍 안아 옮겼던 것이다. 잡역부로 눌러앉게 된 그는 경비와 함께 주방일도 도와서 돼지, 송아지도 잡고, 닭의 모가지를 비틀어 던지기도 했다.

해방이 되자 온천장 주인은 떠나기 전, 지 서방을 불러 구두로 온천장의 소유를 그에게 넘겼다고 한다. 그는 온천장에서 일하던 모든 일인들이 떠나자 그 길로 대문을 닫아걸고 외부인 출입을 금하는 한편 읍내 대서소에 가서 큼지막한 문패를 만들어다 달았다. 한편, 그는 그날로 주방에서 일해온 다섯 명의 조선인 여자들을 내보냈다. 그리고 후에 그녀들의 입에서 흘러나왔을 소문에 의하면, 게이꼬라는 이름으로 불리던 목롯집 할멈의 맏딸은, 평소 그녀를 보기만 하면 군침을 꿀꺽꿀꺽 삼키던 지 서방이 마치 독수리가 병아리를 낚아채듯 그 하얀 손목을 잡아서는 골방에다 갖다 처넣고 자물통을 잠갔다고 한다. 하루아침에 집과 기집을 얻었군 구랴, 어른들은 비웃는 것만은 아닌 말투로 이렇게 말했었다.

그러나 곧 지 서방은 읍내 건달패들과 한판 붙지 않으면 안 되었다. 건달들 또한 재빨리 온천장을 저희 수중에 넣으려 했던 것이다. 지 서방은 그런 걸 이미 예상이라도 했던 듯 현관에 물 담긴 양동이에 물푸레나무 몽둥이 여남은 개를 찔러두고 있었다. 건달들이 빗장 걸린 대문을 흔들다 못해 한 녀석이 무동으로 담장을 넘어 들어와 개문을 하고 몰려오자 지 서방이 몽둥이를 들고 그들을 맞이했다. 오냐 몽조리 대갈빼기를 바숴주마! 다섯 명의 건달들이 원을 그리듯 지 서방을 둘러섰다. 주접떨지 말구 어서 보따리를 챙겨 들구 나가! 대가리에 피두 안 마른 병아리 새끼들이 까부는구나! 뒤미처 한 놈이 몸을 날렸다. 그러나 그의 몸은 공중에서 터진 풍선처럼 떨어지고 말았다. 두 번째 건달이 사이를 두지 않고 몸을 띄우며 박치기를 시도했다. 하지만 잽싸게 한 발 물러서며 치켜든 지 서방의 몽둥이는 상대의 갈빗대를 후려갈겼다. 건달은 외마디 비명과 함께 저만치 나가떨어졌다. 뒤미처 지 서방은 우두머리로 보이는 건달을 향해 몽둥이를 치켜들었다. 순간, 상대는 얼른 그 자리에 무릎을 꿇었다. 형님, 죽을 죄졌습니다.

하지만 그런 지 서방도 몇 달 뒤 관공서의 힘만은 어쩌지 못했다. 군청에서 온천장을 접수한다는 통고를 받은 뒤로 여러 차례 버티어 보았지만, 경찰까지 다녀간 다음엔 내줄 수밖에 없었다. 다만 그는 강력하게 버티었던 관계로 유리한 협상조건을 이끌어 내긴 했다. 군에서 다른 적산가옥 한 채를 지정해 주고 온천장에서 필요한 가재도구와 식재료를 옮겨갈 수 있게 한 것이다. 지 서방은 살림도구 일습은 물론 쌀과 술을 비롯한 여러 가지 식재료들,

그리고 땔나무 따위를 리어카로 욕심껏 나르고 나르고 또 날랐다. 그리고 여자는 남의 눈을 피해 밤중에 업어서 새 살림집으로 데려갔다.

그동안 지 서방은 그녀를 낮에는 꼼짝없이 벽장 속에서만 지내게 했다. 밥을 손수 지어 날랐고, 용변도 거기서 보게 했다. 말인즉슨 집안에 그녀가 있는 기미조차 흘리지 않으려 한다는 거지만, 내가 커서 생각할 때, 그의 그런 과도한 행동 이면엔 음흉스런 수심이 작용한 게 아닌가 싶었다. 그럴 것이 마을 사람 누구도 그녀를 해치려 한 사람은 없었기 때문이다.

아무튼, 그 후 1년이 지나자 지 서방은 그녀를 더 이상 그런 식으로 가두어 두고 살 수만은 없었다. 쌀은 아직도 많이 남아 있었지만 술과 반찬거리 따위는 벌써 동이 나 버렸던 것이다. 지 서방은 동네 막일에 품을 팔기 시작했고, 그쯤에서 여자를 완전히 제 것으로 만들었다 싶었는지 그녀에게도 바깥출입을 허용했던 것이다.

전연 바뀌어 버린 몰골로 동네 사람들을 놀라게 한 그녀는 이상스런 행동거지로 동네 사람들을 또다시 놀라게 했다. 한마디로 그녀는 실성기가 있는 여자가 아닌가 싶게 굴었던 것이다.

우선 그녀는 남의 집을 시도 때도 없이 불쑥불쑥 드나들었다. 아침이고 저녁이고 가리지 않았고, 점심이든 저녁이든 상을 받고 식구들이 둘러앉은 자리도 상관없었으며, 그 집 남자가 옷을 벗고 우물가에서 등목을 하고 있어도 망설이지 않았다. 생글거리는 얼굴로 쓰윽 문을 밀치고 들어서면 그 집 사람들이 뜨악한 표정에 못마땅한 눈빛으로 쳐다보든 말든 툇마루에 가서 걸터앉는다. 그러고는 혼잣말처럼 나불나불 지껄여대는 것이었다. 그녀는 마당 가에 핀 꽃을 바라보며, "봉선화가 젤루 이뻐. 맨드라미는 꼭 촌뚜기 같아, 호호호" 하거나 밥상을 살피며, "보리밥은 열무김치 넣고 고추장으로 쓱쓱 비벼 먹으면 제일이죠, 제일. 호호호" 하기도 했다.

듣기로 그녀는 다른 남매들과 달리 어려서 동네 애들과 별로 어울리는 일이 없이 지낸 아이였었다. 낯빛이 희고 계란처럼 동그스름하니 예쁘게 생긴 아이로 늘 집안에서 인형과 놀기나 했다고 한다. 그런 아이가 소학교(초등학교)에 입학해서 예쁜 옷차림에 다른 애들은 생각도 못 하는 고급 가죽제품에 란도셀을 메고 다녔는데 역시 점심시간 같은 때에도 운동장에서 아이들과 어울려 뛰노는 일이 없었다. 교실에서 창밖을 내다보며 앉았거나 밖에 나갔다 해도 나무그늘 같은데 앉아 다른 애들 노는 것을 구경만 했다.

하지만 그녀는 공부를 잘했다. 6년 내내 학년 수석을 했다. 그녀는 졸업하자 담임의 권유로 곧장 서울에 있는 중학교에 진학을 했다. 하숙생활을 하며 공부한 그녀는 중학교에서도 줄곧 수석을 했는데 졸업을 석 달 앞두었을 때 갑자기 학교를 그만두었다. 그리고 몇 달 집안에만 처박혀 지냈던 그녀는 온천장에서 기모노를 입고 있는 모습으로 사람들의 눈에 띈 것이다.

그러니 마을에 속을 트고 지내는 사람은 고사하고 별로 낯익은 사이의 사람 하나가 없는 처지였다. 그런데 그처럼 불쑥불쑥 나타나 생글생글 웃으며 혼자 지껄이니 머리가 어찌된 게 아니냐고 하고 생각할밖에 없었다.

그런 그녀가 처음 우리 집에 들어선 것은 어느 날 저녁참이었다. 동네 사람들에게 들은 얘기가 있는 어머니는 그녀를 가엾게 여기는 중이어서,

"잘 왔어. 그러찮아도 한 번 불러다가 밥이라도 같이 먹으려구 생각했었어. 잘 왔어. 어여 신 벗고 올라와서 칼국수지만 한 그릇 들어 봐."

그녀는 어머니의 말이 채 끝나기도 전에 얼른 신을 벗고 올라와 밥상 앞에 앉았다.

"칼국수 좋아요. 참 좋아요."

그녀는 칼국수 한 그릇을 후룩후룩 소리를 내가며 맛나게 먹었다.

쯧쯧쯧, 시장했던가 보구나. 어머니는 목롯집 할멈이 떠오르고 그녀의 맏딸이 측은해서 눈물이 솟았다. 그녀가

밥상에서 물러앉자 어머니는 참외를 깎아 내밀면서,

"어머니 생각 안 나?"

"어머니 작년에 돌아가셨어요."

"그건 나두 알지. ……그래, 장례 땐 왜 못 왔어?"

"몰랐어요."

"그래, 몰랐으니까 못 왔겠지. 산소엔 다녀왔어?"

"산소요? 산소가 어딨는지 몰라요."

"쯧쯧쯧."

혀를 찬 끝에 성한 사람이 아니야, 하고 혼잣말을 한 어머니는,

"어머니가 보구 싶지도 않어?"

"어머니요? 보구 싶어요."

그러나 그녀의 낯빛엔 보고 싶어 하는 기색이 조금도 없었다. 줄곧 생글거리며 그저 무덤덤하게 대답하는 그 목소리, 어머니는 넋이 죄다 빠져나갔나 보구나, 혼잣말로 뇌까리며 또 혀를 찼다.

그러고서 사흘쯤 지나선가, 내가 역전 마당에서 아이들과 공차기를 하고 헤어져서 돌아오는 길에 마악 그녀네 집 앞을 지날 때였다. 저만치 담장 위에 걸려 있는 얼굴이 그녀의 얼굴이다 싶었는데 어느새 꺼져버리더니 조금 뒤 대문의 빗장 따는 소리, 그녀가 나타났다. 그녀는 전에 온천장에서처럼 상그레 웃으며 내게 손짓을 했다. 내가 다

가가자 그녀는 손에 쥐고 있는 것을 내밀었다. 전에도 받았었던 캐러멜 곽이었다. 헌데 전과 다른 것은 이번엔 그걸 주면서 말을 했다는 사실이다. 딱 하나가 경대 서랍에 남아 있었어. 그러고는 그녀는 또 웃었다. 나는 전이나 다름없이 아무 말 없이 캐러멜 곽을 받고는 고개를 한번 꾸벅해 보였을 따름이다. 한 가지, 내겐 그녀가 정신이상자가 아니었다. 달콤하고 향긋한 캐러멜의 맛이 변하지 않았듯이.

그런 목롯집 맏딸은 그 뒤 좀 더 이상한 짓을 하기 시작했다. 바로 남자들의 술자리를 찾아가 함부로 끼어드는 것이다. 길을 지나다가 어디서고 사내들이 술판을 벌이고 있는 게 눈에 띄면 그녀는 조금도 꺼리는 일 없어 곧장 거기에 끼어들었다. 그만큼 그녀는 이미 술에 깊이 중독이 되어 있었는가 보았다.

구장 영감은 자기네 문간방에서 동네의 두 영감과 방문을 활짝 열어놓은 채 술판을 벌이고 있었다. 헌데 그 앞의 고샅길을 지나던 목롯집 맏딸은 발을 멈추고 기웃기웃 방바닥 쟁반에 놓인 술 주전자를 확인하곤 곧장 방문 앞으로 다가온 것이다. 뒤미처 그녀는 지체 없이 방안으로 들어섰다. 막걸리 좋은 술이죠. 나두 한 잔 주세요. 영감은 그만 어안이 벙벙해서 미처 뭐라고 말을 못 하고 그녀의 얼굴을 번히 바라보았다. 제 맘대로 영감 사이에 끼어

앉은 그녀는 마침 한 영감 앞에 마악 비워낸 빈 잔을 집어 들고는, 나두 술 한 잔 주세요, 했다. 비로소 좌중에 그 중 나이가 적어 뵈는 영감이, 이게 도대체 무슨 해괴한 짓인구? 젊은 여자가 실성을 했나, 이게 무슨 버릇없는 행태야?, 하고 노기 띤 목소리로 나무랐다. 그러나 그녀는, 나두 한 잔 달라니까요, 하고는 곧장 제 손으로 술 주전자를 집어 들었다. 그러자 나무랐던 영감이 그녀의 팔죽지를 홱 낚아챘다. 몹쓸 기집이구먼! 그때 구장 영감이 손을 홰홰 저어 만류하고는, 이보시게 소란 피우면 애들 보기 민망하이, 그냥 한 잔 멕여 조용히 내보내세.

막걸리 한 사발을 단숨에 마셔버린 그녀는 나름대로 방 안의 분위기를 다소 헤아린 듯 더는 버티는 일 없이 곧 자리에서 일어났다. 여전히 인사 한마디를 모르는 채 그녀가 방에서 나가자 구장 영감은 혼잣소리처럼 말했다. 외양이 많이 상하긴 했지만 타고난 미색 바탕은 아직도 남아 있구먼. 그 말에 지금껏 침묵했던 영감이, 맞아, 바로 봤어, 나두 곰곰 살펴보니 쬐끔만 손질을 하면 전에 그 사꾸라꽃 같던 자색이 다시 활짝 펴나겠더라구, 쯧쯧. 그러자 좌하의 영감이 큰 목소리로, 아따, 자세히들두 살피셨수. 왜, 미색을 살려서 첩실이라두 삼구들 싶으슈? 흐흐흐. 그 웃음을 끊으며, 에끼 이 사람, 탐할 기집이 없어 서방 있는 기집을 탐하겠나, 하고 구장 영감이 펄쩍 뛰었다.

아니, 거 뭔 소리유? 지 서방 녀석이 으째 저 애의 서방이유? 머리 얹어준 서방두 아닌데 뺏을람 뺏는 거 아뉴? 흐흐흐. 그 말에 구장 영감은 딴은 그렇구먼, 허허허. 어디 자네 한 번 나서보게. 우리가 거들어 줄 테니. 허허허. 영감들은 그저 이런 농담 정도에서 점잔을 지켰다.

하지만 젊은이들은 달랐다. 그들은 처음 그녀가 자기들 자리에 끼어들었을 때부터 댓바람에 함부로 대했다. 술은 여자가 있어야 제 맛이 나는 걸 어찌 알고 왔느냐, 온천장에서 놀던 멋을 발휘해 봐라. 몰골이야 병에 곯아떨어진 고추같이 됐지만 기모노 입고 놀던 가락이야 다 없애 버렸겠느냐, 하고 왁자지껄 떠들어가며 은근히 기분이 들떠서 난리였고, 마침내는 너도 나도 술잔을 건네서 그녀는 그만 술에 담뿍 취하고 말았다. 그때부터 사내들은 어깨에 팔을 두른다, 허리를 끌어안는다, 결국은 가슴에 손이 들어가고 아래를 더듬고 지랄하게 되었다. 헌데 그게 놀라운 노릇이었다. 그녀는 사내들이 그런 험한 짓들을 해도 그저 깔깔깔 웃어가며 상대의 손을 뿌리치지도 않는 것이었다. 나중 술에 잔뜩 취해 길바닥 아무 데나 쓰러져 있는 꼴이 되었다.

그런 추접한 판이 거듭되자 당연히 동네 사람들 사이에 말이 생겼다. 특히 아낙네들은 그 더러운 꼴을 그냥 두고 볼 수가 없다는 것이다. 이 집 저 집에서 부부싸움이 일어났고 마침내는 지 서방을 비판하게쯤 되어갔다. 지 서방이라는 자식도 배알이 없는 자식이지, 같이 사는 제 기집을 그 꼴이 되도록 내버려 두느냐는 둥, 듣자니 그놈이 먼데로 건축일을 따라 댕기면서 사흘거리로나 집에 들른다는 데 서방 모르게 그런 짓 하는 년은 때려죽일 년 아니냐는 둥, 하고 찧고 까불었다. 그러니 동네 사람들이 지 서방에게 귀띔을 안 할 리 없다. 결국 얼마 만에 그런 사정을 알게 된 지 서방은 하루는 일을 쉬는 동시에 다짜고짜 방문을 걸어 잠그고는 여자를 두들겨 패기 시작했다. 여보, 때리지 말어, 아퍼 아퍼, 나 아퍼! 아이쿠 아이쿠, 나 죽어! 여보 여보, 빌께 빌께, 이렇게 빌께, 나 살려줘! 아이쿠우 나 죽엇! 그런 비명소리가 밖에까지 들렸다. 그러나 그 집 앞에 구경꾼으로 모여선 동네 여자들은 하나같이 고소해 하는 얼굴들이었다. 아니, 그저 고년의 다리몽둥이를 칵 분질러서 문밖엔 얼씬두 못하게 만들어야 해, 하고 악의에 찬 말을 내뱉기도 했다.

지 서방한테 초주검이 되도록 매를 맞은 목롯집 맏딸은 아닌 게 아니라 다리몽둥이라도 부러졌는지 여러 날 동안 꼼짝도 않고 방안에만 누워 지냈다. 듣자니 그 동안 지 서방은 일도 그만두고 여자의 병 아닌 병수발을 정성껏 들더란다.

그러나 열흘 남짓 지나 지 서방이 다시 일감을 따라 집을 비우자 여자는 그날로 뛰쳐나왔다. 하지만 사내들은 전 같지 않았다. 술자리에 그녀가 끼어들면 화를 내면서까지 쫓아냈다. 그러자 그녀는 대폿집엘 찾아가 술 한 잔 달라고 사정했고, 술 가게에 들어가 외상을 애걸했다. 물론 누구도 그녀의 청을 들어주지 않았다. 이쯤 되자 그녀는 마침내 일을 저질렀다. 제 맘대로 대폿집 술독에서 술 한 사발을 퍼마시다가 들켜 쫓겨났고, 술 가게에서 소주 한 병을 들고 나오다가 걸려 봉변을 당한 것이다.

지 서방은 이제 그녀를 집 안에 가둬버렸다. 가두되 그냥 가둔 것이 아니라 발목에 쇠줄을 묶어 가둔 것이다. 발목을 묶은 쇠줄은 한쪽 끝이 다락 창틀에 대못으로 박혀 있었다. 동네에서 왜 하필 다락이냐 물으니 방에 묶어 두면 방문 유리를 깨는 사고를 칠 것 같아 그랬다는 게 지 서방의 말이었단다.

낮이면 그녀는 조그만 다락 창문을 열고 앉아서 집 앞 길을 왕래하는 사람들을 향해 말을 걸었다. 아니, 그것은 그녀의 일방적인 애소였다. 여보세요, 나 좀 이 쇠줄에서 풀어줘요. 나 모르세요? 나두 이 동네에 살잖아요. 나예요, 바로 나예요. 제발 이 쇠줄 좀 풀어주세요. 그러나 사람들은 그녀를 실성한 여자로 취급했기 때문에 그녀의 애원하는 말을 들은 둥 만 둥 하며 그냥 지나갔다. 아니, 어떤 사람은, 이봐 조용히 잠이나 자라구, 하고는 킬킬킬 웃

기도 했다. 그즈음 어느 날 어머니가 아버지에게,

"여보 개가 미친 앤 아뉴. 근데 그렇게 개마냥 쇠사슬루 묶어서는 다락에 처넣어 두는 거 사람이 할 짓유? 지 서방 좀 야단치구 당장 풀어주게 하세요."

"벌써 두 번이나 말했구려. 헌데 그 녀석 코루두 듣지 않습디다. 되레 당신이 뭔데 감 놔라 대추 놔라 하느냐는 눈치야. 해방이 됐으니 딴 세상이다 하는 뱃심 같더구먼."

"쯧쯧쯧, 딱한 인간!"

그러나 그 뒤 한 보름쯤 지나선가, 그녀는 다락 창문 앞에서 보이지 않았다. 그리고 이튿날 오후, 학교에서 해 질 무렵까지 공차기를 하며 놀다 돌아오던 나는 그녀의 집에서 이상한 걸 보았다. 담장에 널어놓은 하얀 요에 얼룩진 것들. 눈을 키우며 바라보니 그것은 피 얼룩이었다. 서녘 하늘에 빨갛게 불타고 있는 저녁놀, 그 놀빛을 받으며 널려 있는 하얀 요에 얼룩진 핏물, 나는 몸이 으스스 했다.

저녁 밥상 앞에서 어머니가,

"그렇게 피를 토했으니 인제 살긴 글렀지. 진작에 몸이 그리 아픈 걸 알았으면 한 번 데려다가 닭이라두 과 멕였을 걸, 할멈한테 미안하군요."

"……"

아버지는 아무런 대꾸도 하지 않았다.

그 후 달포쯤 지나 목롯집 맏딸은 세상을 떠났다. 이튿날 새벽, 지 서방은 그녀의 시신을 가마짝에 말아 지게에 져서는 공동묘지에 갖다 매장했다.

그날 밤, 나는 언젠가 만화에서 본 한 장면을 꿈에서 보았다. 꿈속에서 지 서방을 비롯한 마을의 청년들은 모두 발목이 굵은 쇠줄에 묶여 노를 젓는 로마 시대 군함의 노예였다. 그리고 나는 왔다 갔다 하며 그들에게 수시로 채찍질을 가하는 그 군함의 갑옷 입은 거인이었다.

〈2009년, 한국소설〉

볼펜

볼펜

우리가 일상생활에서 얼마든지 흔하게 대하는 볼펜. 그래서 신기할 것도 없고, 대수롭지도 않으며, 또 값도 무척이나 싼 그 문구가. 그러나 나는 1974년 볼펜에 의한 한 사건을 겪은 뒤로는 요즘에도 문득 그게 머릿속에 떠오르면 등골에 으스스한 한기가 흐를 때가 있다.

내가 D고에서 H고로 전근한 지 두 달 가까이 되는 어느 날이었다. 1교시 수업을 마치고 교무실로 돌아오니 사환애가 기다렸다는 듯이 내게 다가왔다.

"선생님, 수업 마치시는 길로 서무과장님이 좀 뵙자고 하셨어요."

"그래, 무슨 일이지?"

"그건 모르겠어요."

"알았어."

내가 서무실에 들어서자 책상 앞에 앉아 문 쪽에 눈길을 두고 있던 늙은 서무과장이 얼른 몸을 일으켜 소파로 왔다. 마주 앉자 나는 웃으며,

"봉급을 올려주려고 부르셨습니까? 하하."

그러나 서무과장은 그런 농담에 응수할 기분이 아닌 듯 굳은 낯빛을 풀지 않고 잠시 침묵을 지켰다. 사환이 내 앞에 녹차를 갖다 놓자 서무과장은 들라는 시늉을 해 보인 뒤 비로소 입을 열었다.

"……에에또, 이 선생님께서는 지금부터 내가 묻는 말에 솔직하게 답변해 주셔야겠습니다."

어랍쇼? 나는 찻잔에 가 있는 손을 멈춘 채 서무과장의 얼굴을 번히 쳐다보았다.

"……무슨 말씀이죠?"

"반문은 마시구 묻는 말에 솔직헌 대답만 하심 됩니다."

"……?"

"에에또, 이 선생님 고향이 이천이시죠?"

"그렇습니다."

"육니오 때 부역하셨습니까?"

"네?…… 부역이라뇨?"

"그 말을 몰라서 되묻는 건 아니겠죠? 육니오 때 공산당을 위해 무슨 일을 하지 않았느냐 그겁니다."

나는 피식 웃었다.

"과장님, 농담하시는 거죠? 허허."

"농담이라니? 말도 안 되는 소리! 서무과장이 헐 짓이 없어서 벌건 대낮에 선생 붙잡구 농담이나 합니까? …… 선생님 신상에 관한 중대한 문제로 묻는 겁니다. 허니까 얼릉얼릉 예쓰까 노까로 간단간단허게 대답만 허세요. 부역했습니까?"

어랍쇼, 이거 장난이 아니군. 나는 비밀이라도 캐내겠다는 듯 쏘아보는 서무과장의 눈초리가 와락 불쾌했다.

"이것 보세요. 과장님! 열세 살짜리 아이두 부역을 합니까?"

"열세 살? 아참, 그건 그런데!"

얼굴에 실망의 빛이 스쳐간 서무과장은 다시,

"에에또, 그럼 가족 중에 누가 부역하지 않았나요?"

순간 나는 화가 치밀었다.

"서무과장님, 나 좀 불쾌합니다. 서무과장의 직분으로 이래두 되는 겁니까?"

"감정을 상했다면 미안합니다. ……실은 교장선생님께서 내게 지실 하셨습니다."

"뭐요, 교장선생님이요?"

반문하는 내 목소리가 컸다. 서무과장은 얼른 검지로 자기 입을 막으며 흘금 교장실을 한번 쳐다보고 나서,

"쉿 조용히 합시다.……교장선생님은 이 선생님을 모신

입장에서 되도록 좋게 해결하고자 내게 이 선생님을 대면토록 지시하신 거요. 조용조용히 나와 얘기 마칩시다."

"알겠습니다. 그런데 도대체 무슨 일로 그러시는지 그것부터 좀 알고 얘기하십시다."

"그건 나중에 알게 돼요. 허니 지금은 내가 묻는 말에나 대답해 주세요. 부탁입니다."

"이거 참 기막힌 노릇이네. 좋습니다. 물으시는 대로 대답해 드리죠. ……우리는요, 둘째 형님이 청년단 활동을 하셨다가 동란 때, 큰누님시댁, 그러니까 사돈댁 천장에 숨어 지내며 겨우 목숨을 건진 집안이에요. 더 이상 설명이 필요합니까?"

"허어, 그랬나요. ……그렇다면 이거 알다가두 모를 일인걸. 마지막으로 한 가지만 더 물어봅시다."

"말씀하세요."

"그럼 말입니다, 에에또, 과거에 교사 신분에 벗어난 무슨 실수를 한 적은 없습니까?"

"실수라뇨?"

"에에또, 예를 들면 학부형과 부당한 금전거래가 있다가 그게 말썽이 됐다든가, 아니면, 여자 관계, 곧 치정 사건이 있었다든가, 취중에 폭행 사건이나 허다 못해 방뇨 사건 같은 거라든가?"

나는 기가 막혀 허허 웃음을 날렸다. 그러곤 아무 대꾸도 하지 않았다.

"……그것도 아니라면 정말 참 이상스럽기두 하다! 에에 또, 그럼 말입니다. 이 선생님께서 우리 학교에 오시기 전과 오신 후 신상에 발생한 어떠한 변동 사항도 없습니까?"

"생각나는 게 없는데요."

"아니, 여기 오셔서 신상명세서 작성하실 때, 학력은 잘못 기재할 리가 없을 테고, 혹 경력란에, ……그럴게 아니라 신상명세서를 가져와서 살펴보는 게 좋겠군."

하고 난 서무과장은 직원에게 내 신상명세서를 가져오게 지시했다. 직원이 내 신상명세서를 갖다가 찻상 위에 놓자 서무과장은 그걸 펴서 내 앞으로 밀어놓으며,

"혹 먼젓번 학교의 것과 다른 기재사항이 있나 없나 직접 살펴보구 말해 주세요."

나는 경력란을 보다가,

"아, 금년도에 새로 들어간 기재사항이 하나 있습니다."

"그게 뭐죠?"

"신춘문예 소설부에 입선한 것하구 문인 단체에 가입한 사실입니다."

"그래요? 글쎄, 그렇다니깐! ……어느 신문인가요?"

"D일보입니다."

"D일보라. 소설 제목이 뭡니까?"

"「개의 아픔」입니다."

"개의 아픔? ……허어, 개가 아프다 이 얘긴가요?"

나는 피식 웃고는,

"말하자면 그렇죠."

"허어, 개가 아프다! 개가 아퍼? 아니 개가 왜 아픕니까?"

"허허허. 아프니까 아프죠. 허허."

"맞아, 그 소리가 이상한데! 사람이 아픈 게 아니라 개가 아프다, 개새끼가 아프다. 그까짓 개새끼야 사람이 잡아먹기두 하는 한낱 짐승에 불과한데 쓴 사람은 그걸 무슨 큰일이라두 난 양 '개가 아프다' 하구 썼다아? 허어, 어딘가 비꼬는 소리 같은걸."

"허허허."

"웃을 게 아닙니다. 생각해 보면 굉장히 심각하게 해석할 여지가 많아요. 육니오 때 말입니다, 국군이 밀리고 밀려 낙동강까지 밀려갔을 때 말요, 이런 일이 있었습니다. 어떤 시골 사람 하나가 수박 한 통을 들고 지나가다가 우리 국군들과 만났어요. 그 시골 사람 국군들에게 죽도록 얻어터졌습니다."

"왜요?"

"수박을 들고 간 그 시골 사람을 공산군이 보낸 밀통자로 생각헌 거죠."

"……?"

"맞아 맞아. 요즘에도 사상을 의심할 만한 인간들이 드글대서 골치가 아픈 판인데 개가 아프다니. 내 생각엔, 그걸 불온한 태도로 보지 않았나 하는 생각이 듭니다."

나는 더 이상 서무과장과 마주 앉아 그따위 말장난이나 하고 싶지가 않았다. 곧바로 교장을 만나볼 일이었다. 나는 자리에서 일어났다. 그러자 서무과장이 뒤따라 자리에서 일어나며 내 팔을 잡고는,

"자자, 앉읍시다. 얘기하죠."

나는 도로 자리에 앉았다. 서무과장도 앉으며,

"시교육위원회가 이 선생님의 채용 승인을 취소했습니다. 일이 그렇게 됐습니다. 함께 전임한 사회과의 서윤구 선생은 승인이 났는데 이 선생님은 취소가 됐다 이겁니다. 어제 오후 학사계장이 전화로 직접 통볼 했는데 구체적인 이유는 인사 관계의 기밀이므로 밝힐 수가 없대요. 그러니 선생님을 채용한 교장선생님 입장은 얼마나 난처합니까? 그래 일단 내게 본인과 잘 얘길 나눠보라고 하명하신 거예요. 이제 아시겠습니까?"

"아니, 무슨 까닭이에요, 그게?"

"답답두 하십니다. 이 선생님 본인이 모르는 걸 낸들 어찌 알겠습니까? ……아무튼 말입니다. 일이 그렇게 심각하게 됐으니 이 선생님이 직접 시교육위원회를 찾아가서 알아보는 게 좋겠습니다."

"알겠습니다."

서무실을 물러나온 나는 오후에 수업 한 시간이 더 있지만 그냥 조퇴를 하고는 곧장 서소문에 있는 교육위원회를 찾아갔다. 7층 중등교육과에 들어선 나는 공중에 일정한 높이와 간격으로 매달려 있는 팻말들을 훑어보았다. 학사계는 왼쪽 맨 첫 자리. 나는 그리로 발을 옮겼다. 두 줄로 맞대놓은 책상들 머리맡에 조금 큰 책상에 앉아 있는 스포츠형 머리의 사내. 나는 마침 혼자 앉아 있는 그가 계장임을 한눈에 알아보곤 그의 앞으로 갔다. 나는 먼저 머리를 숙여 인사한 뒤 공손한 어조로 소속학교와 이름을 밝혔다.

"무슨 일로 왔죠?"

나 보다 서너 살쯤밖에 더 많아 뵈지 않는 그의 말투가 귀에 거슬렸지만 내색을 않고,

"채용 승인이 취소됐다길래 알아보러 왔습니다."

그러자 홱 낯빛이 바뀐 계장은 아무 말 없이 자리에서 일어나더니 벽 밑에 놓인 전화기 앞으로 갔다. 다이얼을 돌리고 나서 잠시 뒤 그는,

"서무과장 좀 바꾸시오. ……그래요, 나 학사계장이오. 헌데 당신 말야, 뭘 어떻게 하라구 본인을 보냈어? 인사기밀인만치 본인에게조차도 통고와 함께 사후처리를 하라 했는데 나한테 보내면 어쩌라는 거야? 당신 그따위 정

신 빠진 짓이나 하면서 서무과장 자리 온전히 지킬 줄 알엇?"

뒤미처 동댕이치듯 수화기를 놓고는 벌게진 얼굴로 식식거리며 자리로 돌아왔다.

"그냥 가슈. 그런 사유 일일이 알려줄 수 없소."

나는 어이가 없어 눈을 키우곤,

"아니 무슨 말씀이십니까? 승인이 취소된 사유를 본인이 모르면 누가 알아야 합니까?"

"본인이라구 다 밝혀줄 의무는 없는 거요. 우리는 신원조회를 의뢰한 다음 조사기관에서 조사한 결과를 회보해주면 해당 학교에 통보해서 조처하도록 하기만 하면 되는 거지 본인을 상대하여 구구한 설명 따위를 해주는 데가 아니란 말요. 그러니 그냥 가쇼."

"아니, 그게 무슨 말씀이십니까? 통보나 하는 게 교육위원회의 할 일이라니 저는 이해가 안 갑니다. 일선 학교와 교사들이 맡은 일을 잘할 수 있도록 돕고 보살피는 데가 교육위원회가 아닙니까?"

"당신이 지금 날 가르치는 거야?"

마침내 반말지거리의 큰 목소리. 실내의 시선들이 나를 향했다.

"왜 내 말이 틀렸습니까? 어서 취소 사유를 밝혀주쇼!"

"못해!"

순간 나는 흥분을 자제해야 한다는 생각이 들었다. 언쟁이나 하고 돌아갈 일이 아니기 때문이다.

"제 언행이 좀 지나친 것 같습니다. 학교에서 승인 취소란 말을 들었을 때부터 제가 흥분했던 게 사실입니다. 이해하시구 그냥 사유나 말씀해 주십시오."

"말할 수 없다니까 자꾸 이러네! 그냥 돌아가라면 돌아가슈."

"저한테는 생계가 달린 문제잖습니까. 알려주십시오."

그러나 계장은 자리에서 벌떡 일어서더니,

"그냥 가라면 갈 것이지 웬놈의 말이 그리두 많아!"

한 다음, 나원 벨 더러운 일이……, 하고 혼잣말을 씨부리며 자리를 떠났다. 나는 그 등 뒤에 대고,

"그러시지 말구 말씀 좀 해주세요."

하지만 계장은 들은 척도 않고 도어를 열고 나가버렸다. 잠시 서 있던 나는 도리 없이 몸을 돌렸다. 자리에 앉은 채 목을 늘이고 바라보던 실내의 사람들이 별것도 아니라는 듯 시선들을 거둔다.

한길에 나선 나는 천천히 광화문 쪽으로 걸음을 옮겼다. 마음이 뒤숭숭해서 곧장 집으로 갈 맘이 없는 데다가 마침 친구가 일하는 출판사가 거기서 멀지 않은 게 생각난 것이다.

사무실 문을 밀치고 들어선 나는 책상 앞에 앉아 담배를 피우고 있는 친구와 곧장 얼굴이 마주쳤다. 자세를 흩뜨린 친구는 책상 앞에 이른 내게 손을 내밀며,

"아니, 어떻게 전화도 없이 나타나. 웬일야, 갑자기?"

나는 악수한 손을 풀면서,

"요 근처에 볼일이 있어서 왔다가 생각이 나서 들렸어."

"그랬군."

친구는 라이터가 얹힌 담뱃갑을 집어 주머니에 넣으면서,

"다방으로 가자구."

앞장을 선 친구는 내 얼굴에 눈을 둔 채,

"안색이 별루 안 좋아, 무슨 일 있어?"

나는 쓴웃음을 짓고는 나지막한 소리로,

"황당한 일을 당했어."

친구는 발을 멈추며 눈을 키웠다.

"무슨 일인데?"

"다방에 가서 얘기해."

우리가 다방에 들어가 자리를 잡고 앉자마자 친구는,

"대체 무슨 일야?"

비로소 나는 겪은 일들을 소상히 얘기했다. 다 듣고 난 친구는,

"그거 참 이상한 노릇이군. 먼젓번 학교에 들어갈 때두

신원조회라는 게 있었겠지?"

"응, 있었지."

"그런데 그땐 아무 문제가 없었는데 이번엔 왜 승인이 취소된다는 거지? 거 참 알다가두 모를 일이네."

"글쎄, 답답해 죽겠어. ……'개의 아픔'이 문제가 될 만한 소설두 아니잖어?"

혹시 모를 일이어서 나는 문학평론을 하는 그에게 내 소설 얘기를 꺼내 본 것이다. 그러자 친구는 단박 고개를 젓고는,

"그건 아냐. 우리의 전통적인 생활정서가 걷잡을 수 없이 빠른 속도로 무너져 버리는 세태를 그린 건데 그것도 문젤 삼는다면 말도 안 되지. 서무과장은 무식한 늙은이가 주책을 떤 거야. 그리구 또 무슨 트집을 잡는다면 다섯 달이나 지난 지금에 와서 새삼스레 들춰내겠어?"

"글쎄 내 생각두 그래. 그래서 더 답답하기만 해."

"그런데 말야, 그 교육위원회두 맹랑한 데네, 그거. 당사자한테두 비밀을 지킨다니 그게 말이 돼? ……그리구 말야, 그 신원조회를 의뢰받은 기관은 물론 경찰서겠지?"

"그렇지."

"경찰서에선 그 일루 연락한 게 없었나?"

"왜, 있지. 나 사는 동네에 있는 파출소의 담당 경찰관이 연락했었어. 학교에 출근해 있을 게 뻔해서 집으로 방

문하지 않고 학교로 연락을 하는 거니 퇴근 때 파출소에 잠깐 들려달라더군. 그래서 그날 퇴근길에 파출소에 들려 담당 경찰관과 면담하고 끝냈다구."

"그 경찰관이 사상적인 문젤 입에 담진 않았구?"

"아니, 전연."

"거 참 이상하다. 그리구 시교육위원회란 데는 일선 학교와 거기 근무하는 교사들의 여려가지 문제들을 돕고 해결해 주는 데일 텐데, 가르쳐 줄 수 없다 이거니, 참."

"그래서 답답해."

친구는 잠시 생각에 잠겨 있다가,

"그럼 말야, 내가 알고 지내는 정보부 친구하구 얘길 좀 해 봐야겠는 걸."

혼잣말처럼 말한 친구는 담배에 불을 붙이고 나서 말을 이었다.

"이웃에 사는 친군데 우리 또래야. 정보부에서 발간하는 월간잡지의 주간인데 사무관인가 이사관인가 그렇다지 아마. 우리가 그리루 이사 가서 한 달이 채 안 됐는데 찾아와서 글 한 편 써 달래기에 수필을 써줬지. 원고료 많이 주더라구. 아무튼 그 뒤로 이 친구 일요일 같은 때 심심하면 우리 집엘 놀러오고 또 무슨 날이라구 음식을 차려 놓구 부르기두 해서 그럭저럭 어울리게 된 거야. 그런데 언젠가 '노신'이 어떤 사람이냐구 묻더니 가끔 우리 현역 시인이나 작가의 작품에 대해서도 이런저런 걸 묻곤 하는 거야. 물론 그 사람의 신분이 신분인 만치 누가 다칠까 봐 나는 항상 조심스레 대답해 주곤 했지. 헌데 오래 지나다 보니까 누굴 잡아들일 목적으로 그러는 게 아니란 생각이 들더라구. 그런 사이야. ……아무튼 그 사람하구 한번 의논해 볼게."

"그래, 잘 좀 얘기해 봐."

말은 그렇게 했지만 나는 그 정보부 친구란 사람에게 별 기대가 가질 않았다. 공직에 있는 사람이 개인적인 일에 선뜻 발 벗고 나서지 않을 것 같았다. 매사에 꼼꼼한 내 친구가 단단히 부탁을 하긴 하겠지만 한 치 건너 두 치 아닌가. 나는 차를 다 마시자 곧 자리에서 일어났다.

집에 돌아온 나는 아내에게 아무런 내색도 하지 않았다. 말할 것도 없이 괜한 걱정을 사게 하고 싶지 않아서였다. 나는 저녁을 먹자마자 곧장 내 방으로 건너갔다. 책상 앞에 앉아 책을 펴들었지만 글자들이 눈에 들어오지 않았다. 책을 도로 놓고 일찌감치 자리에 가서 누웠지만 물론 잠도 오지 않았다. 승인 취소, 그렇다면 나는 이미 실직자가 아닌가. 실직, 생각만 해도 끔찍한 말이다. 고생고생 직장 생활을 해서 서울 변두리 이 빈촌에 겨우 비둘기집만 한 집 한 간 장만하고서 그런대로 안정된 생활을 해 왔는데 덜컥 밥줄이 끊어지면……. 더구나 분명한 이유도 알 길이 없이 직장에서 쫓겨나면 도대체 그 억울하고 답답한 노릇을 어찌해야 하나. 세상에 그런 법도 있나. 아무리 국가권력이라도 개인을 그런 꼴로 파멸시킬 수 있단 말인가. 우리 다섯 식구는 장차 어떻게 되는가.

아니, 도대체 내게 왜 이런 일이 생겼는가. 나는 지난날의 내 학교생활을 돌아보았다. 나는 한마디로 일부 간부들에겐 말썽꾸러기였다. 당연한 일처럼 여기는, 수학여행, 앨범, 교복 따위를 둘러싸고 벌어지는 그들의 부정과 비행을 나는 결코 용서하지 않았던 것이다. 가난한 아이들의 등을 치는 추악한 행태를 나는 거의 증오감까지 느끼며 공격하고 개선하려 힘썼던 것이다. 따라서 그들은 골치를 앓았었다. 바로 그들의 입과 입이 나를 오늘의 함정에 빠지게 만든 건 아닌지. 나는 자못 절망스러웠다.

그런데 8시가 넘은 시각이었다. 친구의 전화가 걸려왔다.

"그 친구하구 얘기 잘 됐어. 내일 당장 직원 셋을 교육위원회에 보내겠다는군. 거기서 알아보고 나서 필요하면 시경에두 들려오도록 하겠대."

"고마워!"

"그럼 너무 걱정 말구 기다려 봐. 내일 바로 그 친구가 나한테 결과를 알려준댔으니까 연락 오는 대로 바로 학교로 전화할게."

"알았어, 고마워!"

수화기를 놓은 나는 옆에서 의아한 눈초리로 쳐다보고 있는 아내에게 비로소 미소를 지으며 낮에 겪은 일들을 털어놓았다.

다 듣고 난 아내는 뾰로통해진 낯으로,

"당신 들어오시는 길로 말 안 한 거 섭섭해요."

"걱정될 얘길 뭣하러 해."

"까짓거 그참에 선생질 그만두는 거지 뭐. 당신 말대루 남의 자식들만 죽어라구 가르치구 제 새끼들은 제대로 가르치기커녕 먹구 싶어 하는 것마저 실컷 한번 멕여 보지두 못하는 거 그 참에 속 션하게 벗어 던지죠, 뭐. 그러고서 당신은 글이나 쓰구 난 뜨개질학원 강사루 뛰면 아무래두 선생 월급보다야 낫지 않아요. 칫, 승인 취소오? 참말 아니꼬와서……."

아내는 남편이 하루 종일 마음 고생한 걸 생각하니 울컥 울화가 치미는가 보았다. 선생에 질 자까지 붙여가며 말한 그녀의 눈에 물기가 서렸다.

"죄지은 거 없으니 잘 해결되겠지."

어떻든 아직 결과를 예측할 순 없지만 친구의 그 전화만으로도 나는 한결 가벼운 마음이 되어 잠자리에 들었다.

이튿날 출근하여 3교시 수업을 마치고 나오니 사환이

친구가 전화 좀 해달란다는 전갈을 알렸다. 나는 부리나케 전화를 걸었다.

"우선 아무것도 아니니까 안심부터 하라구."

"무슨 소리야?"

"허허허, 내 참 기가 막혀! 거 왜 자네하구 파출소에서 면담한 경찰관 있잖아, 그자가 소견란에다가 자네가 '교사로서 자질이 없다고 사료됨', 이렇게 써놨지 뭐야. 허허허"

"아니, 왜 그렇게 써놨나?"

"그야 자네가 제 눈에 자질이 없어 보이니까 그렇게 썼겠지, 허허허. ……그런데 학사계장 말이 자네 그냥 학교에 근무하면 된다구 하더래."

도대체 무슨 소린지 나는 이해가 되지 않았다.

"아니, 학사계장이 정말 그렇게 말했다는 거야?"

"그렇다니깐! ……별 것두 아닌 걸 문제 삼은 건 별걸 바래선지두 모르지, 허허허"

"당최 알다가두 모를 소리야, 농담하는 거 아니지?"

"농담은! 아무튼 말야, 정보부 직원 세 명이 들이닥치니까 학사계장 벌벌 떨면서 서류를 죄다 내보여주었고, 그런 말도 한 거야. 다만, 경찰서에서 그런 통보를 했으니 자기로선 그럴 수밖에 없었다구 하더래. 그래서 직원들은 곧장 시경으로 갔더군. 가서 파출소의 그 담당 경찰관의 소견 기록에 대해 따졌대요. 지가 뭔데 선량한 시민을, 아니 우리의 훌륭한 한 작가이기도 한 분을 두고 함부로 교사 자질이 있네 없네 해서 막대한 신분상 위해를 가했느냐 하고 추궁했대요. 말 되대!

그래서 말야, 친구 말이 그 파출소 경찰관 처리 문제를, 막대한 정신적 피해를 입은 자네가 패주기를 원하면 녀석을 잡아다가 죽지나 않을 만치 두들겨 패주고, 자네가 녀석 낯짝도 보기 싫다 하면 시경에 연락해서 시시한 다른 근무처루 쫓아버리게 하겠다는 거야.

히야, 정보부란 데가, 그동안 얘길 더러 듣긴 했지만, 그처럼 막강한 권력을 휘두를 수 있는 덴지를 예전엔 미처 몰랐는걸, 히야! ……하여간 시경에서 자네한테 우선 사과를 하구 무슨 말을 할 모양이라니 연락가면 받아보라구."

"알았어."

전화를 끊고 난 나는 살았구나 하는 생각이 들었다. 하지만 뒤미처 경찰관의 소견 기록, 학사계장의 완강했던, 사유 공개 거부 행위는 도무지 이해가 안 되는 것이다. '가만있으면 된다.'는 말도 도대체 개운치 않았다.

나는 커피 한 잔을 타가지고 자리로 돌아오다가 마침 자리에 앉아 있는 서윤구 선생을 보았다. 나는 그에게로 발을 옮겼다. 내가 책상 앞에 이르자 그는 얼른 몸을 일으켜 인사한 다음 옆자리의 빈 의자를 끌어다 놓았다.

서윤구 선생은 나와 인연이 깊은 셈이다. 내 대학의 과

다른 8년 후배이고, 몇 해 전, 내가 근무하는 D고에 와서 같이 일하다가 금년에 같은 종단 산하인 이 H고로 전근도 함께 했고, 거기다가 공교롭게도 사는 지역도 같은 미아 5동이었다. 그는 과묵하고 예의가 깍듯해서 우리는 선후배 간이지만 피차 무척 어렴성을 느끼며 지내는 사이였다. 나는 그와 마주 앉자,

"서 선생은 신원조회에 아무런 문제가 없더구먼."

"신원조회요? 거기에 문제 될 게 뭐 있습니까?"

"난 말썽이 좀 있었거든. 허허."

"무슨……?"

"말도 말아요, 어제 아침나절부터 조금 전까지 지글지글 속깨나 끓였지. 허허."

나는 그동안 있었던 일들을 말해 주었다. 그러자 얘기를 듣는 동안 눈빛이 달라지던 서윤구 선생은 말이 끝나자마자 갑자기 자리에서 일어나더니 두 손으로 내 손을 잡으며,

"선배님, 제가 실수를 했군요!"

"뚱딴지 같이 무슨 소린구? 서 선생이 실수를 했다니?"

"맞습니다. 제 실수로 그리 된 게 틀림없습니다."

그런 뒤 다음과 같은 얘기를 했다.

서윤구 선생도 나처럼 파출소의 연락을 받았다. 그도 퇴근길에 곧장 파출소에 들렀다. 연락했던 경찰관은 명찰

을 보니 박 순경이었다. 허리에 방망이를 찬, 머리가 희끗희끗한 오십 대의 박 순경은 마침 혼자 한가하게 앉아 있다가 반가운 듯, 어서 오슈, 하고 서윤구 선생을 맞이했다.

박 순경은 서윤구 선생을 책상 앞에 앉힌 뒤 서랍에서 서류를 꺼내 놓았다. 잠시 서류에 눈을 주고 있던 박 순경은 서윤구 선생을 쳐다보며,

"H고등학교면 이강태 선생하구두 잘 아시겠소이다?"

"그럼요. 대학 선배님이신데다가 D고에서부터 줄곧 한 직장에서 모시고 지냅니다. 어떻게 아십니까?"

"며칠 전 신원조회 관계로 만났잖아요."

"아, 그렇겠군요. 그 어른이 사시는데도 제 집에서 멀지 않습니다."

그러자 박 순경은, 그 어른이라……, 하고 입속말로 중얼거리면서 입가에 비웃는 듯한 엷은 웃음기를 흘렸다.

"……?"

잠시 침묵을 지키던 박 순경은 서류를 보아가며 이것저것 몇 가지 질문을 했고, 대답을 들은 후 몇 자씩 기록도 했다. 면담은 길지 않았다. 이윽고 서류를 접고 볼펜을 놓은 그는,

"대학 선배라니 내 하는 소립니다만, 그 양반 사회생활 제대루 하긴 틀렸습디다."

뜻밖의 말에 서윤구 선생은 당연히 깜짝 놀랐다.

"왜요? 무슨 일이 있었습니까?"

다급히 물었으나 박 순경은 딴청이라도 부리듯,

"제 사랑 제가 끼구 있다는 말도 있구, 오는 정이 있으면 가는 정이 있다는 말두 있구, 시쳇말루 기브 앤드 테이크라는 소리도 있잖우? 흐흐."

"……?"

"세상은 혼자 못사는 법유. 선생이 있으니까 아이들이 공부를 할 수 있구, 청소부가 있으니까 집안에 쓰레기 썩는 내가 없구, 우리 경찰관이 있으니까 강도한테 목숨을 뺏기지 않구 편안한 마음으루 사는 게 아뉴? 그렇게 서로 서로 힘이 되어 사는 거지. 안 그러우? 흐흐."

"암 옳은 말씀이죠. 그런데 무슨 일이 있으셨는지 말씀 좀 하시죠."

"아, 물론 말하리다. 거 당신 선배 이 선생 말유, 참 야속합디다. 우리 일선 경찰관, 증말 참 박봉에 고생 많시다. 국민들이 음으루 양으루 도와주지 않으면 증말이지 살맛 안 나는 사람들이유. 근데 다행히 이리저리 여러분들의 도움이 있어 박봉을 무릅쓰고 불철주야 희생적으로 노력하며 봉사에 여념이 없이 사는 거요.

헌데 이 선생 말요, 그제 면담을 했는데 면담이 끝난 뒤의 태도가 어땠는지 아슈?"

"……?"

"그냥 고개나 한번 꾸뻑해 보이면서, 수고 많으셨습니다, 하구 한마디 던지고는 그냥 가는 거라, 나 참!"

비로소 서윤구 선생은 박 순경의 속내가 머리를 스쳐갔고, 너무도 기가 막혀 잠시 상대의 얼굴을 노려보았다. 그러나 박 순경은 아무런 눈치도 채지 못한 듯,

"에치켓을 아는 사람이라면 하다못해 담배값이라도 있어야잖소? 자길 위해서 수고했는데 그래 빈 손으루 일어나구두 맘이 편한가. 선생은 애들만 상대하다 보니 쩨쩨해지는 건지 원. 선생질하는 내 잘 아는 친구 하나는 안 그렇던데. 흐흐.

아무튼 서 선생은 인상부터가 선배하군 다릅디다. 그래서 하는 말인데, 서 선생이 선배의 몫까지 고마운 표시를 하구 가서 얘길 하구려."

박 순경의 말이 끝날 새 없이 서윤구 선생은 자리에서 벌떡 일어났다.

"당신 지금 그거 제 정신으루 하는 소리요? 당신 미치지 않았소? 이보슈, 그 어른이 어떤 어른인데 당신 같은 인간에게 그런 돈을 줘? 그리구 뭐, 날더러 선배 몫까지 고마운 표시를 하구 가서 말하라구? 허참, 이거 기가 막혀 못 보겠네! 이보슈, 당신 그 자리나마 쫓겨나야 정신차리겠어, 엉?"

하고 손바닥으로 책상을 한번 꽝 때렸다. 그러나 박 순

경은 서윤구 선생의 반응이 오히려 놀랍다는 듯,

"허 참, 이 양반, 인상두 좋구 하길래 앞으루 친구삼아 지내자는 뜻으루 헌 말인데 난리네! 관두슈, 관둬! 그래, 너 살구 나 살구 식으루 삽시다. 내 원 기가 막혀! 가보슈, 그만 가란 말요!"

서윤구 선생은 너무나 어이가 없어 말문이 막혔다. 잠시 박 순경을 쏘아보기만 하다가,

"당신은 공직에 있는 사람요. 공직자가 그런 말을 해도 되는 거요?"

"관두슈, 관둬! 나 바쁜 사람이니까 빨리 가슈, 가!"

하고는 박 순경은 자리에서 일어나더니 밖으로 나가버렸다.

때마침 다른 경찰관 하나가 들어섰다. 서윤구 선생은 다른 경찰관을 붙잡고 떠들고 싶진 않아서 그냥 발길을 돌리고 말았다.

"그래서 그 친구가 앙심을 먹구 그렇게 적어 놓은 게 틀림없습니다."

"그런 거 같은데."

"참, 지금 우리나라 공직사회가 그 지경입니다. 썩어두 아주 깊이 썩었어요."

하더니 서윤구 선생은 자못 흥분한 목소리로 공직사회의 여러 가지 부정과 비리 사례를 늘어놓았다. 그러고는

크게 한 번 뒤집어엎어야 한다고 역설했다.

그러나 나는 머릿속에, 꼬박꼬박 박봉을 털어 독거노인들을 보살폈다는 한 경찰관의 미담 기사를 떠올리며 공직사회 전체가 부패했다고 보고 싶진 않았다. 차를 다 마시자 나는 빈 잔을 들고 자리에서 일어났다.

퇴근 무렵, 마침내 시경에서 전화가 왔다.

"이 선생님, 시경에 근무하는 K총경입니다. 퇴근하실 때 됐죠?"

"조금 있으면 퇴근합니다."

"아, 그러세요. 그럼 선생님 퇴근하시는 길에 저를 방문해 주시겠습니까? 마땅히 제가 가 뵈어야 하겠지만 워낙 일이 많아서 선생님이 찾아주셨으면 하는데요. 허허."

"왜 그러세요? 박 순경 일 때문에 그러시죠?"

"허허허, ……물론 그 일두 있구요, 이런 기회에 선생님을 뵙고도 싶어서 그럽니다. 허허허"

"그 일 때문이라면 안 가겠습니다."

"아니, 왜요?"

"무지가 저지른 일입니다. 징계나 어떤 불이익을 주기 앞서 먼저 계도가 필요한 일입니다. 그리구 그 처리에 제 의사가 반영되는 것도 옳지 않다고 봅니다.

저두 어떤 입장입니까. 자의는 아녔습니다만 한 권력기관의 힘을 빌은 처집니다. 떳떳치 못했죠. 모두가 부끄러운 입장입니다. 자성만이 필요합니다. 그럼 그만 끊겠습니다."

나는 상대의 말은 더 이상 듣고 싶지도 않아 수화기를 놓고 말았다.

그 사건 이후 나는 공직사회로 진출하는 제자들이 찾아와 인사를 하면 준비해둔 볼펜 한 자루씩을 선물로 준다.

"부디 바르게 기록하게. 허허허" 하면서.

〈2015년, 월간문학〉

골목길

나는 마당에서 꽃나무에 물을 주고 있었다. 그때 열려 있는 쪽문 밖에 한 소년이 나타났다. 흰 반팔 티셔츠에 청바지를 받쳐입은 소년은 나와 눈이 마주치자 미소를 지으며 머리를 꾸벅했다. 나는 물주기를 멈췄다.

"누굴 만나러 왔니?"

"선생님요."

"그래애? …들어오렴."

나는 손에 든 조로를 땅에 내려놓고 소년에게 가까이 갔다.

"무슨 일이지?"

"저어……, 선생님께 책 좀 빌려다가 읽고 싶어서요. 이 골목길을 지나다니면서 책이 굉장히 많은 걸 보았거든요. 창문을 열어놓으셨을 때 말예요."

깔끔하고 단정한 용모만치나 어조가 또렷하다. 뭣보다

도 제가 읽고 싶은 책을 빌리기 위해 찾아온 게 반갑고 기특했다.

나는 고등학교에서 국어를 맡고 있다. 수업 중에 틈틈이 동서양의 고전들을 소개하며 필독을 권한다. 하지만 그 책을 읽는 학생은 언제나 몇 명에 불과하다. 그런 형편에 스스로 양서를 구해 읽는 학생이 몇이나 될지. 헌데 제 발로 찾아온 소년.

"많은 건 아니구…. 아무튼 방에 들어가서 얘기하자."

방에 들어온 소년은 세 벽면을 메운 서가부터 둘러보았다. 순간 그의 눈빛은 빛났고, 낯빛이 발갛게 물들었다. 그런 소년의 모습에서 나는 그의 가슴속에 타오르는 호기심과 동경, 지적 열망 같은 것들을 엿보는 듯했다. 나는 미소를 지으며 말했다.

"앉자. 그리구 우리 처음 만난 자리니까 서로 인살 나눠야 하잖겠니, 허허."

자리에 앉은 소년은 아까처럼 머리를 한 번 꾸벅한 뒤 제 소개를 했다. 골목만 다른 한 동네에 살고 있는 소년의 이름은 김연수. 현재 초등학교 6학년에 재학 중. 막노동판에서 일하던 그의 아버지는 삼 년 전에 공사판 사고로 타계했고, 시장 입구에서 채소 장사를 하는 어머니와 여동생, 셋이 산다.

그런 그는 초등학교 1학년 때부터 책 읽기를 좋아해서

해마다 학급문고에 꽂힌 책들을 다 읽었다. 헌데 이제 중학교에 진학할 것이니까 중학생이 읽을 만한 책들을 읽고 싶다는 얘기였다.

"좋은 생각이다. 그나저나 여기에 네가 읽고 싶은 책들이 있겠니? 봐서 있거든 갖다 보렴. 그리구 앞으로 내가 없어도 갖다 읽을 수 있도록 내 식구들한테 일러두마."

"고맙습니다, 선생님. 저는요, 책을 빌리면 먼저 겉장부터 종이로 싸요. 언제든지 깨끗한 책으로 가져올 거예요."

"여러 번 읽혀서 낡는 게 무슨 대수냐. 그런 염려 말구 읽으렴."

잠시 말이 없던 소년은 나에게,

"선생님, 책은 첫새벽에 읽는 것이 좋은가요?"

"반드시 그럴 것두 없잖니?"

"선생님은 늘 첫새벽에 읽으시는 것 같아서요."

"으응, 습관이 그래. 형광등 불빛두 더 밝고 머릿속도 맑구. 그래서 그런 버릇이 생겼나 봐. 그런데 니가 그걸 어떻게 알았니?"

"매일 새벽 지나다니며 보는 걸요. 전 아르바이트로 신문 배달을 하거든요."

"그랬구나! 아르바이트까지 하면서 독서도 열심히 하니 그거 참 아주 고마운 마음이다."

"선생님, 저는요, 선생님 방 창에 불빛이 환하면 힘이 나요. 어두운 골목길이 조금도 무섭지 않구요."

우리 집이 있는 이 일대의 골목길들은 겨우 리어카 한 대나 드나들 만큼 폭이 좁고 요리조리 여러 갈래로 뚫려 있어서, 몇 군데 전주에 매달려 있는 가로등의 불빛이 미치지 못하는 어두운 데가 많았다. 바로 우리 집 앞도 그런 곳의 하나였다. 그래서 골목길에 면한 내 방 창에 불이 켜지면 그게 가로등 노릇을 하여 통행에 불편을 없애주었다.

"그랬구나. 앞으로 책을 읽지 않는 날에도 방의 불만은 꼭꼭 켜야겠는 걸. 그럼 되겠니, 허허."

그리고 그날 이후 나는 새벽이면 반드시 방불부터 켜놓는 외에 흔히 잠자리에 그대로 누워서 책을 읽던 버릇도 없애버렸다. 신새벽에 신문뭉치를 옆에 끼고 골목길을 뛰어다니는 소년을 생각해서였다.

그러나 내 그런 태도는 불과 석 달을 못미처 사라지게 되었다. 태도만이 아니다. 그즈음부터 나는 아예 소년의 존재조차 잊은 듯했다. 내가 그렇게 된 것은 중3이었던 사랑스러운 딸의 죽음 때문이었다.

갑자기 몰아닥친 큰 불행 속에서 나는 깊은 파멸감에만 사로잡혔다. 그런 나의 머리와 가슴속에 차 있는 것은 다만 딸에 대한 기억들뿐이었다. 그 애의 모습, 표정, 말씨 동작에서부터 온갖 사소한 일상의 일들이 나로 하여금 다른 아무것도 생각하거나 실천할 수 없게 만들었다. 견디기 어려운 그리움에 빠지면 나는 빈속에 마구 술을 퍼마셨고, 끊었던 담배를 연달아 피워댔다. 마침내 나의 몸엔 옛날에 앓았던 적이 있는 폐결핵이 재발하여 휴직을 해야 했다. 집안에서 지내게 된 나는 아내의 성화로 밥상을 대하고 약을 먹을 뿐 여전히 깊은 실의에 잠겨 방구석에만 처박혀 지냈다.

그러던 한겨울에 접어든 어느 날, 굵은 눈발이 쏟아지는 아침나절이었다.

나는 열어놓은 창문 밖에 시선을 둔 채 담배를 피우며 자꾸만 떠오르는 딸 생각 때문에 와락와락 눈시울을 붉히고 있을 때였다.

"선생님."

나는 목발을 짚고 눈발 속에 서 있는 아이를 멍하니 쳐다보았다. 누군가.

"저예요, 선생님."

나는 한참 만에야 그가 소년임을 알았다.

"너구나."

"네, 저예요."

"…목발은?"

"며칠 전에 요기서 넘어졌어요. 조심성이 없이 뛰기만 했거든요. 하지만 이제 거의 다 나았어요."

"손에 든 건?"

"모래예요."

"그러고도 신문을 배달하니?"

"아녜요. 다 나을 때까지 다른 애가 해요. 그런데 그 앤 저보다 어려요."

나는 더 이상 아무 말도 하지 않았다. 일을 마친 소년은 머리를 꾸벅해 보인 뒤 목발걸음을 떼었다. 다음날 새벽, 내 방 창엔 불빛이 환했다.

〈2001년, 국회보〉

달맞이꽃

허 선생은 현관 앞에 나와 나를 기다리고 있었다. 택시에서 내린 나는 손을 내밀며,

"우리가 꼭 이십 년 만에 만나는군."

"육 개월이 더 붙어야죠, 선생님."

허 선생은 얼굴 가득히 웃음을 지으며 두 손으로 잡은 내 손을 흔들었다.

"허허허, 내가 세월을 에누리했군."

뒤미처 나는, 플라타너스들이 아름드리가 됐어, 하고 혼잣말처럼 말했다.

우리는 교무실로 들어갔다. 방학 중인 교무실은 호젓해서 좋았다. 차를 만들어 들고 온 허 선생은 그동안 이런 저런 학교 소식들을 들려주었다. 옛날 나와 함께 근무했던 선생은 이제 허 선생 하나뿐이었다. 많아야 3년 정도 근무하면 싹싹 서울로들 가버리니 남은 학생들 공부가 걱

정이란다. 이어서 허 선생은 육군 중령이 된 아이, 농협지점의 차석으로 승진한 아이, 이곳 특산물인 복숭아 아가씨로 선발된 아이 등등 여러 졸업생의 근황을 얘기하다가 무언가 생각난 듯 물었다.

"선생님, 김순이라는 졸업생 기억하시죠?"

"김순이? 도전리서 삼십 리 길을 걸어 다니던 애 말인가?

"바로 그 아입니다."

"기억하다마다. 한 번은 우리가 갤 시화전 준비로 늦게까지 일을 시키고서 집까지 바래다준 적이 있었지?"

"잘 기억하시네요. 선생님은 그때 길가에 환한 달빛을 받으며 쭈욱 피어있는 꽃이 달맞이꽃이라는 걸 그애한테 들어 아시곤 '이름도 무척 아름답다'고 하셨죠."

"맞아, 참 아름다운 풍경이었어. 그 바람에 우린 왕복 육십 리 길이 피곤한 줄도 몰랐잖아? ……그런데?"

잠시 뜸을 들인 허 선생은 나지막한 소리로,

"그 애가 딱하게 됐어요."

"……?"

"팔 년 전에 그만 실명을 했어요."

"무어? 어쩌다가?"

"사흘 동안 몸에 심한 열이 있더니 그리 됐대요."

"아니, 식구들이 병원에도 안 데려갔었나?"

"오빠가 들쳐업고 뛰쳐나갔었죠. 하지만 폭설로 길이 끊겨 있어서 헤매기만 하다가 돌아왔대요. 지금이라면 문제가 없었을 텐데."

"허어 참. 아니, 앞을 전연 못 봐?"

"네. ……근데 이상해요. 오 년쯤 전인가. 그 애가 반창회엘 나왔는데 보니깐 표정은 그리 어둡질 않았어요."

"……"

나는 담배를 피워물었다.

내가 이 학교에 부임한 지 한 달 남짓 되던 어느 날이었다. 휴식시간에 벤치에 앉아 담배를 피우고 있는데 순이가 내 앞으로 왔다.

"앉아라."

순이는 내 옆에 앉았다.

"저어, 선생님께 한 가지 여쭤볼 게 있어요."

"말하렴."

"선생님은 시골이 좋으세요?"

"허허허, 난 또 뭐라구. 아암, 아주 조오치. 새 소리가 들려오는 교실에서 수업하는 것도 좋구, 이렇게 앉아서 먼 산을 바라보는 것도 좋구, 죄다 좋기만 해. 허허허."

"그런데 시골 사람들은 자꾸만 고향을 떠나잖아요. 저의 동네엔 모두 다섯 집이 살았었는데, 이제 남은 건 두 집뿐이에요. 그 중 한 집마저 내년 봄엔 떠날라나 봐요."

"그게 걱정이야. 고향을 지키고들 살 만한 형편이 돼야겠는데…."

"늘 가서 놀던 집들인데 빈 집이 되니깐 귀신이 나올 것처럼 무섭기만 해요."

"그렇겠지."

"저의 오빠 제대하구 서울에 있는 회사에 취직을 했다가 일 년 만에 집어치우고 집으로 왔어요."

"왜?"

"뿌린 씨에서 쑤욱쑥 돋아나는 싹들이 눈앞에 어른거려서 못 배기겠더래요. 앞으로는 고향을 절대로 안 떠난대요. 아버지, 어머니, 순이만 있으면 장가를 못 들어도 상관없대요. 저도 오빠 맘하고 똑같아요."

"으음……"

"지금 찾아가면 그 앨 만나볼 수 있을까?"

"그럼요. 밖에 나갔어도 식구들이 일하는 근처에 있을 테니까요. 가보시겠어요? 도전리 가는 버스도 금방 있는데요."

우리는 자리에서 일어났다.

순이네 집 앞에 서자, 나는 절로 한숨이 나왔다. 덮은 지 얼마 안 되는 듯한 슬레이트 지붕이 다소 깨끗한 느낌을 줄 뿐 초라한 모습은 피할 길이 없는 집이었기 때문이다. 하지만 마당에는 봉숭아, 채송화, 맨드라미 같은 꽃들이 피어있어 정갈한 느낌을 풍겼다. 집안은 조용하기만 했다.

"순이 있니?"

허 선생이 불렀지만 응답이 없다.

"순이 집에 없어? 나 허 선생이야."

그러자 방문이 열렸다.

하얀 낯빛, 초점이 없는 시선, 순이는 고개를 갸웃하며 입을 열었다.

"허 선생님이시라구요?"

"그래, 나 허 선생이야. 나만 온 줄 아니? 이강태 선생님도 오셨어."

"이강태 선생님요?"

순이는 놀란 듯 후다닥 몸을 일으키더니 성큼 한발을 문지방 밖으로 내디뎠다. 허 선생이 소리를 질렀다.

"안 돼, 안 돼! 가만 있어. 내가 그쪽으로 갈 테니, 가만…."

그러나 이미 밖에 나선 순이는 쓰러지는 일 없이 맨발로 뛰쳐왔다.

"순이야, 나다."

내가 그 애의 팔을 잡을 새도 없이 순이는 와락 내 가슴에 안겨왔다.

"자주 찾아오지 못해서 미안하다."

순이는 아무 말도 하지 않고 가늘게 몸을 떨었다. 우리는 곧 나무 그늘 밑에 있는 평상에 가서 앉았다.

"선생님, 저는요. 눈을 다치지 않았어요. 안 보이는 게 하나도 없거든요. 학교 가는 길에 핀 달맞이꽃도 죄다 보여요."

"그래, 이 세상에 우리 순이한테 안 보이는 게 어디 있겠니."

나는 순이의 작은 두 손을 꼭 잡아주었다.

〈2001년, 국회보〉

나의 카투사 추억

나의 카투사 추억

연일 강추위가 계속되는 가운데 오늘 아침 텔레비전 뉴스에 미군과 카투사 20여 명이 대민 봉사 활동을 하는 모습이 보도되었다. 도시 외곽의 가난한 산동네 독거노인들 집에 선물 연탄을 배달하는 일이었다.

얼굴에 앙괭이들을 묻힌 채 줄곧 시시덕거리고 장난질도 쳐가며 좁고 꼬불꼬불한 비탈길로 서툰 지게질들을 하는 그 모습, 나는 눈을 떼지 못했다. 참으로 가상했다.

크리스마스를 며칠 앞에 둔 그 선행은 아마 모르면 모르되 카투사들의 제안과 미군들의 전폭적인 호응으로 이루어졌지 싶었다. 그들의 따뜻한 신뢰와 화합의 분위기가 짐작되며 참 고맙고 대견스러웠다.

그런 그들의 모습을 보는 내 머릿속에는 어느새 60년이라는 긴 세월 저편의 아득한 옛날이 돼버린 내 카투사 시절의 일들이 떠오르면서 눈시울이 더워졌다.

1

내가 부산에 있는 한국군 부대에서 일등병의 몸으로 미군 부대에 전속된 것은 1959년 12월 중순. 바로 이맘때였다.

기록카드가 든 봉투 하나를 달랑 손에 들고 내가 먼저 찾아간 곳은 부천에 있는 미8군 배출대였다. 말할 것도 없이. 배출대는 전출입 병사들이 먼저 거치는 부대였다.

그날은 날씨가 몹시 추웠다.

전투복 차림으로 속에는 내의도 입었고 야전잠바도 걸쳤건만 몸은 줄곧 한기로 덜덜 떨렸다. 양쪽 엄지발가락에 통증을 느낄 정도로 발도 시려서 배출대 정문을 들어선 나는 일부러 군홧발로 땅바닥을 탁탁 찍어가는 걸음으로 연병장을 건너갔다.

본부 사무실 문을 여는 순간 확 온몸을 감싸오는 후끈한 열기. 잔뜩 언 몸엔 그 밖에 더 반갑고 고마운 게 없었다. 작은 구멍들이 송송 뚫려 있는 커피색 철제 안전판을 몸에 두르고 기세 좋게 불꽃을 피워 올리는 우람한 대형 기름 난로. 얼었던 몸이 순식간에 녹아버리는 듯했다.

신고를 마치고 전출입 병사들의 대기실인 퀀셋으로 간 나는 반갑다 못해 놀랍기까지 했다. 거기에도 본부 사무실에 있는 것과 똑같은 그 대형 난로가. 그것도 두 개가. 활활 맹렬한 불꽃을 피워 올리는 게 난로 유리문으로 보였던 것이다. 퀀셋은 본부 사무실 보다 면적이 두 배쯤 넓어 보이긴 했다. 그래도 한 개만으로 충분히 덥고도 남을 텐데 두 개라니. 더구나 실내엔 처음으로 만난 선착병 하나가 러닝셔츠 바람에 맨발인 채 침대 위에 누워있었는데 그 한 명을 위해 난로 두 대를 다 피우다니. 다소 못마땅한 기분으로 그와 인사를 나눈 나는 열기에 숨이 다 막힐 것 같은 지경이기도 해서 난로 앞으로 가 카뷰레터에 손을 대려 했다. 그러자 선착병은 급히 손을 저은 뒤 난로 한쪽을 가리켰다. 거기 철사줄에 꿰여 걸려 있는 손바닥만 한 양철 조각엔 경고의 글귀가 씌여 있었다. '관리병 이외엔 절대로 난로에 손대지 말 것'. 하는 수없이 나도 상의와 양말을 벗고는 침대에 벌렁 누워버렸다.

불과 하루 전까지만 해도 나는 부산의 한국군 부대에서 밤이면 추워서 잠을 제대로 잘 수가 없었다. 막사에 하나 있는 석탄 난로가 어느 하루도 제 구실을 온전히 하지 못했기 때문이었다. 그만큼 연료인 알탄의 질이 나빴다. 흙이 너무 많이 섞인 데다가 어찌 된 노릇인지 노상 축축하게 물기에 젖어 있어서 도무지 불이 잘 붙지를 않았다. 난롯불을 책임진 쫄짜들이 부대 철조망 주변 같은 델 돌아다니며 어렵사리 모아온 쏘시갯감을 깔고 불을 붙이면 겨우겨우 연기를 올리며 시나브로 타다가도 몇 시간을 못 가서 영락없이 꺼져버리는 것이다. 불침번은 불을 살리려고 제 수첩까지 뜯어 태워가며 입으로 불어 대고 난리를 쳐도 끝내 불기는 사라져 버리는 것이었다. 그러면 물론 상급병한테 얻어터져야 했다.

나는 논산훈련소를 거쳐 수송학교를 졸업하자 다른 네 명의 동료와 함께 그 부대 수송부에 배속이 되었는데 그 날부터 우리 다섯 졸병들은 차량보초, 불침번, 식사당번 따위를 도맡다시피 했고, 따라서 나도 그놈의 난롯불을 꺼뜨린 바람에 따귀를 맞곤 했다.

사실 불이 꺼져도 상급병들은 우리 쫄짜들보다 추위를 덜 타는 처지였었다. 그들은 잠자리에서 졸병들과 달리 계급순으로 담요를 더 많이씩 차지했기 때문이다. 그게 당시 수송부 전통이라던가.

원래 담요는 병사 한 앞에 한 장씩이 지급되었다. 그러나 잠자리에서 선임하사를 비롯한 하사관들에겐 각각 석 장씩으로, 다음 병장들에겐 두 장씩으로 독침대를 만들어 주고, 나머지들도 고참, 신참을 가려가며 달리 깔아주고 나면 우리 다섯 쫄짜들은 으레 두 장 가지고 깔고 덮어야 했으니 제대로 잠을 잘 수 있을 리 만무였다. 겨우 다리 하나 묻은 양쪽 애들이 가물가물 잠결에 들라치면 저도 모르게 담요 자락을 서로 제게 끌어가는 바람에 한기에 노출됐다가 눈을 뜨게 되고, 가운데 애들은 또 그것들대로 양쪽에서 줄곧 버즈럭대는 통에 도무지 깊은 잠에 빠지질 못하다가 그 션찮은 난롯불마저 꺼져버리면 추워서 아예 잠이 달아나 버리는 것이다. 그쯤에서 쫄짜들은 더 잘 생각을 접어 버리고 일어나 앉는다. 그때부터 밤은 왜 그리도 길고 지루한지.

그랬는데 이 기름을 물 쓰듯 펑펑 써버리는 난방! 나는 꼭 꿈속에 든 것만 같았다.

그리고 또 그날 선착병의 안내로 처음 대한 점심 식사는 어땠는가?

대낮에도 환하게 불을 밝힌 식당, 흰 앞치마에 흰 위생모를 쓴 취사병들이 치킨, 구운 쇠고기, 삶은 쇠간 등등 여러 종류의 육류에서부터 각종 채소류와 쌀밥이 담긴 스텐 통들 앞에 늘어서서 배식을 하는데 제 입에 맞는 음식물만 급식판에 받으면 된다. 그리고, 희고 깨끗한 보가 씌워진 사각형, 직사각형, 원형 등 여러 모양이면서 보기 좋게 배열된 식탁들, 그 위엔 각종 조미료 병들과 함께 빨간 미8군 마크가 인쇄된 우유 팩들이 너댓 개씩 놓여 있다. 맘대로 양껏 마시라는 것이다.

허유, 참! 식탁에 앉아 식사를 하던 나는 문득 헤어진 전 부대의 친구들이 떠올랐다. 같은 시각에, 그 쌀벌레가 함빡 섞인, 누렇게 변질된 묵은쌀로 지은 밥에 소금물에 끓인 시래깃국을 먹고 있을 친구들, 그리고 또 오늘 밤에도 추워서 잠을 제대로 자지 못할 그들, 나는 그만 목이 메었다.

1959년이면 휴전이 된 지도 6년째가 되는 해였다. 그러나 굶주리고 헐벗은 사정은 좀처럼 가시지를 않은 때였다. 그래서, 군대는 그래도 끼니를 거르는 일이 없으니 그걸 고마워할 일이었다. 그런데도 나는 자꾸 슬펐다.

그날 나는 야전용 철 침대긴 하지만 깨끗한 시트와 부드러운 담요에 묻혀 숙면을 했고, 이튿날은 토요일, 아침을 먹고 나자 곧 개인 보급품이 지급되었다. 툭툭하고 재질이 썩 좋은 내의가 두 벌, 양말 두 켤레, 모직 외출복 등을 비롯하여 개인 살림살이 일습을 더블백이 빵빵하도록 받았다.

내가 논산훈련소 수용 연대에 들어간 것은 그 전해 12월 그믐날이었다. 첫날밤 자는 둥 마는 둥한 어설픈 잠을 자고 나니 밖에는 허옇게 눈이 덮여 있었다.

당시 수용연대의 분위기는 틀이 잡히지 못한 게 참 어수선했다. 불도저로 밀어붙인 흙더미들이 여기저기 그대로 남아 있는 채 신축 막사들엔 난방이 되어 있지 않았다. 난로가 설치되어 있긴 했지만 빈 난로였다. 그럴 것이, 전국 각지에서 몰려온 입영자들이 그저 하루나 이틀 머물다가 훈련연대로 가기 때문에 병영 생활의 체계가 생리상 잘 자리잡힐 수가 없는 게 원인인성 싶었다. 마구 벌어지는 건 들치기, 날치기, 도난 사건, 지역 감정을 드러내는 떼싸움 같은 것들이었다.

이튿날 기록카드 작성을 마치자 곧 개인 장비가 지급되었다. 그런데 이걸 봤나. 내의, 셔츠, 방한복 따위를 받았는데 기가 막혔다. 면 내의는 세탁을 하긴 한 모양인데 땟자국이 그대로 살아있는 채 해지고 쭈굴쭈굴 했고, 셔츠는 그게 아예 걸레쪽 같았다. 소매 하나가 없거나 옷자락 한 짝이 달아나 버렸거나 여기저기 실밥이 뜯겨져 아예 입성이랄 게 없었고, 방한복은 땟국에 절다 못해 옷깃은 새까만 유장판처럼 반들거렸다.

그러자 어떤 아이는 잘 못 준 줄 알고 담당 기간 사병에게 들고 가 내밀었다가 군홧발로 정강이나 차이고 말았다. 그런 옷으로 갈아입고 집 옷을 횟종이에 싼 뒤 집 주소를 적을 때 누구 입에 한숨이 없었겠는가. 방한복에 방한모를 쓰고 서로의 얼굴을 바라보는 친구들은 그게 꼭 상거지 같은 꼴들이어서 킥킥 거렸다.

그런데 거기까지만도 그런가 했다. 그런 차림으로 그날 밤 훈련 연대로 들어가는데 그때부터 온몸이 가려워서 제대로 발을 옮기기가 힘들었다. 이가 들벅거렸던 것이다. 후에 들으니 그것도 훈련의 하나라던가. 그랬는데 미군 부대는…….

한 시간쯤 지나 나는 내가 갈 부대에서 데리러 온 트럭을 타고 배출대를 떠났다.

2

의정부 만가대에 주둔하고 있는 미1군단 소속 514 수송중대. 내가 탄 트럭이 속도를 낮추며 정문 가까이 가자 위병소에 앉아 빨간 사과의 껍질을 벗기던 흑인 병사는 칼 잡은 손을 잠깐 들어 올려 통과하라는 신호를 보낸 뒤 깎기를 계속한다.

연병장에 차를 세운 운전병은 눈으로 차창 밖의 한 건물을 가리키며,

"저게 중대본부 사무실유. 서무계가 기다리구 있을규."

배출대에서 나를 인계하여 부대로 오는 동안 이런저런 이야기를 나눌 때부터 이등병인 그는 줄곧 이렇게 반말투로 말했다. 다소 귀에 거슬렸지만,

"수고했어."

하고 운전대에서 내린 나는 적재함에서 묵직한 더블백을 내리자 잠시 그 자리에 발을 세우곤 주위를 둘러보았다.

부대 부지는 시골 학교 운동장 서너 개쯤 합친 넓이는 될까. 일정한 간격으로 y자 모양의 기둥들을 거느리고 팽팽하게 둘러쳐진 이중철조망, 거기에 역시 일정한 간격으로 늘어서 있는 보안등들, 그 앞으로 연병장을 안고 가지런히 줄지어 늘어앉은 퀀셋들과 그 뒤쪽의 크고 작은 여러 채의 블록 건물들, 그리고 그 사이사이엔, 그게 부대

터를 닦을 때 그대로 잘 살려두기로 했을 아름드리 나목들, 또 거기서 왼편으로는 세로로 길게 꽁무니를 맞댄 트럭들이 양쪽에 널찍한 공간을 거느린 채 줄지어 서 있다. 정문 바로 옆에 있는 비어홀에선 토요일을 즐기자는 듯 일찌감치부터 네온사인이 껌벅인다. 나는 더블백을 들어 멜빵을 한쪽 어깨에 걸치고는 본부로 향했다.

도어를 열자 역시 기분 좋게 안겨 오는 후끈한 열기, 사무실 안에는 일등병 계급장을 단 사병이 혼자 책상 앞에 앉아 타이프를 치고 있었다. 그런 그의 상의는 단추들이 죄다 풀려있고 양쪽 소매는 아무렇게나 두어 번 걷어 올린 산만한 복장이었다.

"수고하십니다."

핼끔 눈을 준 상대는 난롯가 의자 쪽에 가벼운 턱짓을 해보이곤 계속 일손을 놀린다. 나는 더블백을 내려 문 옆 벽에 기대 세우고는 의자에 가서 앉았다. 배출대를 떠날 때 배속되는 부대도 먹고 입고 잠자는 게 부디 이랬으면 했는데, 우선 난로의 유리문을 보니 불길이 기세 좋게 활활 타고 있어 안심이다.

이윽고 서무계가 타이프에서 손을 떼며,

"기록카드 날 줘."

나는 더블백에서 기록카드를 꺼내다 주었다. 그의 가슴에 붙은 영자 명찰은 김호건, 여자처럼 갸름하고 하얀 낯빛이다. 그는 기록카드를 펴서 잠시 살핀다. 기록카드를 접어 책상 위에 놓은 그는 자리에서 일어나 내 앞으로 왔다. 단추가 풀린 셔츠 자락은 허리띠 한쪽에만 물려있고, 발은 맨발에 슬리퍼 바람이었다.

그는 손을 내밀며,

"서무계 김호건이야."

마주 잡으며,

"이강태야."

김호건은 악수를 푸는 맡에,

"나보다 넉 달 앞서 입대했더군. 두 달 뒤면 상병 진급하잖아. 앞으루 잘 지내자구."

"잘 부탁해."

"이 일병 말야, 우리 부대에 왜 왔는지 알지?"

왜 오다니, 무슨 소린가? 전 부대의 서무계 김 상병이 전속을 하면서 제 밑에 두고 있던 나까지 그 부대를 떠나게 해준 사실밖에 모르는 나는 얼른 무슨 대답을 할 수가 없었다. 머뭇거리다가,

"……잘 모르는데?"

"아, 그래? 한국군에선 본인한테 안 알려주구 그냥 보내는가 보구나. 이상한데. 하여간, 그럼 그건 내가 먼저 나발불 게 아니겠어. 나중 꼰대들한테 듣겠지.

이 일병 소속은 1소대야. 1소대에 남아 있던 미군 한 애

가 한 달 전 귀국을 했는데 그 자리에 들어가는 거야. 작년부터 군단 방침으로 미군애들이 가면 그 자린 카투사로 충원해 왔어. 앞으로 부대엔 캡틴하구 소대와 각부서의 관리책임자인 싸진들만 남구 운전병들은 모두 카투사로 교체된다구.

현재 1소대엔 1, 2분대 분대장들을 지내던 꼴프(상등병) 애들이 죄다 귀국을 해서 공석이야. 이 일병이 상병 진급을 하면 그중 한자릴 맡게 될 거야. 현재 우리 부대 카투사에 상병은 없구. 이 일병이 최고 고참이야.

1소대 선임하사는, 양키는 싸진 콜라소, 카투사로는 박기하 병장. 콜라손 포르트칼계 아이구, 박기하는 걔두 나처럼 서울 앤데 애가 좀 까불대는 게 흠이지만 칼칼한 맛은 있는 애야."

나는 좀 의아한 생각이 들었다. 상급자의 이름을 꺼내고는 걔니 어떠니 하는 말본새가 귀에 설기만 하다. 동 계급 간에도 누구의 기록카드 잉크물이 먼저 말랐느냐 하고 서열을 따지는 한국군에선 도저히 있을 수 없는 일이었다.

"……."

"자, 그럼, 소대 막사루 가자구."

나는 다시 더블백을 걸머메고 김호건을 따라나섰다.

막사 안은 환한 불빛 속에 역시 대형 난로가 단 한 명밖에 눈에 띄지 않는 실내를 후끈후끈하게 덥혀놓고 있었다.

"야, 유 이병! 짜샤, 일어나!"

김호건이 소리치자 막사 중간쯤의 2층 침대 위에 누워 있는 사병이,

"왜 토요일인데 와서 구찮게 굴어유."

하고는 누운 채로 들어온 사람들을 멀뚱히 쳐다만 본다.

"짜샤, 대낮에 빤쓰 바람으루 자빠져서 좆이나 주므르지 말구 일나라면 일나!"

유 이병이 마지못한 듯 거북스레 머리를 들더니 곧 몸을 옆으로 돌리며 한쪽 손으로 옆얼굴을 받치고는,

"말해 봐유, 새로 사람이 왔슈?"

"짜샤, 사람이 새로 왔슈가 뭐야, 두 달 뒤면 느 분대장이 되실 어른이다 짜샤. 얼른 일나서 인사 올리지 못해?"

"어이구, 참, 디게 성가시게 구네! 일과 시간두 아닌데 왜 구찮게스리 성화유, 성화가! 어서 용건이나 말하구 가유, 가."

"허, 새끼, 이거 군기 다 빠졌네! 짜샤, 빈 자리 어떤 거야?"

유 이병은 여전히 자빠진 채로,

"저쪽 끄트머릿거 1, 2층 다 비었슈."

김호건은 나를 보며,

"아랫거든 윗거든 쓰구 싶은 거 맘대루 쓰라구. 옆의 캐비닛하구 관물함두 하나씩 쓰구."

그러고는 유 이병을 향해 좀 전과는 달리 다소 점잖은 말투로,

"야, 처음 왔으니까 니가 좀 안낼 하라구. 이따하구 내일, 소대 애들이 외출 외박에서 돌아오는 대로 인사소개두 하구, 느 쪼다 선임하사한테두 알리구, 알았어?"

"알았슈."

비로소 유 이병은 자리에서 일어나 앉았고, 김호건은, 그럼 난 간다는 말을 던지곤 내게 손을 흔들어 보인 뒤 막사를 나갔다.

내가 더블백을 빈 침대 앞에 내려놓자 유 이병이 침대에서 내려와 다가왔다. 좀 전과는 달리 유 이병은 사람이 아주 자상스러웠다. 그는 제 손으로 내 더블백의 아구리를 풀고 속의 것들을 침대 위에 꺼내놓더니 캐비닛에 넣을 것과 관물함에 들어갈 것들을 나누어 모두 잘 정리해 주었다.

유 이병은 마지막으로 더블백을 접어 캐비닛 서랍에 넣은 뒤,

"영내두 한번 돌아봐야 하잖아유? 그래야 길이 안 어듭쥬."

"그렇지."

둘은 곧 자리를 떠났다.

유 이병의 안내로 영내의 구석구석, 모든 건물을 낱낱

이 들어가 보기도 하면서 나는 계속 속으로 놀라지 않을 수가 없었다. 514가 단위 부대라곤 하지만 중대에 불과한데도 기본시설 외에 영화관, 도서실, 오락실, 세탁소, 이발소 등 병영 생활에 조금도 불편이 없도록 모든 시설이 골고루 잘 갖추어져 있었던 것이다.

영화관에서는, 거의가 서부영화지만, 매일 밤 단 한 명의 관람병만 있어도 영화를 상영해 주고, 유 이병이 들은 말에 의하면, 서울 영화관에선 그게 몇 달 지나서야 상영된다고 한다. 도서관은 장서가 천여 권쯤 되겠는데 주로 차량에 관한 도서들이지만 『톰소여의 모험』과 『허클베리 핀의 모험』을 비롯한 소설들도 눈에 띄었다. 오락실엔 당구대가 석 대에 카투사들을 위해 갖다 놓았다는 바둑판과 장기판도 있었다. 세탁소와 이발소는 둘 다 한국인 종업원을 두고 있는데 옷과 시트는 매일이라도 세탁해 달랄 수가 있단다.

그리고 소모품 공급실. 모든 소모품을 공급하는데 카투사들은 곧잘 작업복과 군화에 싫증이 나면 일부러 칼로 흠집을 내어 들고 가는데 그래도 군말 없이 신품으로 교환해 준단다.

"그건 너무한데."

"그렇쥬. 암리 물자가 흔쿠 남꺼래두 그래서야 쓰나유. 양키애들은유, 구멍이 뻥 나서 속살이 뵈두유 그냥 세탁을 해서 입드라구유."

"……."

캡틴과 부관의 관사는 옆에 아름드리 느티나무를 거느린 게 아담한 별장같다.

"한국군 장굔 없지?"

"없슈. 연락장교가 있긴 한데 으쩌다가 한 번씩 댕겨간대유. 전 입대껏 얼굴두 못 봤슈. 그러구는 카추사루 부대에서 제일 높은 분은 인사계님이유."

인사계를 비롯한 선임하사들의 숙소는 미군과 카투사가 각각 별도의 퀀셋인데 거기에 개인별로 칸막이가 되어 있단다. 분대장까정두 막사 안에 저렇게 따루 칸막이를 해서 제 방을 맨들어 줬잖아유.

"난로 관리는 당번젠가?"

"아뉴, 그렇잖유. 부대 안의 난로를 도맡아 관리하는 애들이 본부소대에 있슈."

"외출은?"

"보초근무 안 스면 맨날이라두 나가유. 다섯 시에 일과 딱 끝나면유. 외박은 반공일, 왼공일에나 나가쥬, 물론."

"외출증은 서무계가?"

"아뉴, 그런 거 없슈. 길거리에서 만일시 뭔 일루 흔병이 좀 보자구 하면 거냥 카추사 신분증 뵈주면 되유. 그리구 외출 나가면 집이 먼 사람은 거냥 의정부 시내에서나 놀다가 통근 막차 타구 들와유."

"유 이병은 오늘 왜 안 나갔어?"

"나가 돌댕겨봐야 괜시리 돈이나 써없애쥬, 뭐."

"집이 먼가?"

"충청도 홍성이에유. 홍성 읍내서두 이십 리나 걸어 들어가는 시골 동네예유."

"……."

조롱 속에 갇혀 살던 새가 갑자기 풀려나면 이럴까. 현기증과 피로를 느낀 나는 침대에 가서 군화를 신은 채 벌렁 누워버렸다.

아까 배출대에서 나를 부대로 태워온 운전병, 서무계 김호건, 유 이병, 그들 셋의 지금까지의 언동들로 미루어 카투사들의 병영 생활의 분위기를 짐작할 수가 있었다. 그것은 한마디로 자유스러움이었다. 군기가 빠진 듯이, 다소 문란한 듯이 여겨질 만큼 자유스러운 분위기. 사실 입대 이후 한국군 부대에서 내가 가장 견디기 어려웠던 것은 바로 폭력이었다.

훈련소에선 야간 점호 때마다 들볶였다. 식기에서 좁쌀만 한 녹 자국이 발견되거나 덜 마른 구석이 엿보여도 쌓아놓은 것들을 와르르 무너뜨리며, 점호 다시!, 였고, 툭하면 '쥐잡기' 기합이었다.

'쥐잡기' 기합이란 구령이 떨어진 순간 마루 밑으로 기어들어가 돌아나오는 건데 그게 여간 힘든 게 아니었다. 선착순이란 단서가 붙은 구령이어서 우르르 몰려드는 바람에 엉겨 붙어 잘 움직일 수가 없는 데다가 마룻장에 박힌 대못들이 송곳같이 나 있어서 옷이 찢기고 살이 긁히고 한바탕 난리가 난다. 그러고서 겨우 빠져나오면 동작에 늦은 훈련병은 군홧발에 차이고 몽둥이에 맞는다.

수송학교에선 어떤 일이 있었나.

입교한 뒤 처음 일 주일 동안은 별로 괴로운 일이 없었다. 병원이나 학교 생물학 교실 같은 데 가면 흔히 볼 수 있는 인체 해부도 같은, 껍데기를 홀랑 벗겨낸 차체 앞에서 그 구조와 작동 원리를 배우는 이론 교육 기간으로 재미도 있었다.

그러나 곧장 운전 실기 교육이 시작되면서 고통이었다. 옆에 탄 조교가 잘 가르쳐 주는 일이 없이 그저 구타를 일삼았던 것이다.

거기다가 지금 떠올라도 비위가 뒤집히는 사건이 있었다.

당시 수송학교 변소도 훈련소의 것이나 다른 바가 없었다. 판대기로 둘러막은 건물 안 마룻바닥엔 가림막이 없이 줄지어 직사각형으로 구멍을 내놓은 것이 용변기였다. 용변 시 쭈그려 앉은 서로의 꼴을 보는 것만도 비위가 상하는 일인데 분뇨 수거 작업에 동원되는 경우엔 견디기 어려운 고통이 따랐다.

변소는 그 바닥이 아주 깊었다. 아마 사람 두 길은 되었지 싶다. 따라서 인분을 쳐내려면 길게 새끼줄에 깡통을 달아 두레박질하듯 길어 올려야 했다. 그걸 큰 통에 쏟아 채우면 그 담에 또 문제가 생겼다. 큰 똥통의 철사 손잡이에 다들 손대기를 머뭇거리는 것이다. 그러면 또 기간 사병의 군홧발이 날라왔다. 이 쌔끼들아, 니들 뱃속에는 더 더러운 똥이 가득 차 있어!

일조 두 명의 교육생들은 냉큼 똥통의 손잡이를 잡는다.

인분이 가는 곳은 영외에 마련된 호박밭이었다. 당시, 어려운 국가 재정에 다른 부대도 다 비슷했겠지만, 수송학교에서는 부대 밖 도로변 공지에 호박을 가꿔 부식 일부의 자급책을 꾀하고 있었다.

헌데 인솔병 중에는 심성이 고약한 자가 있었다. 찰랑거리는 똥물이 튀는 바람에 걸음들이 꼬이고 지칫대면 냅다, 번호 맞춰 갓! 하는 것이다. 그럼 어찌 되겠는가. 구령에 맞춰 걸음새를 바로 잡자니 똥통의 흔들림이 커질 밖에 없었다.

똥을 쏟고 귀대하면 으레 식사 시간이 거의 끝날 때였다. 하지만 똥물에 젖은 바짓가랑이로 배식 처에 갈 수는 없다. 철조망 근처에 있는, 분명 썩은 물이 괴어있는 웅덩이지만 거기서라도 좀 닦아낼 일이었다.

그러고서 배식 처엘 가면 이번엔 늦게 왔다는, 취사병

의 기합이다. 식기를 입에 물고 토끼뜀으로 연병장을 한 바퀴 돌고 나면 현기증마저 일었다. 속에서 치받치는 분노. 하지만 구타한 조교에 대한 반항으로 문제를 일으켰었던 나는 참고 또 참을 수밖에 없었다.

수송학교를 마치고 배치된 부대의 폭력도 마찬가지였다. 걸핏하면 기합이었다.

누가 그런 가학의 방법을 고안해냈을까.

두 손을 등 뒤로 돌려 잡고 허리를 접어 정수리를 땅바닥에 처박는 이른바 '원산폭격'이나, 엎드려뻗쳐를 시켜놓고 첫 사람부터 일어나 곡괭이 자루로 제 전우들의 엉덩이를 때려간 다음 줄 끝에 저도 엎드려 맞기를 별명이 있을 때까지 계속해야 하는 소위 그 '줄빳다'같은 거야 흔히 단체로 받는 것이어선지 그저 기합이느니 하고 넘길 수가 있었다.

하지만 성질이 못된 자들의, 그게 분명 제 화풀이나 재미로 하는, 치욕감과 분노로 속이 부글부글 끓으면서도 어쩔 도리 없이 당하는 만행은 참 고통스러웠다. 아니, 김 중위의 폭행 사건 같은 건 그냥 괴로운 정도가 아니라 두고두고 떠오를 때마다 늘 공포와 전율에 휩싸이면서 몸과 마음이 얼음덩이가 돼버리는 일이었다.

김 중위는 수송부 보좌관이었다.

반듯하게 대머리가 벗겨진 이마, 곁에서 한 번도 눈시

울이 깜박거리는 걸 잡은 적이 없다는 그 똥그란 두 눈, 그래서 사병들 간에 메뚜기라고 불리는 그는 사람이 얼마나 잔혹할 수 있는가를 잘 보여준 때가 있었다.

휴가를 갔던 신병 하나가 그만 하루 늦게 귀대하는 사고를 냈다. 그런 그가 사무실에 들어와 잔뜩 굳은 태도로 귀대 신고를 하자 보좌관은 한동안 아무 말이 없이 그의 얼굴을 노려만 보았다. 이윽고 천천히 자리에서 일어난 보좌관은 앞쪽에 시선을 둔 채, 따라와, 하고는 밖으로 나갔다.

그들이 밖으로 나가자 실내에는 한숨 소리와 함께 나지막이 이런 소리들이 터져 나왔다. 한 놈 또 병원에 실려 가겠군. 인제 죽었다구 복창해야지. 젠장할 자기만 백병전 치뤘나. 과장님두 수없이 해냈지만 메뚜기 같지 않으시잖아. 왜놈 관동군 출신인데 당연하지. 병신같은 새끼, 군대에서 어머니가 편찮으셔서 미귀했다는 이유가 통하나. 쑥 같은 새끼!

보좌관은 검차대 앞에 이르자 발을 멈췄다. 그는 사병을 향해 입을 열었다. 상의 벗어. 그러자 사병은 두 손을 모으고는 머리를 조아리며 빌기 시작했다. 보좌관님, 한 번만 용서해 주세요. 정말로 어머니가 편찮으셔서 그랬습니다. 하지만 죽을 죄 졌습니다. 한 번만 용서해 주세요. 사병은 땅바닥에 무릎을 꿇고는 두 손을 더욱 빠르게 싹싹 비벼가며 울음 섞인 목소리로 떨며 말했다. 보좌관님,

제발 한 번만……. 채 말이 끝나기도 전에 보좌관의 군홧발이 사병의 가슴팍을 걷어찼다. 사병이 뒤로 벌러덩 나가자빠졌다. 네네, 명령대로 하겠습니다!

물론 두 사람의 말소리가 사무실 안까지 들려오진 않았지만 창을 통해 보이는 동작들이 그런 대화를 알려주고도 남았다.

보좌관은 상의를 벗은 사병에게 땅바닥에 엎드려뻗쳐를 한 뒤 두 발을 허리 높이의 구멍들이 숭숭 뚫린 검차대 강철 철판 위에 걸치게 했다. 그 동작이 끝날 새 없이, 검차대 쇠말뚝에 걸려 있는 굵고 살이 두꺼운, 한 발쯤 되는 검정 호수를 떼어 사병의 맨살 등짝을 후려갈기기 시작했다. 병사는 대여섯 대까지는 상체만 틀어대며 이를 악물고 견뎌내는 모습이었다. 그러나 매질이 계속되자 그는 마침내 철판 위에 올렸던 발을 떨어뜨리며 땅바닥에 쓰러졌다.

하지만 보좌관은 매질을 그치지 않았다. 병사는 마치 불에 덴 송충이처럼 온몸을 뒤틀었다. 그래도 매질의 기세는 누그러지지 않았다. 마침내 그는 다리를 쭉 뻗더니 움직이지 않았다. 비로소 호수를 던져 버린 보좌관은 근처에 놓여 있는 물 담긴 양동이를 들고 오더니 그의 머리 위에 좌악 부어 버렸다. 곧장 몸을 돌려 사무실로 돌아온 보좌관은 사병 중 사무실에서 가장 선임자인 배차계 병장에게 소리쳤다. 내무반에 옮겨다 놔!

30분쯤 지났을까. 고문당한 병사를 불러오게 한 보좌관은 사병이 오자 다시 밖으로 나갔다. 이번에는 병사에게 5톤 트럭의 대형 타이어를 굴리게 하는 벌이었다. 일반 트럭의 타이어가 아닌 그 대형 타이어. 그것을 별명이 있을 때까지 연병장에서 굴리되 쓰러뜨리는 일이 있어서는 절대로 안 된다는 것이었다. 그냥 들어 세우기만도 힘든 그 큰 타이어를 7월 숨 막히는 뙤약볕 속에서 굴리자면 아무리 힘 좋은 장사라도 10분을 넘기기가 힘든 것이었다. 처음 1, 2분쯤은 제법 잘 굴리지만 이후론 급격히 기운이 딸리며 쓰러뜨리고 만다. 그러면 저만치서 시커먼 안경을 쓰고 감시하던 보좌관은 뚜벅뚜벅 걸어가 발길질을 해댔다. 병사는 부들부들 떨리는 몸으로 가쁜 숨을 드내쉬며 쓰러진 타이어를 가까스로 일으켜 세운 뒤 다시 굴리지만 타이어는 몇 걸음도 못가서 또 쓰러진다. 나중엔 일으켜 세운 타이어가 굴리기도 전에 도로 쓰러지고 쓰러지고 하는 지경이 되고, 물론 그때마다 사병은 발길질을 당했다.

이튿날도 일과 시작과 함께 병사에겐 그 벌이 계속되었다. 그는 식사 시간이면 풀려나긴 했다. 그러나 식욕마저 잃을 만큼 탈진한 그는 그냥 내무반에 쓰러져 버렸다. 내가 식당에서 밥을 날라다 주었다. 그는 바들바들 떨리는 손으로 숟가락을 들고 몇 수저 뜨다 말고는 내 손을 찾아 쥐었다. 우리는 서로 눈물이 핑 돈 채 아무 말도 하지 못했다. 그런 그는 밤에 고열에 시달렸다. 그리고 사흘째 되던 날 밤 마침내 그는 철조망을 뚫고 탈영해 버렸다.

이튿날 아침 출근하여 탈영 사실을 보고받은 보좌관은 서무계에게 명령했다. 탈영 보고 올렷! 일은 그렇게 끝났다.

나는 자신의 현재가 꿈만 같았다. 동시에 김 상병이 또 눈 속에 나타난다.

김 상병은 그 부대 서무계였다. 내가 갔을 때 그는 나를 자기 조수로 뽑았다. 중키에 몸매가 가녀리고, 눈이 크고, 줄곧 미소를 지어설까, 대하는 사람에게 무척 선량한 인상을 갖게 했다. 그런 그가 어느 날 메뚜기로부터 두툼한 책자와 함께 이런 명령을 받았다. 수송부 운영의 법규책인데 일주일 내에 꼼꼼히 읽어 숙지하라는 것이다. 무시로 불러 질문하겠다고 했다. 그러자 김 상병은 싹싹하게, 네, 알았습니다. 밤을 새서라두 읽겠습니다, 하며 미소를 지었다.

다음날, 돌연 본부1과엘 다녀온 김 상병은 부대장 명의의 출장증을 지닌 채 막사를 나섰다.

사흘째 되던 날 귀대한 그는 내게 은밀히,

"야, 강태야, 사병이 법규를 알아서 뭐한다는 거냐. 그거야 장교인 저나 알꺼지. 그런데 메뚜기가 왜 그러는지 넌 모르겠지.

나 말야, 저번에 휴가 다녀오구두 입을 싹 씻었거든. 그랬더니 날 잡으려구 그러는 거야.

나 말이다, 군대 생활하는 동안 슬슬 바닷가에나 나가 놀며 지내다가 제대하려구 일부러 부산 이리루 온 건데, 그동안 실컷 놀기두 했지만, 메뚜기 보기 싫어서 육본으로 간다.

그런데, 의리가 있지 야, 니가 부대에 왔을 때 데려다가 조수로 둔 내가 너만 두구 갈 수 있니. 마침 육본에 카투사 특별 충원 요청의 공문 온 게 있길래 봤더니 네가 자격 조건에 딱 들어맞잖아. 그래서 담당관한테 널 추천했어. 즉석에서 오케이하더라. 그래서 내가 올 때 우리들의 전출특명서두 아예 가지구 왔어. 당장 내일 기록카드 빼가지구 둘이서 같이 떠난다.

니가 갈 미1군단은 의정부에 주둔해 있는 부대라니까 이천 느네 집이나 서울이 모두 가까우니 잘 됐다."

나는 꿈만 같아서 어떤 말도 하지 못했다. 온몸을 칭칭 감고 있던 쇠사슬이 떨컥 잘려 버린 것만 같았다.

3

중대장 토마스 대위는 주먹코를 가진, 검붉은 낯빛의 맘씨 좋은 농부 같은 인상을 풍겼다. 그는 자욱한 연기 속에 피우고 있던 파이프를 책상 위에 놓으며 자리에서 일어나 나의 전입신고를 받았다. 인상과는 달리 절도 있는 동작으로 답례한 그는 나를 안내한 인사계에게,

"우리 군단에서 한국군 육군본부에 왜 이 일병을 요청했는지 본인에게 말했소?"

"아닙니다. 시간이 없어 알려주지 못했습니다."

순간 나는 의아한 생각이 들었다. 어젯밤 카투사 하사관 숙소에서 박 병장의 안내로 인사계 석대영 하사에게 인사하러 갔을 때, 그는 자리에 누운 채 보고 있던 '플레이보이' 잡지에서 눈만 돌리고는 대뜸 이런 말을 던졌다. 누구 빽으루 왔냐? 느닷없는 질문에 당황한 나는, ……그냥, 육본 특명 받구 왔습니다, 했다. 그러자 그는, 짜식, 재수 좋네! 한 뒤, 알았어, 낼 중대본부에 와서 캡틴한테 전입신고 해, 그게 전부였다. '플레이보이'에 정신이 없었나?

캡틴은, 아, 그렇소, 한 뒤 다음과 같은 얘기를 들려주었다.

그동안 우리 부대에 충원되는 신병 카투사들의 운전 교육을 군단 수송부 교육대에서 전담해 왔다. 그러나 앞으

로는 이를 자대에서 실시하고 군단 교육대에선 테스트와 면허 발급의 업무만 담당하기로 방침을 바꾸었다. 그리고 그것은, 이미 작년부터 실시되고 있는 바의, 군단 예하 모든 수송중대의 운전병들을 카투사로 교체하는데 따른 방침의 일환이기도 하다.

그런 연유로 우리 부대에 카투사 교관이 필요하게 되었고, 군단에선 이를 한국군 육군본부에 요청하기에 이른 것이다. 자격요건은 수송학교 정규 교육과정을 이수한 자로 일선부대에서 6개월 이상의 실무경험이 있으며 영어를 해득할 수 있어야 한다였다.

이런 설명을 한 뒤 캡틴은 미소를 지으며 한국군 육군본부에선 유능한 적임자를 발탁하여 보내주었으리라 믿는다며 손을 내밀었다. 그는 악수를 푸는 맡에 이런 말을 덧붙였다. 앞으로 카투사 신병의 충원은 3개월 후에나 있다. 그동안 이 일병은 미군 면허증을 취득하기 바란다. 미군 부대의 교관은 당연히 미군 차량의 면허증을 소지해야 하니 말이다.

선임하사 박 병장은 참 성미도 급한 사람이었다. 내가 중대장실을 나오자 본부 사무실에서 나를 기다리고 있던 그는 밖으로 나서면서 당장 그 길로 군단 교육대에 가서 내 면허증 취득을 위한 수속을 밟자는 것이었다. 소대원들이 작전을 나간 뒤면 숙소에서 낮잠이나 자는데 이제 그것도 지겹단다.

나는 속으로 실소했다. 세상엔 이런 군대도 있구나! 나는 그의 뜻을 굳이 마다할 이유가 없었다. 그는 곧 나를 지프에 태웠다.

박 병장은 군단 교육대의 담당관인 미군 중사를 대하자 내가 수송학교 출신, 자기가 본 나의 기록카드에 기록된 바에 의하면 피교육병 120명 중에서 4등의 우수한 성적으로 졸업한 출신임을 밝히고는 곧바로 테스트를 하는 게 어떠냐고 했다. 담당관은 반신반의하는 얼굴로 허락을 했다.

차에 오른 나는 각종 교통 표지판이 늘어서 있는 주행코스를 시작으로 T자, S자, 후진 주차 등 전 코스를 제한 시간을 여유 있게 남겨놓고 시원시원 거침없이 마쳐버렸다.

눈을 키우며 탄성을 지른 교육관은 그 자리에서 합격을 선언했다. 이어서 다른 차종들도 면허증을 취득하고 싶으면 나를 위해 특별히 시간을 내줄 테니 매주 수요일, 금요일 주2일 오전 오후 아무 때나 오라고 했다. 박 병장은 당장 그 길로 다른 차종들마저 테스트를 하면 어떻겠느냐고 했으나 교육관은 어깨를 들썩해 보이며, 노오노오, 하곤 그 자리를 떠나 버렸다.

그날부터 열흘이 지나는 동안 나는 부대 내 카투사들 사이에 자못 화제의 인물이 되었다. 신병들은 트럭 운전면허증 하나만을 따는데도 보통 빨라야 한 달, 늦으면 두 달을 넘기기도 하는데, 나는 불과 열흘 만에 트럭을 비롯하여 지프, 스리쿼터에다가 특수 차량인 레카차의 면허증까지 죄다 취득했기 때문이었다. 그리고 그때마다 노상 심심해 죽겠는 박 병장이 영내 여기저기를 돌아다니며 이 일을 두고 떠들어 댔던 것이다.

그러나 물론 내 편에선 그게 조금도 대단하거나 놀랄 일이 아니었다.

내가 운전 교육을 받은 수송학교의 교육용 트럭은 수동식 변속기가 장착된 구형이었다. 초보자에겐 클러치와 액설러레이터를 떼고 밟는 조작부터가 어렵기만한 구형 트럭으로 무려 12주에 걸쳐 익힌 결과 능숙해진 터에 자동변속기가 장착된 신형 미군 트럭의 운전은 그야말로 땅 짚고 헤엄치기였던 것이다. 물론 나는 신형트럭은 배출대에서 부대로 오던 날 처음 타보았다. 운전대 보조석에 탔던 그때 처음으로 자동 변속 차량의 구조를 알게 된 건데 그것만으로도 충분했다.

마지막으로 취득한 레카차의 면허, 특히 그것을 두고 놀라워들 했지만 그 역시 결코 어려운 게 아니었다. 앞 범퍼 위에 장착된 긴 쇳줄이 감긴 장구 모양의 크레인을 조작하는 것이 기술의 전부였던 것이다. 그것은 운전석에 앉은 채 조종간을 상하로 작동시킴에 따라 크레인의 철삭이 풀리기도 하고 감기기도 하니 그걸 기술이라고 하는 게 우스울 정도였다. 나는 부대에 한 대 있는 레카차에 올라가 잠깐 살펴보는 것만으로도 쉽게 테스트에 대처할 수 있었던 것이다. 따라서 나를 두고 대단하게들 여기는 것이 내 쪽에선 그들이 그만큼 운전에 대한 지식과 이해가 얕고 단순한데 기인한 것으로 생각되었다.

어떻든 그건 그렇고, 바로 그 마지막의 레카차 면허증을 취득하고 귀대한 날이었다. 저녁 후 대부분의 병사들이 외출을 해서 부대 안이 텅 비다시피했는데 박 병장이 나를 자기 숙소로 불렀다.

친숙해지고 싶어 그러는가, 그는 내 집안에 대한 것들을 자세히 물은 뒤 내 고향 이천 쌀은 어째서 그렇게 밥맛이 좋으냔 둥, 서울에 와서 대학에 다닐 땐 하숙였냐 자취였냐는 둥, 국문과를 다니면서 영어공분 어떻게 했느냔 둥, 한동안 신상 문제에 대해서도 묻고 들은 뒤, "이 일병 실력이면 당장 낼부터 작전에 투입될 수 있는데, 어때, 나가볼 테야? 신병들 교육이야 올 때마다 맡아서 하면 되는 거구."

나는 이번에도 망설일 게 없었다. 사실 지난 열흘 남짓한 동안 면허증 때문에 군단엘 다녀온 외에는 하는 일 없으니 지루해서, 배차실, 도서실 같은 데로 돌아다니는가 하면 정비소에 가서 민간인 기술자들과 어울려 차 밑에 들어가 정비에 대해 말을 나누는 것으로 소일하던 터였다.

"내보내주시면 나가겠습니다. 흐흣."

"좋았어. 그럼 말야, 며칠 전에 수령한 새 차 10호를 줄 테니 한번 나가 봐. 앞으로는 그걸 신병 교육용으로도 쓰구 말야."

뒤미처 박 병장은 사뭇 진지한 낯빛이 되어,

"이 일병 말야, 내가 우리 소대 통솔 모토로 내걸고 있는 건 단결, 단결, 또 단결이야. 군대에서 단결 없으면 아무것도 되는 게 없잖아. 선임하사인 나를 믿고 따르고, 소대원들끼리 똘똘 뭉치는 것, 나는 오로지 그것만을 강조한다구. 그래 그런지 그동안 우리 소대 분위기 참 좋았어. 사실 자와(화)자찬하는 소리루 들릴지두 모르지만, 우리 소대, 부대 안에서 분위기 하나 최고라구.

이 일병은 첫인상도 점잖은 학자 타입의 좋은 인상이구, 실력은 최고라는 걸 말하는 것도 우습구, 나야말로 그런 인재를 부하루 두었으니 이거 참 복을 탄 거라구, 흐흣. 앞으로 이 일병이 상병 진급을 하면 분대장을 시킬 건데, 그렇게 되면 더더욱 합심 단결해서 우리 소대 계속 일등 소대 만들자구, 알겠어?"

"명심하겠습니다."

바로 그 다음이다. 박 병장은, 에에또, 하고 잠시 사이를 둔 뒤,

"이 일병이 우리 부대에서 최고 실력자긴 하지만 현재론

갓 시집온 새색시 같은 처지니까……. 에에또, 한 가지 자알 알아둘 게 있어."

"…….?"

박 병장은 갑자기 입가에 어색해 하는 듯한 웃음기를 띄우며 나지막한 소리로,

"한국군 부대에도, ……그런 거 있지, 왜?"

하고는 나를 말끔히 쳐다보았다.

"네? ……그런, 거, 라뇨?"

"몰라?"

반문한 그는, 군대 마차꾼들 사이에선 척하면 알아듣는 소린데, 흐흣, 하고 혼잣말로 뇌까린 뒤,

"용돈 좀 만들어 쓰는 거 말야, 용돈!"

마차꾼이란 운전병을 지칭하는 은어로 들은 적이 있는 것 같은데 용돈이란 소린 또 알지 못하겠다.

"용돈요? ……군대에서 용돈을 어떻게 만듭니까?"

"허어 참, 이 일병 이거 갈수록 태산이네! 증말 학자 같은 인상 그대로 짜장 시로도구나! 쉽게 말하지. 휘발유들 빼서 팔아먹는 거 두구 하는 소리야, 흐흣.

사실 그거 없으면 군발이들이 어디서 용돈이 생기겠어, 안 그래? 집이 부자여서 갖다 쓰면 몰라두. 그리구 월급 가지구 돼? 이 일병 월급 얼마 타? 700환(圜)이지 아마? 그게 돈야? 흐흣."

그제야 나는 그의 말을 이해했다. 바로 운전병들의 연료 부정유출 행위, 곧 얌생이를 해서 용돈 쓰잖느냔 소리였다. 그런데 나는 한국군 부대에서 운전을 한 적이 없는데다가 밤낮없이 쫄짜로 시집살이에나 시달렸을 뿐 그런 이야기는 들어본 적이 없었다. 그런데요? 내가 표정으로 묻자,

"우리 애들도 그렇게들 해서 용돈 좀 쓰더라구. 사실 원리원칙으로 볼 때 군대에서 그런 짓이 통해? 아니, 아무리 미군 부대가 물자가 풍부하고 어수룩해두 우린 공산당과 싸우는 처진데 그따위 부정한 짓을 하다니? 안 되지 안 돼. 그런 놈은 당장 영창에 때려넣거나, 아니아니, 전시 같으면 그냥, 따당땅, 총살감이지, 아암 총살감이구 말구."

길게 한숨을 풀어낸 박 병장은,

"그러나아, 이걸 어쩐다? 가난해서 그러는 걸 어쩐단 말야? 굶은 놈이 남의 밥 퍼주다가 손가락에 붙은 밥알 몇 개 핥아먹은 걸 죄로 다스려?"

말을 끊은 그는 지그시 눈을 감으며 고개를 젓고 나더니,

"안 되지, 그건 안 돼! 가난하면 다 짱발짱이 되게 마련이라구. 하지만 은촛대 아니구, 지가 몰구다니는 지 차 휘발유 몇 통 빼먹은 게 무슨 죄라구 칼을 씌웠다가 죽였버려? ……아휴, 난 그런 짓 못해!

물론 애들의 그런 비행을 감시 감독할 책임을 가진 선임하사라는 게 그래선 안 되지. 하지만 선임하사두 사람야. 강철루 된 인간이 아니라구. 그리구 돌려 생각하면 말야, 엽전이 엽전 안 봐주면 누가 봐줘? 흥, 양키들보구 봐달래나?

……나, 그래서어, 그냥저냥 눈감아 주구 지낸다구. 다만 잠자리(헬리콥터)한테 사진을 찍히지만 말아라, 부대루 사진이 날라오면 그땐 선임하사나 인사계가 아니라 참모총장을 갖다댄대도 소용없다, 꼼짝없이 그날로 보따리 싸가지구 한국군으로 쫓겨간다는 말이나 하지.

하여간 자세한 건 인제 소대에 가서 애들한테 들어보구, 여기서 내가 다시 한번 강조하는 것은, 하나도 단결, 둘도 단결, 셋도 단결이라는 거야. 알아듣겠어?"

"네."

대답은 그렇게 하고 자리에서 일어났지만 못내 불안하고 석연찮은 기분이었다. 얌생이질을 하는 건 당연히 영창감이다, 감시 감독할 입장이지만 엽전끼리니 봐준다, 헬리콥터한테 들키지만 말아라, 하나도 단결, 둘도 단결, 셋도 단결이다? 사뭇 알쏭달쏭한게 떨떠름하기만 했다.

막사에 들어서니 외출나갔던 유 이병이 일찍 돌아와 있었다. 첫날에도 혼자 막사에 남아 있었던 그는 그동안 보니 저것도 외출인가 싶게 번번이 나가면 한 시간도 안 돼

귀대를 했다. 으레 술에 취해 느지막이 돌아오는 다른 소대원들과 달랐다.

나는 유 이병에게 박 병장이 한 말을 대충 들려준 뒤 내심 알쏭달쏭한 박 병장의 말에 반발하듯 다짜고짜 까놓고 물었다.

“작전 나가면 누구나 다 반드시들 휘발유 빼 팔아먹어?”

유 이병은 싱그레 웃으며,

“그럼유.”

그걸 질문이라고 하느냐는 듯한 표정이다.

“그래. ……어디서?”

“어디루 작전나가느냐에 따라서 달러유. 여러 군데 있슈. 의정부루 넘어가는 고갯마루에두 있구 동두천, 포천, 운천, 퇴계원, 쌨이유. 휘발유가 없지 팔 데는 쌨이유 쌨어.”

“흥, ……한번 나가면 얼마나 팔아먹어?”

“보통 5갈롱짜리 통으루 5개, 많으면 7, 8개 하쥬. 어디루 일 나가느냐에 따라 달러유. 그런데 말이 5, 6이지, 이것들이 통을 잔뜩 부풀려 놓아서 한 통이 7갈롱씩은 들어가유. 그래서 장사꾼 걔들을 우리가 ‘배불뚝이’라구 하잖아유. 흐흐흣. 암튼지간에 그걸 감안안쿠 뺐다간 엥꼬당해유. 그러면 부대 레까차가 가서 끌어오군 하는데 그럼 성가셔지쥬. 흐흣.”

“아니, 그렇게 많은 양을 뽑으려면 시간두 꽤 걸릴 텐데?"

"아뉴, 아뉴!"

고개를 저으며 부정한 유 이병은 양손을 펴서 손가락 끝을 둥글게 맞대어 보이며,

"이따만 굵은 호수로 순식간에 쫙 뽑아 버려유. 아마 1분두 채 안 걸릴꺼유, 7개 뽑아야. 그래서 칸보이 나갈 땐 일부러 차간을 백메다 백오십메다 간격으루 일부러 되도룩 넓게 두구 츤츤이 가는 거쥬. 그래야 앞 차한테 충분히 시간을 주잖아유. 말이야 안전 운행을 위한 스행(서행)이라구 하지만유. 흐흐흣."

"미군 운전병두 있잖아? 걔들두 그런 짓 하나?"

"아뉴. 걔들 있을 땐 못하쥬. 않쥬. 전에는 소대마다 미군 숫자가 많구 카추산 몇 명 뿐이구 그랬대유. 그래서 그땐 각자 각개전투를 해야 했었대유. 하지만 점점 미군 숫잔 줄구 카추사가 많아지다가 지가 왔을 땐 우리 소대에 두 네 명밖엔 없었슈. 그랬는데 지끔은 한 명두 없잖아유. 미군은 인제 운전소대엔 2소대에 둘, 3소대에 둘, 4소대에 하나밖에 남지 않았어유. 그런데 걔들은 운전 빼주면 젤루 좋아해유. 다른 부대 가서 친구 만나 놀거나 살림하는 양공주 데리구 외출하거나 할 수 있으니까유. 잘됐지 뭐유. 흐흐흣. 근데 우리 소댄 한 명두 없으니 카추사 만판이쥬, 흐흐흣."

“돈은 얼마를 받아?”

“한 통에 3천 환 쳐줘유.”

“그 자리서?”

“아뉴. 배불뚝이네 살림집은 의정부 시내에 있슈. 외출 나가서 찾아가면 따악딱 군소리 없이 내줘유.”

음. 그래서들 그렇게 부리나케 외출들을 하는군. 나는 속으로 쓴웃음을 날리곤,

“작전 나가면 반드시 운행증을 쓰지 않던가?”

“쓰쥬.”

“그러면?”

운행거리와 연료 소모량에 차이가 나는 문제에 대한 반문이었다. 그러자 반문의 속뜻을 잽싸게 알아챈 유 이병은,

“다 맞게 하는 방법이 있는 거쥬. 흐흣.”

유 이병의 설명에 의하면, 그 해결 방법은 참 간단했다. 운전대에 있는 게이지 판에서 속도계를 떼내가지고 시동을 건 차의 보닛을 열고 올라가 핸 벨트에 속도계 꼭지를 갖다 대면 앉은 자리에서 필요한 주행거리를 조작해 낼 수가 있는 것이다. 보통 1갤런당 4마일 주행의 연비로 환산한단다. 그러고 보면 자연 행선지나 왕복 횟수가 허위로 기록될 수밖에 없었다. 그리고 그런 일은 작전나간 부대에서 점심시간 같은 때 엔진 상태를 점검하는 척하며 해낸단다. 참 기가 막혔다.

나는 내친 김에,

"번 돈은 혼자 다 제 뱃속에 넣나"

하고 일부러 좀 상스러운 말투로 묻자,

"아니쥬. 한솥밥을 먹는 높은 분들한테 의리가 있지 어떻게 혼자서만 다 먹어유. 몇개를 빳든 간에 두 통값을 선임하사님을 드리쥬. 그럼 선임하사님은 한 통 값은 인사계님, 그리구 자기 것에서 몇개 값은 배차계한테 인살 한다데유. 혼자 다 먹음 쓰나유. 다른 소대에선 가끔 혼자 다 먹는 놈이 있어서 선임하사하구 안 좋은 사이가 되기두 하나 봐유. 근데 우리 소댄 그렇잖아유. 절대루 쇡이는 짓 안 하쥬. 증말 참 단결이 잘 되어 있어유, 우린."

상납체제가 이루어져 있는 터였다.

"안 주면?"

"그럼 결국 작전 안 내보내겠쥬."

나는 잠시 침묵을 지킨 끝에,

"얌생이질이 싫어서 안 빼는 애두 있잖겠어?"

"안 빼유?"

반문한 이병은 곧 머리를 절레절레 흔들어 보이며,

"입때꺼정 그런 사람 있단 소린 못 들었는데유. 서울까장 나가서 타이어까지 빼구 헌 타이얼끼구 돌아오는 앤 봤어두 휘발유 안 팔았단 앤 없었슈."

"안 빼먹어두 문제가 생길 건 없잖아?"

"……글쎄유, 문, 제, 될게 뭬 있겠슈. 피양감사두 지 싫으면 그만이라는데, 내가 맘에 없어서 안 한다, 그런데 누가 뭬래겠어유? 왜유, 이 일병님은 하기 싫어유? 흐흣."

"응."

"그럼 관둬버리세유. 허갸 그런 짓 안 하면 맘 편하쥬. 사실 그거 떳떳한 짓 아니잖아유. 뺄 때마다 간이 오그라들거든유. 그런 짓 안 하구 살면 증말 맘 편하쥬. 관두시유. 내가 싫은데 누가 뭬라겠어유. 첨부터 이 일병님은 그런 짓 못 할 것 같은 분이었어유. 흐흣."

"……."

유 이병의 말은 내게 제법 고무적이었다. 그래, 비루하구 구차스러운 얌생이짓 따위는 하지 말자.

이튿날, 작전에 참가한 나는 자신의 판단대로 행동했다. 컨보이 행렬로 이동하다가 고갯마루에 이르러 내 차례가 되었을 때 시커먼 안경을 쓴 예의 장사꾼 사내들을 본 순간 속으로 울컥 구역질이 솟구친 나는 웅 엔진 소리를 높이면서 그들 앞을 그냥 홱 통과해 버린 것이다. 나는 속이 개운했다.

그러나, 그날 밤 나는 당장 벼락을 맞고 말았다.

저녁을 먹고 나서 두 시간쯤 지난 때였다. 침대에 누워 책을 읽고 있는데 인사계가 오란다는 전갈을 받았다. 인사계가? 무슨 일일까?

내가 인사계 숙소에 들어섰을 때 그는 책상 앞에서 무슨 서류 뭉치 같은 걸 한장 한장 들여다보고 있었다. 앞에 가서 보니 운전병들이 제출한 운행증들이었고, 그 옆에는 박 병장이 서서 무거운 표정을 짓고 있었다. 나는 의아한 생각이 들었다. 운행증은 배차계한테 직접 제출했는데, 그걸 왜 인사계가 보고 있나?

인사계는 흘긋 나를 쳐다본 뒤 옆에 따로 놓은 내 운행증을 집어 들고는 대뜸,

"이새꺄, 너 왜 물 안 뺐어?"

하고 매섭게 노려보았다.

"네? ……물요?"

그때 박 병장이 급하게,

"휘발유 말야, 휘발유! 왜 휘발유 안 뺐느냐구 물으시는 거야."

그 순간 나는 카투사들의 비행이 철저하고 엄격한 조직 속에 이루어지고 있음을 깨달았다. 유 이병과의 대화만으로는 미처 짐작을 못 했던 것이었다. 그와 함께 나는 욱하는 반발심을 느끼면서,

"전 그런 짓 할 생각이 없습니다."

그러자 인사계가 자리에서 벌떡 일어났다.

"뭐라구 새꺄? 너 다시 한번 말해 봐!"

바로 그때 박 병장이 내 옆구리를 툭툭 쳤다. 그 바람에

나는 더 입을 열려다가 그만두었다.

"쌔꺄, 딴 애들은 어떻게 하라구 너만 안 빼?"

그 눈에 살기가 피었다.

"……."

음, 그런 문제가 발생하나?

"쌔꺄, 당장 주차장에 가서 네 차 휘발유 빼 버려!"

인사계가 소리치자 박 병장이,

"알았습니다, 인사계님! 휘발윤 제가 딴 애 시켜서 빼버리게 하겠습니다."

한 뒤 나를 떼밀듯하며 인사계 앞을 떠났다. 박 병장은 퀀셋 밖을 나서자 발을 멈추고 나지막한 소리로,

"저 양반 미군 부대 하우스보이로 자란 사람이라구. 당연히 좀 그런 게 있지. 하지만 영어 아주 능통하거든. 내 위에 누가 있으랴 해 온 사람이야. 그런데 실력자 이 일병이 왔다, 여러모로 깊이 생각 좀 해보라구.

내 뭐랬어. 하나도 단결, 둘도 셋도 단결이랬잖아. 사전에 내게 알리기만 했어두……. 아무튼 여러모로 깊이 생각 좀 해봐. 어떻게 해야 514에서 잘 지낼까. 결론을 얻을 때까지 막사에서 쉬면서 잘 생각해 보라구."

나는 그의 말에 더욱 불쾌했다.

"……."

4

입대 2개월 전, 내가 급성기관지염으로 열흘간 입원치료를 받고 퇴원한 날이었다. 내 방에서 낮잠에 들었다가 마악 깨었는데 대청에서 큰형과 아버지께서 내 신상 문제를 놓고 상의 말씀을 나누시는 소리가 들려왔다.

"쟤 징병검사 받는 날이 모레예요. 신체검사에 합격을 하면 몇 달 안에 바루 영장이 나올 텐데 저렇게 몸 약한 앨 그냥 군대에 나가게 내버려둘 순 없잖나 하는 생각이 들어요."

"글쎄다."

잠깐 사이를 둔 아버지는 화증이 나신 어성으로,

"대학엘 가서 겨우 한 학기만 마치구 병으루 휴학을 했으면 사람이 정성껏 약 먹어가며 섭생에나 힘써야 하지 않는가. 그러면 젊은 애니까 폐가 좀 약해졌다가두 금세 좋아질 텐데 잰 그동안 도무지 제 몸을 돌보지 않더구나. 애빈 사무실 방에서 지내서 잘 모르지만 잰 낮이나 밤이나 그저 제 방구석에나 처박혀 지내면서 책을 읽거나 자꾸 뭘 쓰더구나. 어떤 때는 밤을 꼬박 새워가며 글을 쓰는 게 한두 번이 아녔어. 보다못해 불러앉혀놓구 이를라치면 앞에서만 네네했지 번번이 돌아서면 그만이거든. 그랬으니 그놈의 병기가 가시기는커녕 덜컥 기관지염인가 뭔가

따위가 걸리지. 허참, ……하여간 그 꼴루 몸이 상했으니 신체검산들 어디 쉽게 합격할라구?"

"일단 치료가 된 몸이니 불합격이 될 리가 없죠."

그러자 아버지는 느닷없이,

"재 올 정월달에 민경일보인가 하는 신문에 당선한 소설 제목이 뭐였쟈?"

"아, 네, '흑선지대(黑線地帶)'였죠."

"그래, '흑선지대', 그런데 뭔 놈의 소설 제목이 그러냐? 소설이라면 나두 젊어서 '자유종'이니 '은세계'니 '추월색'이니 하는 것들을 읽어보아 대강 안다만 재가 쓴 건 뭔놈엣게 그러냐?"

"흣, 지금 소설은 그런 것두 많은가 보더라구요. 그런데 갑자기 그 말씀은 왜 ……?"

"요즘 재 하는 짓이 좀 이상했어서 그런다."

"……?"

"너는 조석 때나 안채에 들어오니까 보질 못했다만, 재 말여, 뭘 쓸 때면 전깃불을 끄고 남폿불을 켜는데, 그 등피에 끄름이 새까맣게 앉도록 밤새껏 글을 쓰고 나서, 방불이 꺼졌길래 이제 그만 자는가보다 했는데 어느새 새벽이면 일어나 한 뭉치나 되는 종이를 들고나와 제 방 아궁이에다가 태워버리더란 말이다. 하두 이상스러워서 한번은 내가 아궁이 재를 치러 갔다. 그랬더니 그 재가 재가 글을 쓴 원고지가 아니더냐. 거참 이상스럽잖니? 밤새껏 몸에 기름을 말려가며 쓰고는 새벽이면 그걸 다 태워버리니 그게 뭐하는 짓이냐 그래?"

"쓴 게 맘에 안 들었나 보죠, 뭐."

"그래, 혹간 가다 맘에 안 들 수도 있겠지. 허지만 거의 날마다 그럴 수가 있니? 잘못 나간 거면 애시당초 쓰질 말 꺼지. ……내 생각엔 암만해두 재 뇌까지 약해진 게 아닌가 걱정이 된다."

"아버지 말씀을 들으니 그 점도 불안하네요."

나는 피식 쓴웃음을 날렸다. 그러나 뒤미처,

"사람의 생각에 손발이 안 달리면 헛돌기나 하기 마련인 게야. 그러다가 실성두 하지."

하는 아버지의 말씀을 들은 순간 나는 상체를 벌떡 일으켜 앉았다. 그렇다, 언제부턴가 나는 마치 망망대해에서 노를 잃은 조각배처럼 끝없는 의식의 바다에서 속절없이 표류하는 절망에 빠져 있었다. 자아상실이라는 남독(濫讀)의 폐해던가.

아버지의 말씀은 마치 어미 닭이 껍질을 깨지 못하는 부화 중의 병아리의 알 껍질을 부리로 쪼아주듯 내 가슴 속의 닫힌 수문(水門)을 활짝 열어주신 것 같았다. '사람의 생각에 손발이 없으면 헛돌기만 한다.' 나는 발견의 기쁨으로 온몸이 떨렸다. 그래, 이제 책을 덮고 만년필을 던져

버리자. 그리고 이 방을 뛰쳐나가자.

그때 형님이,

"하여간 잴 그냥 군대에 보냈다간 큰일이 날 것 같아서 실은 어제 병무계장으로 있는 친굴 만났에요. 그 친구 소개루 신검판정관두 만나봤죠. 무종 불합격을 받도록 하려구요. 그랬더니 아무래두, ……돈을 ……"

"을마나?"

"이십만 환 달래네요. 그래 십만 환만 하자커니 안 된다느니 한두마디 하다가 오늘 다시 만나기루 했는데 너무 많아서 좀 문제예요."

바로 그때였다. 홱 자리에서 일어난 나는 방문을 열고 나섰다.

"형님, 그런 일 하지 마세요. 저 건강 좋아졌어요. 군대에도 가고 싶어요."

두 분은 잠시 침묵을 지켰다. 이윽고 형님이,

"그럼 너 신검장에 네 흉곽 엑스레이 필름이라도 갖고 가는 게 어떻겠니? 판정에 참고하게 말야."

나는 더 이상 그런 문젤 두고 왈가왈부하는 걸 피하기 위해, 네네, 알았어요, 하고 말았다. 하지만 물론 나는 신검일에 아무것도 몸에 지니지 않은 채 신검장엘 갔다. 뿐만 아니라 검진 코스를 돌 때 군의관이 구두로 신체의 이상유무를 물을 때면, 없습니다, 하고 대답해 버렸다. 그

결과 최종자리에 섰을 때 판정관은 '갑종합격!' 하고 소리쳤다.

신검을 마치고 돌아온 나는 문득 이렇게 끝낼 일이 아니라는 생각이 들었다. 이튿날 나는 읍사무소 병적계를 찾아가 자원입대를 신청해 버렸다. 그 뒤 두 달 남짓 지난 작년 12월 30일, 나는 여나문 명의 고향 친구들과 섞여 입영열차에 몸을 실었다.

그런데 그게 한낱 어설픈 객기였던가.

입소한 지 닷새째 되던 날 나는 급성기관지염의 재발로 대대 의무실에 가서 누워야 했다. 급한 불을 끄는데 사흘이 걸렸다. 사나흘 정도 더 침상에 누워있어야 한다고 했다. 그러나 나는 자리를 떨고 일어나 소대로 돌아가겠나고 했다. 소위 '나이롱환자'들을 보았기 때문이다.

의무실에는 나 이외에 네 명이 더 있었다. 헌데 그들은 환자복만 입었을 뿐 아픈 사람들 같지를 않았다. 곧잘 일어나 앉아 주보에서 사온 것들을 먹어가며 떠들어대고 장난질을 치는가 하면 화투판을 벌이기도 했다. 그러다가 의무실 실장인 중사가 나타나 '떴어 떴어!'하고 소리치면 우르르 흩어져 자리에 눕는 것이었다. 그래도 난 그들이 나이롱환자라는 걸 몰랐다. 아니, '나이롱'이란 말 자체를 모르고 있었다. 헌데 사흘째 되는 날 같이 입대한 고향 친구들이 병문안을 위해 찾아왔다가 그들을 보고는 귓속말로 들려준 이야기로 비로소 그 뜻을 알게 된 것이었다. 그들은 빽에 의해서 며칠 간 의무실에서 지낸 뒤 병원으로 후송, 거기서 얼마간 지내면 의무제대증이 나와 집으로 돌아간다는 것이었다. 기가 막혔다. 더 이상 나는 그곳에 있고 싶질 않았다. 내가 의무실장에게 돌아가겠다고 하니까,

"뭐? 인마 넌 며칠 더 있어야 해."

"괜찮습니다. 돌아가겠습니다."

"어랍쇼, 짜식 이거 괴짜네. 인마 일부러들도 며칠 와서 있을라구 하는 덴데 넌 그냥 가겠다?"

"네, 다 낫습니다. 돌아가겠습니다."

"짜식 이거……, 알았어, 인마! 나 책임 안 져?!"

"네."

소대로 돌아온 나는 훈련을 계속하자 당장 그날부터 밤이면 신열과 한전에 시달렸다. 하지만 나는 다시는 의무실을 찾지 않았다. 낮에는 훈련에 지치고 밤이면 병증에 시달리면서도 그 더러운 의무실에 갈 생각은 추호도 없었다.

그런데 이게 어찌 된 일인가. 놀라운 현상이 나타나기 시작했다. 약 한 봉지 입에 대질 않았건만 일주일쯤 지나면서부터 내 몸에서 병기가 서서히 떠나 버린 것이다. 아아, 기뻤다. 나는 자신의 의지로 끝내 신병을 물리쳐 버린 것이 대견하고 만족스러웠다.

그랬던 내가, 자의와는 무관한 일이었지만, 김 상병이

라는 엄청난 '빽'의 힘으로 전속을 하게 되자 마치 지옥을 탈출하는 행운을 얻은 듯 기쁘고 고마워나 했으니 그 응보를 당하는 것 같은 생각이 솟기도 했다.

그러면 장차 어찌해야 하는가.

이튿날, 나는 일조점호에 나가지 않았다. 아침 식사도 거른 채 침대에 누워있었다. 소대원들이 모두 작전에 나가고 막사에 덩그마니 나 혼자인데 박 병장이 찾아왔다. 그는 내 관물함에 걸터앉으며,

"몸이 아파?"

"아닙니다."

"일을 너무 심각하게 생각할 게 아니라구. 그냥 간단하게 예쓰까 노까로 딱 잘라 결정해 버리면 끝날 일이라구."

하더니 그는 바지 뒷주머니에서 봉투 하나를 꺼내 내밀었다.

"……뭡니까?"

"유덕수 이병한테 집에서 온 편지."

"전해 주라구요?"

"이 일병두 한번 읽어보라구. 그리구 이따 걔 들어오면 전해 줘."

"제가요? ……왜요?"

편지는 이미 개봉이 된 상태였다. 당시 군에서는 사병에게 오는 우편물들을 직속 상급자가 검열하게 되어 있었

다. 선임하사 박 병장이 뜯어서 읽어본 모양이었다.

"이 일병이 참고할 얘기여서."

편지를 든 채 내가 가만있자 박 병장은 다시 재촉했다.

"어서 읽어 봐."

나는 속지를 꺼냈다. 칸이 널찍널찍 쳐진 국민학생용 공책 한 장짜리 편지였다.

덕수 보거라.

덕수야 나른 추운데 그동안도 몸성이 잘 지낸느냐. 지반 시꾸들은 모다 무사허다. 저번에 니가 보내준 도느루 운말 최가네한테 너머가떤 방뜰 단마지기를 도루 착꾸서 느형은 춤이라두 추구십따꾸 얼구레 늘 화새글 피운다. 왜 안 그럭켓느냐. 남더런 구닌 나가며는 지베서 도늘 가따쓰는데 너는 되레 버러서 보내주고 빗때무네 너머가떤 땅을 도루 차저쓰니 경사두 그런 경사가 또 어딨느냐. 장허다 우리 덕수.

이 에미는 객지에 나가인는 니가 몸이 성하기를 그저 조서구로 빌고 또 빈다.

에미 씀

국민학교 1, 2학년쯤 된 손주가 할머니의 구술을 받아 적은 편지 같았다.

나는 속지를 접어 봉투에 도로 넣고는 잠시 거기에 시선을 두고 있었다. 학생 때 목격했던 비참한 모습들을 떠올리며, 나는 그런 참담한 형편에 부자나라의 남아도는 풍부한 물자를 다소 눈속임을 해가면서 빼내는 짓 좀 하기로 크게 허물로 몰아세울 건 없잖느냐 하는 생각이 들었다.

하지만 자신에게만은 그런 짓을 허락하고 싶지 않았다.

"어때?"

"……물론 마음 아픕니다."

"그렇지, 그럴 거야! 걔나 누구나 할 것 없이 지금 우리 엽전들 형편이 다 그렇거든.

이 일병은 이 어려운 때에 대학꺼정 갔으니까 보잖아도 좋은 집안 환경에서 자라 모르는거 같은데, 이봐, 이 일병, 오늘날 우리 엽전들 대부분은 가난과 굶주림에 시달리고 있어. 그런 판에 얘들 남아도는 휘발유 좀 빼 먹구 집에 돈 좀 보내는 거 큰 죄루 보기만 할 거 아니잖아? 안 그래?"

나는 보일 둥 말 둥 고개를 끄덕이고는 얼른 화제를 돌렸다.

"알았습니다. ……선임하사님, 저 앞으로 작전 빼주십시오."

그 말에 박 병장의 얼굴이 새쭉해지며,

"그럼 쇠털 같은 날에 뭘 하지? 신병들이 오려면 아직두 멀었는데. 놀기두 아마 지겨울 걸?"

"놀지 않습니다. 소대를 위해 할 일이 너무도 많습니다. 우선 소대 공구실부터 정리정돈을 해야겠습니다. 며칠 전 스패너를 쓸 일이 있어서 갔었는데 참 엉망진창이더군요. 각종 공구들을 비롯해서 체인, 적재함 커버, 잭 따위들이 녹 쓸고 구겨진 채 아무렇게나 마구 뒤엉켜 널려있더군요. 한마디로 쓰레기장 같았습니다. 한국군 같으면 난리가 나도 벌써 났죠.

저는 그것부터 깨끗하게 정리정돈을 해놓을 것이고 이후 그 관리 책임도 맡고 싶습니다. 그리고 공구실 일이 끝난 담엔 우리 소대 차량들의 1단계 정비, 곧 운전병 정비를 책임지고 지도하는 임무를 갖고 싶습니다. 한국군의 수송부엘 가면 어디나 이런 표어가 씌여있는 걸 아마 선임하사님두 보셨을 겁니다. '갈고 닦고 조이자'라고요.

그렇습니다. 운전병에겐 일단계 정비 책임이 있습니다. 엔진오일이나 타이어 상태, 각종 라이트의 고장 여부, 차량의 모든 부품의 너트, 볼트들의 풀림 유무, 차체의 녹 쓸음 방지 등은 운전병이면 당연히 늘 점검하고 조처해야 할 의무사항들입니다.

하지만 현재 우리 부대 운전병들은 그 일을 제대로 하지 않더군요. 제대로가 아니라 아예 관심조차 없는 친구들이 대부분인 것 같습니다. 겨우겨우 작전이 없는 날 어쩌다가 엔진오일 교환이나 라디에이터 물을 보충하는 친구가 한둘 눈에 띄는 게 고작이더군요.

그러니 운행 도중 샤프트가 떨어지고, 타이어가 빠져나가고, 홴 벨트가 끊어져 꼼짝 못 하는 바람에 레카차가 출동하여 견인해 와야 하는 실로 어처구니가 없는 차량 사고가 발생하는 겁니다.

저는 25대 우리 소대원들이 모두 제 차들을 평소 일일이 점검하고 정비하는 습관이 붙도록 하는 데 앞장서겠습니다. 매일 아침 작전 나가기 전 모두가 습관화하도록 가르치겠습니다. 우선은 제가 하나하나 해주는 걸로 시작하겠습니다."

길게 말한 나는 거기서 잠깐 끊고 길게 한숨을 풀어낸 뒤,

"그리고, ……만일 어떤 이유로 제게 그런 업무를 맡기실 수 없다면, 제가 부적격자라고 여겨지신다면, 그땐, 선임하사님, 인사계님과 의논하셔서 절 한국군 전방부대로 보내주십시오. 부탁드립니다."

그러자 박 병장은, 무슨 소릴! 하고 외치면서 두 손으로 얼른 내 손을 잡고는,

"이 일병 참 대단히 멋진 사람이다! 어쩜 그렇게 좋은 아이디어를 생각해내지?! 좋았어, 참 좋았어! 사실루 말

이지. 이 쌔끼덜 휘발유 팔아먹는 데만 눈이 빨갛지 지들이 꼭 해야 할 일엔 등안(한)하거든. 그렇다구 그걸 일일이 조져댈 수두 없구. 은근히 고민이었는데 이 일병이 해결을 해주는구만. 하하하. 좋아좋아. 당장 그렇게 하자구. 한국군 어쩌는 건 말두 안 되구."

기실, 나중 안 일이지만, 인사계에게 전출입 권한까진 없는 터였다.

"그렇습니까?"

"아암. 암. 사실 나는 말야. 이 일병을 처음 봤을 때 모지방이 여느 애들 인상하구 달르더라구. 한 마디루 재들이 일삼아 하는 짓따윌 이 일병은 못 할 사람이지 하는 생각이 나더라구. 이 친군 이게 춘향이의 선비도령이지 싶더라구. 그래서 나 나름대로 고민이 있었어. 그런데 이제 그게 해결됐구먼. 하하하."

그는 잡은 내 손을 힘있게 흔들었다.

당장 그 길로 나는 자리를 떨고 일어나 밖으로 나섰다.

날씨는 추운데 난방 시설도 없는 공구실에서 잔뜩 냉기를 먹은 철제공구들이나 뻣뻣하게 굳어버린 적재함 커버 따위를 다루는 일은 여간 힘든 게 아니었다. 그러나 나는 하루 한 시간 남짓 힘들고 괴로우나 그 정갈한 노역을 즐거운 마음으로 혼자서 묵묵히 해냈다.

그런데 바로 나흘쯤 되는 날이었다. 그날도 그 무겁고

뻣뻣한 적재함 커버 하나를 마당에 끌어내어 누구의 도움도 없이 넓게 편 뒤 접고 있는데 미군 선임하사 콜라소가 나를 찾아왔다. 한아름이나 되는 배를 안고 뒤뚱뒤뚱 뚱보걸음으로 휘파람을 불며 나타난 것이다.

운전병 소대에 미군들이 거의 다 없게 된 까닭일까, 미군 선임하사들은 카투사 선임하사들보다도 더 하는 일이 적었다. 일조점호 때 카투사 선임하사와 소대 앞에 나란히 서 있는 것, 점호 후 실시되는 4㎞ 걷기, 선임하사들에게 순번제로 돌아오는 주번사관 업무에 참석하여 초병점호, 하기식을 주도하는 게 전부였다. 그 외엔 그저 하루종일 제 방에 처박혀 지내다가 대개는 일과 시간이 끝날 새 없이 부리나케 외출복으로 갈아입고 동거 중인 양공주를 찾아나선다. 하지만 써전트 콜라소는 그런 외출을 안 하는 사람이었다.

그런 콜라소가 언제나처럼 환하게 웃음을 띄운 밝은 얼굴로 대뜸 내게 여기서 혼자 뭘 하느냐는 것이다. 보다시피 우리 공구실 정리를 하지 않느냐고 했더니 그걸 왜 당신이 하느냔다. 내가 대답에 다소 군색함을 느끼면서, 우리 소대 일이니까, 하고 웃었더니 그는 입을 삐죽이 내밀며 고개를 저으면서, 오오, 한 뒤 이런 말을 했다. 이 일병은 우리 소대뿐 아니라 부대 내 전체 카투사들 중에서 실력이 가장 뛰어난 운전병이다. 신병이 올 때까지 일을 한다면 마땅히 수송 작전에 나갈 일이다. 그런데 공구실 정리를 하다니? 더구나 이런 일은 작전이 없는 날 소대원 각자가 할 일이다. 도무지 당신의 태도에 이해가 안 간다는 얘기였다.

허를 찔리기라도 한 느낌인 나는 서둘러 변명을 늘어놓기 시작했다. 공구관리에서부터 차량 1단계 정비에 습관들을 들이도록 만들려는 게 내 생각이다. 그리고 그것은 우리 부대 전체에 좋은 결과를 가져올 것이라고 역설했다. 나의 의무는 신병에만 한한 것이 아니라 기간사병들에게까지 적용돼야 하잖는가, 하고 웃었다. 그러자 그는 좋은 생각이긴 하지만 여전히 의문이 남는다는 듯 양팔을 벌리며 어깨를 들썩해 보이곤 발길을 돌렸다.

헌데 그 후 10여 개월이 지나 부대에 엄청나게 큰 사건이 발생했을 때 비로소 안 거지만 그날 콜라소가 날 찾아와 그런 말을 건넨 것은 내 속을 떠보려는 의도에서 한 짓이었다. 그는 카투사 운전병들이 자행하고 있는 부정행위에 대해 너무나 잘 알고 있는 미군이었던 것이다.

하지만 아직 그런 사실을 모른 나는 휘파람을 불며 뒤뚱뒤뚱 사라지는 그의 뒷모습을 바라보며 또 한고비 넘긴 듯한 안도의 한숨을 쉬었다.

5

나는 상등병으로 진급했다. 그리고 2개 분대 모두를 통솔해야 하는 분대장도 되었다.

나는 소대원들이 작전에 동원되지 않는 날엔 각자의 차량 관리를 습관화하도록 지도했다. 가장 좋은 지도 방법은 내가 직접 운전병의 몫인 1단계 정비를 솔선하여 보여 주는 것이었다.

나는 누구랄 게 없이 한 소대병의 차량에 가서 모든 상태를 세밀히 점검한다. 운전대의 보조석 시트를 내어 차 밑에 디밀고 들어가 하나하나 살핀다. 그리고, 점검 후 지적하는 일로 끝나는 게 아니라 스패너로 볼트, 너트를 조이기도 하고 걸레로 닦기도 한다. 그런 나를 소대병 중에는 팔짱을 낀 채 빳빳이 서서 남의 일 구경하듯 하는 대원도 있었지만 나는 그런 건 개의치 않고 열심히 손을 써 주었다. 그러자 시간이 지나면서 소대원들은 각자 제 차를 스스로 관리하게끔 바뀌어 갔다.

우리 소대원들이 그런 관리를 습관화하자 당연히 1소대 차량들은 우선 외양부터 항상 깨끗했고, 작전 중 1단계 정비 불량으로 발생하는 사고가 없게 되었다. 그리고 운전병의 그런 관리 태도는 부대 전체로 확산되었다. 나는 다른 소대에서라도 요청이 있으면 곧장 찾아가 돕고 가르쳤던 것이다.

그런 나는 그들의 조직적인 연료 유출의 부정행위 따위에 대해선 관심이 없었다. 다만, 스타터로 시동을 거는 낡은 구형 트럭을 가지고도 마치 신주 모시듯 귀히 여기며 보살피는 한국군과 달리 성능 좋은 자동변속의 신형 2½톤 차량들을 병사들의 관리 소홀로 망가뜨리는 게 몹시 아깝고 안타까웠을 뿐이다.

어떻든 부대 전 대원이 제 차 돌보는 일을 잘들 하자 그것을 몹시 반가워하고 내게 고마움을 표하는 이들은 정비소에 근무하는 민간 기술자들이었다. 그들은 2단계 정비가 자기들의 몫인데 그동안 어처구니없게도 1단계 정비 소홀로 발생한 사고까지 도맡아 하느라고 힘들었던 것이다.

바로 그즈음이었다.

우리 부대는 미8군 사령부의 불시 차량 검열을 받게 되었다. 지금 생각해도 당시 검열관의 태도는 놀랍다. 두 명의 기술관이 지프를 타고 나타나서 중대본부에 알린 뒤 곧장 주차장으로 가서 몇 대의 차량을 무작위로 검차대에 가져가 샅샅이 그 관리 상태를 점검하는 게 전부였던 것이다. 그들에게 거만한 태도 따윈 전연 없었다.

검열 결과는 '매우 우수함'이었다. 1군단 산하 전 수송부대 중에서 그 관리 상태가 최상이라는 것이다. 그리고 전연 예기치 못했던 그 검열의 결과로 내가 부대에서 존재

가치가 한층 높아진 건 당연한 일이었다.

그 이튿날이었다.

아침 점호 후 각 소대 분대장들에겐 인사계의 구두 명령이 전달되었다. 일과 후 주번 근무자를 제외한 모든 분대장은 카투사 N.C.O(하사관 숙소)로 집합하라는 것이다.

모두가 집합하자 인사계는 곧 소대별로 지프에 승차할 것을 지시했다. 어리둥절한 나는 승차하자 운전병 옆자리에 오르는 박 병장에게,

"선임하사님, 어디 가는 겁니까?"

그는 빙긋 웃고는,

"가보면 알아."

"……?"

"이 상병이 큰 공을 세웠으니까 술 한잔 내는 거지. 흐흣."

"……공요?"

나는 혼잣말처럼 뇌까리고 말았다.

지프들이 찾아간 곳은 의정부 외곽에 자리 잡고 있는, 흔히 '방석집'이라고 불리는 큰 요정이었다.

널찍하고 반듯한 주차장에 세운 차에서 내리자 대뜸 눈에 띄는 것은 저만치 떠억 버티고 서 있는 솟을대문이었다. 그 문을 들어서자 단정하고 맵시 있게 다듬어진 상록관상수들, 그 사이의 안채로 이어진 길 양편엔 옛날 청홍

색 사초롱을 모방한 등들이 은은한 불빛을 밝히며 일정한 간격으로 서 있었다.

대한민국 어딜 가든 전쟁의 상처들이 생생히 남아 있고 거리거리에 굶주림과 헐벗음에 찌든 군상이 우글우글한 때에 이런 유흥업소가 있고, 그리고 또 군 사병들의 신분으로 이런 델 드나든다는 게 나는 기가 막혔다.

인사계가 앞장선 일행이 대문을 들어서자 열린 마룻문 앞 봉당 위에 서 있던 고운 한복 차림의 마담이, 아유, 우리 서방님! 하고 소리친 뒤 날렵하게 마당에 내려서더니 뛰쳐와 인사계 품에 안겼다. 그녀가 신고 있는 것은 물색 비닐 끈을 엇걸어 붙인 신코의 슬리퍼여서 마치 맨 버선 바람으로 날아온 것 같았다.

네 개의 교자상을 잇대어 놓고 그 위에 백지를 씌운 술상에는 쇠고기, 생선, 닭고기 요리를 비롯해 여러 가지 채소 음식과 땅콩, 호두 따위의 마른안주까지 가득히 놓였고, 술은 그게 미군 부대에서 흘러나왔을 양주병들이 우뚝우뚝 서 있었다.

술상 앞에 모두가 앉자 뒤미처 곱고 눈부신 한복 차림의 색시들이 들어와 쌍을 지었다. 나는 생전 처음의 경험에 감정이 눌려 넋이 빠질 지경이었다. 인사계가 술잔을 건네며,

"야아, 이강태 인마, 잔 받아!"

나는 엉거주춤 일어나 잔을 받았고, 옆의 색시가 술을 따랐다.

그 뒤 벌어진 술판의 본새는 말하나 마나다. 경쟁하듯 걸쭉한 음담패설들을 털어놓더니 젓가락 장단에 맞춰 노래하기 시작했고, 제 짝과 일어나 양춤을 추기도 했다. 입담도 없고, 아는 노래도 없고, 춤도 못 추는 나는 이따금 술잔을 들어 혀끝을 적시곤 하다가 틈을 잡자 자리에서 일어나 밖으로 나왔다. 내 짝 색시도 뒤를 따라나섰다. 우리는 마당 벤치에 가서 앉았다.

담배를 피워 문 나는 문득 대학에 입학하자마자 친구들과 몰려다녔던 대폿집 정경이 떠올랐다. 허구헌날 우리는 목로에 둘러앉아 암담한 현실감을 막걸리나 소주로 적시고 있었다. 그때 우리들의 입에 많이 올랐던 작가 중의 하나는 손창섭이었다. 담배를 피우는 내 머릿속엔 준석이, 달수, 채익준, 천봉우, 정숙, 성규, 동식 등 손창섭 단편들의 인물들이 선히 떠올랐다. 나는 방으로 눈을 돌렸다. 소란한 노랫소리와 춤추는 그림자들이 창지에 어지러웠다. 문득 준석이가 식칼을 들고 달려들 것 같다. 바로 그때 방문이 열리며 박병장이 나왔다.

"야야, 이 상병! 나는 둘이 빈 방에 간 줄 알았잖아. 흐흣."

나와 색시는 벤치에서 일어났다. 술판은 통금 시간이

임박해서야 끝났다.

그날 이후 나는 놀랍게도 자신의 감정 변화를 의식했다. 누구에게도 제재받지 않고 어떤 일에도 구애되지 않는 자유를 갖게 된 듯한 것이었다.

6

부대의 모든 트럭이 작전에 나간 뒤면 나는 그야말로 백수나 다름없었다. 막사에 들앉아 책을 보거나 그것도 쉬고 싶으면 발 가는 대로 부대 안을 이리저리 돌아다녔다.

그러다가 어느 날 오후, 나는 식당 앞에서 발을 멈췄다. 트럭 한 대를 대놓고 취사병들이 우유, 치즈, 치킨 등 음식물 박스들을 차에 싣느라고 들락날락하고 있었다.

나는 취사병인 박 이병에게,

"그걸 어디로 가져가지?"

"군단 쓰레기장에요."

"뜯지도 않은 새것들 같은데?"

"하지만 하루 지나면 전부 실어다가 폐기, 소각해 버려요."

"그래애?!"

아까웠다. 음식쓰레기야 당연하지만 개봉하지 않은 것

이나 개봉을 했대도 포장에 고대로 싸여있는 음식물을 버리고 태우다니. 그게 또 반 트럭이 넘는 분량이었다.

"어이, 박 이병, 그거 내가 고아원에 갖다주면 안 될까?"

"글쎄요. 싸진한테 말해 보세요."

나는 곧 식당 관리책임자인 제퍼슨을 찾아갔다. 내 뜻을 밝히자 그는 흔쾌히 수락했다.

그날부터 나는 오후 3시경이면 음식물을 고아원에 갖다 주는 즐거움으로 지내게 되었다. 매일매일 남는 음식물의 양은 대단했다. 운전병들이 작전을 나가면 현지 부대에서 취식을 하고, 또 귀대하면 부대에서 저녁을 먹지 않고 곧바로 '배불뚝이'들을 만나러 외출을 하고서 시내에서 한국 음식과 술을 마시고, 또 토요일, 일요일엔 외출 외박으로 부대가 텅 비다시피 하게 되어 고아원에 갖다 주는 음식물이 트럭 적재함을 $\frac{2}{3}$나 채우기도 했다.

내가 음식물을 싣고 가면 밖에 나와 놀고 있는 아이들은 물론 원장, 보모들이 뛰쳐나와 손을 흔들며 반겼다. 그리고 그 일 때문에 나는 특별한 일이 없으면 토, 일요일의 외출 외박도 하지 않았다.

그런데 한 달쯤 지난 어느 날이었다.

그날도 식당 앞에 차를 대고 음식물을 싣는데 콜라소가 휘파람을 불며 나타났다. 그는 미소를 지으며, 저도 고아원에 한번 따라가 보고 싶다고 했다. 안될 게 없었다. 좋다고 하고, 나는 콜라소를 옆에 태우고 고아원에 갔다.

원장은 모처럼 미군 손님도 오시고 했으니 술을 내겠단다. 그는 치즈와 함께 '조니워카'인가 하는 술 한 병을 가져왔다.

나는 운전 때문에 술을 입에 대지 않았지만 콜라소는 신이 나고 술맛이 입에 썩 당기는 모양이었다. 주는 대로 받아 마셨다.

나는 그가 평소 소주도 잘 마시는 사실을 알고 있었다.

카투사들은 외출을 하지 않는 날엔 저녁 먹고 몇 시간이 지나 출출하면 곧잘 음식점에 비빔국수와 소주를 주문했다. 음식점에선 큰 양푼에 비빔국수를 담아 소주와 함께 철조망 사이로 건넨다. 그걸 카투사들이 둘러앉아 먹을 때면 종종 콜라소가 환하게 웃으며 찾아왔고, 국수는 사양하지만 소주는 잘 받아 마셨다. 양재기에 가득 소주를 부어 주면 그는 단숨에 비워내곤 했다. 그는 정문 옆에 자리 잡고 있는 비어홀에 가는 일도 없었다. 그래서 그가 막사에 들어서면 카투사들은, 잰 공술 되게 좋아해, 하면서도 밉기보다는 성실한 살림꾼 같은 맛에 호의를 느껴 아낌없이 술을 권하곤 했다.

아무튼 콜라소는 원장이 낸 술을 기분 좋게 마셨다.

헌데 원장이 잠깐 자리를 비운 때였다. 그는 내 팔을 툭 건드리더니 미소를 지으며, 술 시중을 든 보모를 입에 올린 뒤 자기를 그 여자의 방에 가게 해달라는 것이었다. 화들짝 놀란 나는 미처 무슨 말을 못 한 채 잠시 그의 얼굴을 빤히 쳐다보았다.

"뭐라구?"

그러자 그는 새끼손가락을 펴 보이며 같은 말을 반복했다. 기가 막혔다. 심한 모욕감을 느낀 나는 그의 얼굴을 노려보다가 자리에서 벌떡 일어났다. 거기서 싸울 수는 없었다. 밖으로 나온 나는 잰걸음으로 곧장 차로 갔다.

다급히 뒤쫓아온 콜라소는 내 이름을 부르며 같이 가자고 외쳤지만 차의 시동을 건 나는 곧장 출발했다. 우웅 속력을 내자 그는 다급히 손짓을 해가며 뒤뚱뒤뚱 뛰어왔다. 백 미터쯤 갔을까, 나는 차를 세웠다. 헐떡거리며 뛰어온 그가 차에 올라탔다. 그때부터 나는 호통을 치기 시작했다.

"야, 그 여자가 창년 줄 알아? 아니, 창녀든 아니든 음식물 찌꺼기 갖다주구서 몸을 달래? 이 인간아, 넌 거지한테 동냥 한 푼 주구 대신 몸 달래니? 뭐 이따위 더럽구 치사한 인간이 있어 이거! 넌 아주 비겁하고 더러운 인간이야! 나쁜 놈 같으니라구!"

나는 치받치는 화 때문에, 길지 못한, 더구나 욕설엔 부족한 영어 실력이다 보니 영어와 우리 말을 된 둥 만 둥 섞어가며 소리소리 질러댔다. 그러자 콜라소는 손을 젓고 머리를 흔들어 가며, 노오, 노를 연발했다. 그러나 나는 그의 외마디 말들을 깔아뭉개듯 계속 고래고래 욕을 퍼부었다.

부대에 돌아오자 나는, 더러운 인간, 또 한마디 내뱉고는 차를 내려 뚜벅뚜벅 막사로 갔다. 그러고서 반 시간쯤 지나서였다. 콜라소가 나를 찾아왔다.

평소 그는 용무가 있어 날 찾아올라치면 마치 선생님 앞에 선 아이처럼 모자를 벗고 두 손을 모은 채 공손한 태도를 취했다. 그것은 내 침대 옆 벽에 십자가가 걸려 있었기 때문이다. 그도 가톨릭 교도였던 것이다.

그는 내게 제 방으로 좀 가잔다. 나는 고개를 저었다. 당신 같은 추악하고 야비한 위선자와는 더 이상 무슨 이야기를 나누고 싶지 않다고 했다. 그러나 그는 그냥 돌아가지 않았다. 한번만 제 이야기할 기회를 달라는 것이다. 참만에 나는 마지못한 얼굴로 그를 따라 N.C.O로 갔다.

그는 자기 방 침대 앞 관물함에 술과 잔을 준비해 놓고 있었다. 관물함을 사이에 두고 마주 앉자 그는 먼저 사진 한 장을 내게 내밀었다. 다섯, 일곱, 열 살은 나 보이는 사내애들이었다. 큰 눈에 토실토실 살이 찌고 아주 건강해 보이는 고것들이 자기 아들들이란다. 뒤미처 콜라소는,

"이 상병도 아다시피 나는 부대 밖에 여자와 살림을 차리고 있지 않다. 홀에 가서 춤을 추지도 않는다. 그것은 고국에 있는 아내와 자식들을 사랑하기 때문이다. 나는

봉급을 타면 거의 다 집에 보낸다. 그런 내가 오늘 순간적으로 실수를 했다. 부끄럽다. 사과한다. 다시는 그런 실수가 없을 것이다. 우리 우정에 변함이 없기를 바란다."

그는 진심 어린 목소리로 말했다. 비로소 나는 웃음을 지으며 그의 손을 잡았다. 이후 술을 마시는 동안 그는 향수에 젖은 듯 고향과 가족 이야기를 길게 늘어놓았다.

나는 자신이 지나치게 과민했나 하는 생각이 들었다. 우리는 앞으로 잘 지내자는 말과 함께 다시 악수를 했다.

7

신병 8명이 왔다. 내 업무의 문이 활짝 열린 셈이다.

신병들은 내 경우나 한가지로 미8군 배출대를 거쳐왔기 때문에 복장은 이미 카투사의 것이었다. 하지만 잔뜩 긴장된 눈빛이나 어릿거리는 동작은 논산훈련소에서 젖은 감각을 얼른 털어내지 못하는데 기인함을 나는 짐작하고도 남았다. 나는 그들이 그런 상태를 한시라도 빨리 벗어버리게 하고 싶었다. 그들의 뇌리를 사로잡고 있는 그 부당하고 추악한 폭력의 그림자를 속히 깨부수게 하고 싶었다. 그것은 지극히 간단하고 쉬운 일이었다. 엄격한 군율 속에서도 사병 개개인의 인격을 존중하고 정당한 자유를 보장하는 병영 분위기, 곧 미군들의 좋은 점을 그대로 우리의 것으로 실현하면 되었다.

나는 영화관을 운전 이론의 교육장으로 삼았다. 교본은 물론 영문본이었다. 그리고 신병들은 누구 하나도 그것을 해독할 실력을 갖지 못했다. 하지만 나는 그들이 조금도 불편하지 않게 이해하도록 가르쳤다. 전연 긴장하지 않고 흥미진진하게 배우고 익히면 그 성과를 빠르게 거두기 마련이다. 그들 모두는 불과 3주 만에 군단 면허 시험에 합격을 했다. 당연히, 두 달을 배우고도 떨어지는 카투사가 있었다는 과거를 들먹이며 놀라워들 했다. 그 후, 두 번째의 6명도 세 번째의 5명도 나는 한결같이 그들이 훌륭한 운전병으로 신속히 탄생하도록 하는 노력을 게을리 하지 않았다.

그렇게 석 달인가 지난 그해 10월달이었다. 캡틴 토마스가 귀국하고 제이크 대위가 부임했다.

듣자니 제이크는 웨스트 포인트 출신이란다. 외모부터가, 맘씨 좋은 농부 같은 토마스와는 달랐다. 키가 크고 강건미가 넘치는 체구에다가 맹수 숫 사자의 품격을 연상시키는, 위엄 있는 금발의 미남이었다.

그가 부임한 지 열흘쯤 지난날이었다.

아침 점호와 함께 진행되는 게기식이 끝나자 캡틴 제이크는 부대 장병들을 그 자리에 그대로 서 있게 했다. 뒤미처 그는 써전트 콜라소에게 눈짓을 해보였다. 콜라소는 곧 주차장으로 가더니 우리 소대와 그 곁에 늘어선 2소대 트럭 중에서 각각 한 대씩의 트럭 운전대에 올라가선 계기반에서 속도계를 빼 들고는 미소를 지으며 돌아와 캡틴에게 건넸다. 그 행동이 무엇에 기인한 것인가를 직감하자 나는 가슴이 철렁했다. 마침내 터지고 말았군!

나중에 알았지만, 콜라소는 카투사들의 부정행위의 실태에 대해 아주 소상하게 잘 알고 있었다.

내가 전속되기 몇 달 전 1소대는 동두천에 주둔한 미 기갑사단으로 일주일간 파견 작전을 나간 적이 있었다. 그때 소대를 인솔한 콜라소는 캡틴의 지시로 잠시 귀대를 한 날이 있었다. 콜라소는 1소대 분대장인 허언 상등병과 카투사 선임하사 박 병장에게 통솔을 일임하고 부대로 돌아왔다. 바로 그날 허언의 눈에 카투사들의 부정행위가 발각되고 말았다.

파견된 부대엔 주차장이 넓지 않았다. 그래서 부대 철조망 밖 공지를 사용해야 했다. 그러고 보니 카투사들은 오히려 훨씬 용이하게 부정행위를 할 수가 있었다. 운행 도중 어느 장소에서 황급히 유출하는 것은 언제나 초조하게 쫓기는 일이었는데 '배불뚝이'들을 은밀히 주차장으로 접근시키는 건 눈만 피하면 되기 때문이었다.

헌데 그게 그만 허언의 눈에 잡히고 만 것이다. 그러나 일은 간단히 수습되었다. 카투사들이 허언의 호주머니에 달러를 찔러넣었고 그는 그걸 그대로 잘 받아주었던 것이다. 아니, 그는 받아준 정도가 아니라 재미를 붙였던지 나중엔 슬금슬금 자리를 피해주기까지 했다. 그리고 파견작전을 마치고 귀대한 뒤에도 그의 그런 태도는 변함이 없었다.

그러나 허언은 귀국할 때 태도를 바꾸었다. 같은 포르트칼계인 써전트 콜라소에게 모든 비밀을 털어놓았던 것이다. 그리고 콜라소의 진언을 토마스와는 달리 신임 제이크는 즉시 부대 운영의 중대사로 받아들인 것이다.

제이크는 속도계를 들어 장병들에게 보이고는 입을 열었다.

이것이 왜 풀려져 있는가? 그대들 자신이 먼저 그 이유를 알 것이다.

우리 부대의 2½톤 작전 차량은 모두 100대이다. 그 100대를 이제는 거의 다 카투사 운전병들이 운전하며 작전에 임하는데 그대들은 연료를 부정유출해서 돈을 취한다.

한 대가 하루에 보통 5갤런들이로 적게는 5통, 많게는 7, 8통씩을 팔아넘긴다. 그 전부를 합하면 대략 80드럼 전후가 된다. 엄청난 양의 우리 재산이 그대들의 비겁하고 부당한 행동으로 사라지는 것이다.

나는 그것을 묵과할 수 없다. 우리 군대는 적에게 승리

하는 것과 함께 자체의 부정과 불의 또한 척결하는 사명도 가지고 있다. 나는 그대들이 그런 군인 정신과 양심으로 돌아오기를 기대하고 명령한다. 그러나 나의 판단으로는 그대들이 쉽게 돌아온다는데 의심을 품지 않을 수가 없다. 너무도 오랫동안 그대들은 그 부정행위에 젖어 있었기 때문이다. 그래서 나는 그런 부정행위를 미연에 방지할 방책을 강구했다. 그것은 2½톤 전 차량 연료통에 잠금장치를 부착하는 일이다.

다시 말한다. 앞으로는 그런 비행이 있을 수도 없고, 그보다 먼저 그런 비행의 생각을 버리고 올바른 군인 정신을 갖기를 바란다.

그 뒤, 정비 요원들이 출동, 불과 이틀 만에 100대의 차량엔 잠금 고리의 부착과 함께 자물통이 챙겨졌다. 그러나 제이크의 그런 방책은 일주일도 안 돼서 실패하고 말았다. 카투사 운전병들은 의정부 시내로 외출을 해서 제차 자물통의 열쇠를 만들어 왔던 것이다. 흥, 되려 잘 됐어. 인젠 아예 '앵꼬'를 당하도록 빼먹어도 헐 말이 없지 뭐. 헤헤헤.

실패한 사실을 알게 된 캡틴은 이제 원천적인 근절책을 세웠다. 그것은 아예 주유량을 제한하는 방법이었다.

원래 군의 모든 차량은 작전 규칙상 항시 55갤런 만탱크를 주유하고 대기하게 되어 있었다. 물론 그것은 유사

시 즉시 출동해야 하기 때문이다. 하지만 제이크는 그 일을 강행했다. 급유 중 눈금이 있는 자막대기로 주유량을 체크하며 10갤런으로 제한했다. 이제 아예 빼먹을 게 없게 돼 버렸다. 그러자 카투사 운전병들은, 인제 좋은 시절 다 갔다는 둥, 한국군으로 가서 우리 밥이나 실컷 먹어야겠다는 둥 툴툴댔다.

그렇게 2주쯤 지난 날이었다. 저녁을 먹은 뒤인데 각 소대 분대장들은 카투사 N.C.O로 집합하라는 인사계의 명령이 왔다. 왜 그러나?

하사관 막사에 들어선 나는 눈을 키우며 발을 멈칫했다. 객실에는 운전병 소대 선임하사들은 물론 분대장들, 그리고 본부소대 소속인 서무계 김 상병과 배차계 홍 상병까지 와 있었던 것이다. 그렇다면 인사계가 단순히 다음날 있을 수송 작전에 관한 문제가 있어 집합을 지시한 것이 아님을 예상할 수 있었다. 그런 예상이 들자 선임하사들의 낯빛이 평소와 달리 무겁게 굳어있는 것도 눈에 띄었다.

모두가 모이자 박 병장이 인사계의 침실에 가서 노크를 하고는,

"인사계님, 다들 집합했습니다."

"알았어."

객실에 나온 인사계는 두 벽 밑으로 늘어 놓인 의자에 앉은 얼굴들을 휘둘러보고는,

“어제부터 선임하사들하구 충분히 의논한 끝에 결정한 것을 알린다.”

“……?”

“제이크 새끼 우리 중대장으로 더 이상 자리에 앉아 있게 할 수 없다 이거야. 우리 손으루 쫓아버려야 한단 말야. 다들 같은 생각이잖아.”

일방적으로 같은 생각이잖느냐고 말한 인사계는 숨을 한번 돌리고 나서 뒷말을 이었다.

“우리는 제이크의 소행을 더 이상 그냥 참으며 내버려 둘 수가 없다. 카투사가 엽전 군발이 보다 더 좋다는 게 뭐냐? 솔직히 말해서 엽전 군발이들보다 낫게 먹고 자구 쐬푼이나 좀 만들어 쓰며 지내는 거 아냐?

그런데 제이크 이 새끼 그동안 어떤 짓을 했어? 그 헌 짓이 더럽구 치사하잖아. 이건 카투사들을 순전히 도둑놈으로 모는 짓이라구.

그래, 물 좀 가끔 빼먹었어. 일등병 월급 칠백 환 가지군 휴일날 집에 잠깐 다니러 갈 때 버스비나 겨우 될까 말까 한 형편이야. 그런데 양놈들은 어때? 철조망 밖에 기집애들 하나씩 정해 두구 살림까지 하잖아. 그래서 카투사들이 거 뭐 남아도는 물 좀 쪼끔씩 빼먹구 지내는 게 그렇게두 못 할 짓이야 그래?

그래 좋아, 부정행위라구 치자. 하지만 그건 걸렸다 하면 으레 끝장 보구 있잖아. 잠자리가 짤깍 찍어서 보내면 그날루 보따리 싸갖구 '라까미'아니냐 이 말야. 카투사치구 사진 찍혀 가라는데 안 가겠다구 지랄한 놈 있어? 순순히 갔어. 순순히.

그런데 제이크 새끼 이게 뭐야. 물 빼먹는 거 제 눈깔루 보지두 못했으면서 그 따위루 도둑놈 취급하는 방침을 세워? 우리 1군단 산하엔 우리 부대 말구두 수송중대가 둘이나 더 있어. 걔들은 지금도 토마스 때의 우리 부대나 같은데 제이크 이 새끼가 와서 좋은 분위기를 싹 망쳐 놓았어."

그렇게 말한 인사계는 이어서,

"당장 오늘 저녁에 더블백을 꾸려놓게 하라구. 그리고 내일 아침 점호 게기식 호각 소리가 나면 일제히 더블백들 메고 나와서 대열을 지어 시내 군단본부로 가는 거야. 군단에 가서 우린 제이크 밑에서 근무할 수 없다고 군단장한테 말하는 거야. 군단장으로 하여금 제이크 새끼가 우리 부대 캡틴으로 무능한 놈이란 걸 그렇게 직접 알리면 틀림없이 군단장이 인사조치할 거라구. 알았어?"

모두 침묵을 지켰다. 도무지 황당한 소리로만 느낀 나는 그냥 입을 닫고 있을 수가 없었다.

"그러니까 사전에 의심을 앞세워 취했던 제이크의 그 동안의 행동들이 못마땅하다는 걸 이유로 삼자는 건가요?"

"그렇지."

나는 잠시 사이를 두었다가.

"그건 이유로서 온당치 못합니다."

"어째서?"

"캡틴은 전 차량의 스피드 메터의 나사가 풀려있고, 그리고 그 풀려있는 이유를 너무도 잘 알고 있습니다. 거기다가 확실한 물증을 하나 갖고 있습니다. 바로 운행증입니다. 운행증을 보면 그게 가짜 운행 거리들, 빼먹은 연료량에 얼추 맞게 운행 거리를 조작한 사실이 누구에게나 환히 드러납니다. 그리고, 실제로 운행한 횟수나 거리는 작전 나간 군단 병참 기지창에 연락해 보면 고대로 알게 됩니다. 그쯤 되면 부정행위가 꼼짝없이 잡히죠. 헬리콥터가 찍어 보낸 부정유출 장면 사진 하나만이 아닙니다."

"……그러면 넌 이 꼴로 그냥 가만 있자는 거야?"

"그렇습니다."

"아니, 원래 규정상 군차량은 작전상 만탱크를 하도록 돼 있는데 제이크 새끼가 미리 의심을 해서 제한 급유를 하는데도?"

"미군이든 한국군이든 군대는 명령과 복종으로 이루어진 집단입니다. 부대 장병들은 지휘관이 명령하고 지시하는 대로 따를 의무뿐입니다."

"야, 그럼 넌, 우리끼리 얘기지만, 일과만 끝나면 양눔새끼들은 부리나케 홀에 찾아가 노는데 우리 엽전들은 막걸리 한 잔두 못 마시구 입이나 쩝쩝 다시면서 도둑놈 꼬리표나 달구 살아두 좋다는 소리야?"

"우리가 봉급을, 확실한 사실인지 아닌지는 모르지만, 듣기론 미국 정부에서 미군과 똑같은 액면으로 지급하는 카투사의 봉급을 우리 정부에서 받아 한국군과 똑같이 나눠주고 나머지는 국고로 환수한다지 않습니까? 그게 사실이라면 우리나라의 가난한 사정이 슬플 뿐이겠죠.

그런 사정이야 어떻든, 너희는 돈두 많이 받아 잘 쓰는데 그렇지 못한 우리가 부정행위를 좀 했기로 그렇게들 야단이냐, 하는 얘긴 해서는 안 될 가당찮은 소립니다."

"뭐라구? 가당찮어? 너 말 다했어?"

가시 돋은 눈이었다. 나는 내친 김에,

"물 몰래 빼먹는 짓은 도둑질이 아니라 얌생이질이라구 하는데, 우리가 너무도 가난하구 가난해서 그런 짓을 했구, 전 빈곤하기 짝이 없는 우리 현실을 생각하며 눈앞에서 벌어지는 비겁하고 누추한 얌생이질에 입을 다물고 지냈고 또 앞으로도 그럴 테지만 일단 그런 부정행위를 못하게 되면 하지 말 일입니다."

"……하아, 이거 예수님 한분 나왔네."

내가 가톨릭 신자인 사실을 아는 인사계가 비웃는 말을 던지고는 하얗게 웃었다.

"그리고, 더블백들을 둘러메고 군단장을 찾아가 농성을

한다? 그런다고 군단장이, 아, 그래, 하구 캡틴을 바꿔줄 것 같습니까? 우리가 무슨 공장의 노동자들 같은 존잽니까?

그건 엄연히 스트라이크입니다. 군대에선 말도 안 되는 스트라이크입니다. 아니, 반란으로 볼 수도 있죠.

큰일 납니다. 형무소에 가게 될지도 모릅니다. 그만둬야 합니다."

그러자 박 병장이 침실 칸막이 판자벽을 주먹으로 세차게 한번 내지르고는 날 선 눈은 시멘트 바닥을 향한 채,

"어느 놈이 자꾸 이론을 까는 거얏!"

"……?"

"여긴 엄연히 군대야. 명령에 살구 명령에 죽는 군대란 말얏!"

"……?"

내가 그의 얼굴을 뻔히 쳐다만 보고 있자 박 병장은 여전히 시선을 바닥으로 향한 채,

"우리는 오직 인사계님을 정점으로 첫째도 단결, 둘째도 단결, 셋째도 단결만이 있을 뿐야.

그 단결심을 갖진 못하나마, 뭐, 스트라이크? 반란? 형무소? 내 참 기가 막혀!"

그리고는 눈을 들어 내 얼굴을 벨 듯이 쏘아보며,

"이번 한 번 봐주지. 조용히 여기서 나가. 그리구 이 시

간 이후로는 우리 1소대 내가 직접 지휘할 거야. 분대장 필요 없어."

직위까지 박탈했다. 그것두 벼슬이라구. 나는 속으로 쓴웃음을 날리곤 잠시 바닥에 시선을 두고 있다가 자리에서 일어나 N.C.O를 나섰다. 소대 퀀셋의 내 방으로 돌아오자 나는 침대 위에 벌렁 누워버렸다. 답답한 노릇이다. 그러나 누구 하나 붙들고 말이라도 나눌 만한 소대원이 떠오르지 않았다. 그냥 눈을 감고 누워나 있을 수밖에 없었다.

한 시간쯤 지나서다. 박 병장의 목소리가 들려왔다. 그는 2분대 대원들도 모두 모이게 한 뒤 N.C.O에서의 결의 사항을 하달했다. 그의 어조는 단호했고, 소대원들은 누구 하나도 질문하거나 이의를 제기하지 않았다. 박 병장이 나가자 몇몇 대원들이 내 방엘 들어섰다.

"이 상병님, 선임하사님 말대로 해야 되는 거예요?"

"……."

내가 묵묵부답하자,

"그렇게 한다구 군단장한테 먹혀들까요?"

"……."

여전히 나는 아무 대답도 할 수가 없었다. 대원들은 머뭇머뭇 방을 나서고 말았다.

이튿날 아침 6시, 점호 집합 소리가 길게 울렸다. 그러나 누구 하나 전처럼 문을 활짝 열어젖히면서 뛰쳐나가는 대원이 없었다. 더블백을 멘 채 서성서성 망설이며 불안한 눈빛으로 서로를 둘러보기만 했다. 그때 두 멜빵을 모두거리로 한 어깨에 메고 군모를 삐딱하게 쓴 성 일병이 대원들 속을 헤치고 가더니 문을 삐끔히 열었다.

홀쭉하게 키가 큰 성 일병은 제 말인 즉 입대 전 서울 종로통에서 한술 뜨던 몸이랬다. 아닌 게 아니라 그가 했던 짓거리로 보면 그게 짜장 과장이거나 허언만은 아닌 듯도 싶었다.

내가 분대장이 되기 전이었다.

하루는 작전을 나갔던 소대원들이 일과를 마치고 다들 귀대했는데 그는 돌아오지를 않았다. 선임하사가 두 번이나 소대 막사를 다녀가도록 그에게선 소식이 없었다. 그는 자정이 넘어서야 귀대했다. 동료들이 둘러싸며 물어대자 씩 웃으며 하는 소리가 기가 막혔다. 제 차를 팔아먹으려고 이리저리 돌아다니다가 원주까지 가게 됐는데 거기서도 찻값을 겨우 20만 환 주겠다 해서 그냥 돌아왔다는 것이다.

삐끔히 문을 연 성 일병은 그때 마침 연병장 건너 4소대의 막사 문이 열리면서 우르르 대원들이 쏟아져 나오는 걸 본 순간 저도 문에 퍽 발길질을 하며 외쳤다.

"씨발, 나가자!"

그의 행동이 불을 당겼다. 소대원들이 뒤따라 몸을 움직였다. 하지만 여전히 성 일병 같은 힘찬 발걸음이 아니었다. 모두 어슬렁어슬렁 느린 걸음으로, 호각을 손에 쥐고는 연병장 중앙에 서 있는 인사계 써전트 와이만에게 눈을 둔 채 저희들 집합 자리로 갔다.

써전트 와이만은 키운 눈으로 두리번거리며 무슨 일? 어쩌자는 거야? 하고 소리쳤다. 그때 중대본부를 나선 캡틴 제이크, 와이만과 몇 마디 이야기를 나눈 그는 곧 몸을 돌려 사무실로 가더니 잠시 후 권총을 들고 나왔다. 그는 정렬을 하지 않고 무더기 무더기 모여서 있는 카투사를 향해 입을 열었다.

"그대들이 왜 이러는지, 무엇을 원하는지 나는 알지 못한다. 한국군 헌병대에 신고했으니 10분 정도면 그들이 올 것이다. 그들에게 그대들의 뜻을 밝혀라."

뒤미처 그는 위병소에 철제 정문을 닫아걸도록 명하고 이어 미군들을 집합시켜 각 소대 막사를 돌며 간밤 초병 근무병들이 지참했던 칼빈 소총들을 수거해 오도록 지시했다.

이쯤 되자 멍청히들 서 있던 카투사들, 제일 먼저 막사 문을 박차고 뛰쳐나왔던 4소대 열성패들은 이 꼴로 그냥 서 있기만 했다간 죽도 밥도 안 된다는 생각이 불끈 솟은 모양이다.

"야, 병신새끼들마냥 이러고만 있으면 안 돼. 자, 가자!"

앞잡이의 선동에 불이 붙은 몇몇이 정문으로 뛰어갔다. 잠긴 문의 쇠창살을 흔들던 그들은 냅다 문살을 타고 기어오르기 시작했다. 미군들이 달려들어 끌어내렸고, 당연히 옥신각신 몸싸움이 벌어졌다.

잠시 그런 일이 계속될 때였다. 의정부 시내 쪽 한길에 다급한 사이렌 소리와 함께 헤드라이트를 켠 두 대의 지프와 무장 헌병들을 실은 스리쿼터 한 대가 나타났다. 그와 함께 정문의 몸싸움은 금세 거품처럼 꺼졌고, 어깆어깆 제 자리로 돌아온 대원들은 마치 공장주에게 항의하다 실패한 노동자들처럼 맥없이 엉거주춤 모여서 있었다.

막사 앞에 나와 팔짱을 끼고 서 있던 나는 한순간 인사계를 비롯한 선임하사들이 한 명도 나와 있지 않은 게 눈에 띄었다. 나는 N.C.O로 갔다. 홱 문을 열고 들어서니 그들은 자못 긴장한 얼굴로 한자리에 모여서 있었다.

"당신들은 왜 안 나오는 거요?"

나는 거칠게 소리쳤다. 박 병장이 한 걸음 나서며,

"이 상병, 이 일은 애들이 먼저 자발적으로 앞장서서 일으키는 걸로 해야 더 효과가 있잖아?"

순간 나는 피가 머리 끝으로 솟구쳤다.

"이런 비겁한 인간들!"

뒤미처 나는 옆에 있는 캐비닛 위로 손이 갔다. 철모를

잡자 시멘트 바닥에 힘껏 내동댕이치며,

"구역질 나는 인간들!, 당신들이 저질렀으니까 당신들이 책임져!"

호통을 치고는 밖으로 나왔다. 뒤따라 그들도 주뼛주뼛 문을 나섰다. 그 사이 무장한 헌병들은 이미 앞에 총 자세로 연병장을 에워싸듯 늘어서 있었다.

인솔 장교는 소령이었다. 그 역시 철모에 권총을 찼는데 잔뜩 화가 치밀어 벌게진 얼굴로 양손을 허리에 짚더니,

"이 새끼들아, 지금 느덜 무슨 짓 하는지 알고 있어? 이건 폭동 반란야, 폭동 반란! 느덜 이 새끼들아 전시면 모조리 총살야, 총살!

휘발유 도둑질해서 잘 처먹고 배때기에 기름이 끼니까 대가리가 돌아? 지휘관 명령 없이 보따리 싸들구 부대 이탈, 뒈지고 싶어서 환장했어, 이 새끼들!"

그러고는 수사관들을 향해,

"이 새끼들 소대별로 각각 분산 인솔해서 조사해 봐."

명찰, 계급장이 없는 군복 차림의 수사관들은 기민한 동작으로 소대별 정렬을 지시한 뒤 여기저기로 인솔해 갔다.

장교는 한켠에 모여 서 있는 인사계를 비롯한 선임하사와 우리 분대장들의 자리로 걸어왔다.

"이 새끼들아, 느덜은 뭐하는 새끼들야? 느덜, 애새끼들 도둑질하구 오면 삥땅 처먹잖어? 손가락 하나 까딱 안 하

고 삥땅 받아 처먹으면 이런 사고나 내지 말아야지, 이 새끼들아!

아니, 이 쌔끼들아, 느덜이 시켰지? 새로 온 중대장이 휘발유 못 팔아먹게 자물통 채운다는 소문 우리도 들어서 알고 있어. 휘발유 못 팔아먹고 삥땅 받지 못하니까, 쌔끼들아, 느덜이 시켰지?

이 새끼들, 군인 정신 다 빠져버린 썩은 동태 같은 새끼들야, 느덜! 느덜 이 새끼들아, 모조리 깜방에 가서 그 배때기의 기름 좀 쫙쫙 빼고 나야 정신 좀 들겠어. 할 말 없지, 이 새끼들아!

……어디 할 말 있는 놈 있으면 말 좀 해 봐. 느덜 아가리로 하는 변명도 들어 볼 테니까."

하더니 한 수사관을 불러, 이 새끼들 따로 본부로 데려가서 조사하라고 명했다.

나는 스리쿼터에 실려 가면서 불을 보듯 뻔히 실패할 난동임을 예측하면서도 좀 더 적극적으로 반대하거나 만류하지 못한 자신의 태도를 후회했다. 하지만 이제 후회는 소용없는 것이고, 난동의 후유증이나 최소화하는 길을 찾고 싶었다. 그게 뭔가?

그때 내 옆에 앉아 있는 박 병장이 옆구리를 건드리곤,

"이 상병, 나 몽키하우스에 가게 될 게 틀림없지?"

나는 잠시 그의 얼굴을 쳐다보다가,

"……글쎄요."

들릴 듯 말 듯 뇌까렸다. 그러자 박 병장은 와락 두 손으로 내 손을 감싸 쥐면서,

"이 상병, 내가 몽키하우스에 가면 우리 집 식구는 다 굶어 죽어. 나 좀 봐 줘. 말 좀 잘해 줘."

내가 사실대로 토설할까 봐 의심을 두고서 애걸하는 꼬락서니가 또 미웠다.

"제발 가만히 좀 계슈."

"살려 줘, 이 상병! 내가 너무 잘못했어!"

"……."

그런 내 머릿속엔 평소 영내에서 미군과 카투사 사이에 발생했던 사소한 갈등들이 떠올랐다.

식당에서 식사할 때 카투사 중에 쩝쩝 소리가 나게 음식물을 씹은 경우가 있었다. 그러자 앞자리에 앉았던 미군이, 너는 돼지 새끼 같이 먹는다,며 화를 낸 일이 있었단다. 또 어느 날은 카투사가 용변을 마치고 나온 화장실에 들어간 흑인 병사가, 스멜 스멜, 하고는 화난 얼굴로, 갓뎀 갓뎀, 한 적도 있었단다. 카투사들은 부대 식당의 식사 외에 곧잘 한국 음식도 사 먹었기 때문에 변이 별다른 냄새를 풍기기도 했던 것이다. 그런가 하면 미군 중에는 카투사에게 피엑스 물건을 사다주겠다고 달러를 받고는 떼먹은 경우도 있었단다.

들어서 알게 된 일련의 사건들을 뒤져보니 이런 것들이 나타났지만 그 정도가 난동의 핑겟거리가 될 만하게 여겨지진 않았다. 구질구질하고 너무도 사소한 사건에 불과했기 때문이다. 더구나 그런 걸 따지다 보면 카투사들이 미군들을 골탕 먹인 사건들도 덮어 둬서는 안 되었다.

미군들은 오징어 냄새를 아주 질색한다. 그래서 미군 중에 누가 미운 짓을 하면 카투사는, 겨울 같은 때면, 난로 위에 오징어 다리 몇 개쯤을 던져버린다. 그 타는 냄새가 막사 안에 퍼지면 잠자던 미군들은 벌떡 일어나 비명을 지르듯, 스멜 스멜, 외치고는 담요를 뒤집어 쓴 채 퀀셋 밖으로 뛰쳐나갔단다.

이런 행태로 보면 피차간 피장파장이지 저쪽의 작은 짓들만을 집단 난동의 구실로 갖다 디미는 것도 군색하고 우습다. 그럼 어쩐다? 구차스럽지만 그런 핑계나 댈 밖에 없나?

우리를 본부 사무실로 데리고 들어간 수사관은 군모를 벗어서 책상 위에 던지고 나자 댓바람에,

"야, 이 새끼들아, 느덜 중에 반란을 일으키자 하구 말을 꺼낸 눔이 있겠지? 맨 먼저 누가 누구에게 그리구 그 담에 누구에게, 어디 그 순서대루 서 봐."

"……."

대답 없이 서 있기만 하자 수사관은 인사계를 향해,

"니가 인사계 하사 새끼니까 니가 첨으루 이빨을 깠겠지?"

"아닙니다."

"그래? 그럼 빨리 순서대루 서 봐."

그러자 모두 움직이기 시작했다. 수사관의 말에서 어딘가 장난기 같은 걸 느낀 나는 그냥 그 자리에 가만히 서 있었다. 잠시 후, 일렬종대로 동작들을 멈췄는데 수사관이 내 앞으로 왔다. 양손을 옆구리에 짚은 그는,

"상등병 새끼인 니가 주모 했어?"

그 말을 듣고 뒤를 돌아보니 그들은 나에게서 한발짝 떨어져 4소대 분대장을 선두로 서 있었다. 고개를 바로한 내가 미처 말문을 열기도 전에 수사관은 홱 몸을 돌리더니 4소대 분대장부터 군홧발로 정강이를 걷어찼다.

"이 비겁한 새끼들, 느덜 이럴 줄 알았어, 쌔끼들아! 솔직하게 서려니 믿은 줄 알아?"

꽤는 아픈가 보았다. 상을 찌푸리며 비틀거리던 몸을 겨우 바로잡고 다시 부동자세를 취한다.

"저 벽 밑에 가서 꿇어앉아, 이 새끼들아."

잠시 후, 우리는 포천에 있는 군단 수사실로 이송되었다.

그 후 일주일 동안 받은 긴장과 고통은 지금 생각해도 몸이 으스스 해진다.

수사실엔 두 개의 의자가 마주 놓인 책상 세 개가 일정한 간격으로 놓여 있을 뿐이었다. 그 외엔 어떤 사무용 집기 하나도 없는 그 텅 빈 듯한 공간감이 섬뜩함을 일게 했다.

그 수사실에 들어가 지시대로 벽 앞에 늘어선 순간 맞은편 벽면의 유리창으로 눈에 확 들어오는 것이 있었다. 빡빡 깎은 머리에 누우런 복색을 하고 차렷 좌세의 일렬 횡대로 꿇어앉아 있는 군 죄수들. 점호를 받는 건가. 빠르고 큰소리로 순번을 외치는 소리가 들렸다. 그런데 누가 틀리게 외치기라도 했는가. 뒷덜미를 확 잡아채어 상대가 통로 바닥에 나가떨어지자 헌병은 군홧발로 마구 걷어찼다.

공포스럽기 그지없는 그런 현장의 목격은 인사계를 비롯한 선임하사들의 입을 쉽게 여는 열쇠 구실을 했다. 솔직하게 말씀드려 그렇게 하면 군단장이 제이크를 갈아치울 걸로 생각하구 지가 선임하사들한테 말을 꺼냈습니다. 인사계가 토설을 했다.

그래서 일은 간단히 마무리 될 걸로 생각되었다. 몇몇이 한국군으로 가는 정도겠지 싶었다.

사실 당시 카투사의 군법적 위상은 다소 애매하게 여겨지는 면이 없지 않았다. 인사 관리가 미군 측에 있는 까닭인가. 카투사의 과실이 발생한 경우 미군 군법에 의하긴 하되 강한 처벌이라는 게 한국군으로 전속시키는 게 고작이었다. 그래설까, 한국군 측에서도 카투사의 사고는 엄격하게 캐고 들지 않는 듯한 인상을 느끼곤 했었다.

아무튼 생각 밖으로 일은 일주일 만에 쉽게 끝난다 싶었다. 참 다행스럽다. 하지만 그건 착각이었다. 미군 당국에선 그런 단순한 이유의 난동이 아니라 오열 분자가 침투하여 벌인 반란이잖은가 하는 의심의 여지까지 두었던 것이다.

미군 소령이 세 명의 수사관과 네 명의 통역관들을 대동하고 부대에 나타났다. 수사관들은 모두 권총을 휴대했고, 부대에 오자마자 곧장 4개 운전소대 카투사 전원을 연병장에 집합시킨 뒤 한 명의 수사관이 통역관과 함께 한 소대씩을 맡아 분산해서 조사에 들어갔다.

우리 1소대는 소령이 담당했다. 그런데 소령뿐 아니라 다른 수사관들도 선임하사들은 제쳐 놓고 제일 먼저 분대장들을 불러 앉혔다.

아, 그런데, 이게 참 지금 생각해도 놀라운 일이었다. 그들은 질문할 사항을 미리 타자로 쳐왔는데, 나중 보니 그게 무려 200개였다. 얼마나 철저하고 세밀하게 분석 대처했는가를 여실히 깨닫게 하는 것이었다. 거기다가 더욱 놀라운 것은 질문 어법이었다. 지금은 질문 내용이야 다 잊었지만 그 묻는 말의 표현 방법만은 여전히 생생히 기억한다. 한마디로, 앞에서는 묻는 말에, 아니오, 했다가 다음 질문에서는, 네, 하는 경우가 발생하게 되는 것이다. 같은 내용인데 말이다.

그러면 소령은 권총을 빼 들고는 당장 후려갈길 듯한 동작을 보이며, 왜 거짓말을 하느냐는 것이다. 그래서 다시 듣고 보면 내가 그 방법에 혼동을 일으켰던 것이다. 정신을 바짝 차리고 인사계, 선임하사 누구에게도 처벌이 최소화하도록 치밀하게 대처한다고 마음먹은 나였건만 그 심문 솜씨엔 쉽게 이길 수가 없었다. 종종 입술이 바삭바삭 말랐다.

내 은폐의 교활성이 그 정도니 소박하고 단순한 소대원들의 심문 결과는 들으나 마나 뻔했다. 더구나 첫날 200개였던 질문사항이 다음날엔 무려 400개로 배가 되어 있었다. 피라미뿐 아니라 송사리들까지 싹쓸이하는 그물코였다. 두 달 만에 부대로 통보가 왔다. 오열 분자의 침입은 없으며 연료 부정 유출 방지책 실시에 연유한 것으로 그 경위가 어떻게 이루어졌다는 사실을 마치 사진으로 찍고 눈으로 본 듯이 세세히 알려주었다.

수사가 종결된 후 무려 두 달 만에 외출로 집엘 왔더니 형님이 물으셨다.

"너 부대에서 무슨 일 있었니?"

"……왜요?"

"경찰서로 신원조회가 왔었어."

"……별일 없었어요."

다시 생각하기조차 싫었다.

8

드는 정은 몰라도 나는 정은 안다던가.

인사계를 비롯해서 선임하사들과 사건 발생 시 정문에서 위병들과 몸싸움까지 벌였던 4소대 두 분대장, 모두 7명이 전출되자 부대 분위기는 물 빠진 저수지처럼 공허감에 잠기고 생기가 없었다.

떠난 사람들이 엄격하고 단호한 군율을 깨닫게 하는 지휘 상급병이라기보다 그 군조직의 특수성을 이용한 한낱 야비하고 누추한 얌생이 두목 짓을 한 인물들에 불과하더라도, 가난이 원죄였다는 이해 때문일까, 막상 침울한 얼굴들로 스리쿼터를 타고 사라지던 모습은 카투사들 모두의 마음을 어둡고 허전하게 했다.

캡틴 제이크는 곧 카투사들의 인사이동을 단행했다. 각 소대 분대장들 중 선임 상등병을 병장으로 가진급시켜 소속 소대의 선임하사로 임명했다. 나는 물론 1소대 선임하사가 되었다.

한편 부대에는 오랫동안 공석이었던 참모장교인 부관이 부임했다. 레이드라는 이름의 소위인데, 듣자니 하버드대 출신이라던가.

그 뒤 한 달쯤 지난 날이었다. 캡틴 제이크가 아침 점호에 나오지를 않았다. 그러나 그저 그럴 만한 일이 있나 보다 했는데 두어 시간쯤 지나서였다. 헬리콥터 한 대가 부대 상공에 나타나 원을 그리고 한 바퀴 돌면서 열린 문 앞에 선 제이크가 팔을 내젓고 있었다. 아, 제이크가 가는구나. 그러나 물론 우리는 그것이 제이크 자신의 요청에 의한 건지 상부의 조처인지는 알지 못했다.

그에 이어서 며칠 뒤엔 근무 기간 만료로 콜라소도 귀국을 했다. 헤어지던 날 그는 지프에 더블백을 실은 뒤 차에 오르기 전 내게 환하게 웃으며 손을 내밀었다.

"싸진 이, 514는 내 군대 생활 중 가장 강한 기억으로 남을 것이오. 그동안 고마웠소."

"싸진 콜라소, 전쟁을 겪은 한국인들은 끔찍한 굶주림으로 고통 받고 있소. 이해해 주시오."

웃음을 걷고 나직한 소리로 말하자 그도 낯빛을 굳히며,

"나도 몹시 배고픈 어린 시절을 보냈소. 나는 다만 카투사들의 착취 구조가 미웠을 뿐이오. 희망을 갖고 삽시다."

"고맙소."

우리는 악수하고 헤어졌다.

그리고 바로 그날로 1소대엔 새 미군 선임하사가 부임했다. 써전트 윈스톤인데 꼭 고릴라 같은 인상을 풍기는 거구의 흑인이었다.

내 숙소는 카투사 N.C.O로 옮겨졌고, 선임하사의 업무가 시작되었다. 바로 그 첫날이었다.

아니, 그 첫날 생긴 일을 말하자면 먼저 캡틴 제이크의 실책 하나를 밝혀야겠다.

부대 난동 사건의 수사가 종결되고 인사조처도 끝나자 제이크는 곧 연료 급유량의 제한을 풀어 버렸다. 그는 카투사들의 조직적인 연료 부당 유출 행위를 근절한 만치 이제 원칙적인 전술 관리 상태로 회귀해야 한다고 판단했던 모양이다. 그게 곧 오판이었다. 카투사 운전병들의 행태는 예전 그대로 돌아갔기 때문이다.

소대 전원이 작전에 나갔다가 귀대한 뒤였다. 모두 외출을 하고, 나는 저녁을 먹은 후 영화관에서 서부영화를 보고 숙소로 돌아왔다. 잠자리에 들려고 침대 담요를 들춘 나는 깜짝 놀랐다. 수북한 지폐 더미가 나타났던 것이다. 어, 이 새끼덜……. 부리나케 대충 간추린 돈다발을 꺾어 바지 주머니에 불룩하게 쑤셔 넣은 나는 곧장 소대 막사로 갔다. 두 퀀셋 소대원들을 한자리에 집합시키자 나는 먼저 경 일병을 불러 돈뭉치를 꺼내 건네고서,

"이 돈 나한텐 줄 거 없어. 본인들에게 돌려줘."

"……?"

"나한텐 상납 같은 거 안 해도 된다구."

소대원들은 멀뚱해진 눈을 바닥으로 향한 채 여전히 어떤 응대가 없었다. 나는 다시 입을 열었다.

"느덜 연료 부정 유출을 왜 하지? 굶주리고 헐벗는 가난 때문이잖아? 군율로는 애당초 말도 안 되는 그 짓을 해서라도 입에 풀칠을 하는 거라구. 그래서 그런 짓이 얼마나 비루하고 수치스런 부정행위인가를 알면서도 나는 눈을 감고 입을 다물 뿐야. 그런데 선임하사구 개뼉다귀구 지가 뭔데 상납을 받아?

……또다시 어떤 사고가 발생하여, 쫓겨간 사람들처럼 나도 한국군으로 쫓겨갈까 봐 겁이 나서 그러는 것도 아냐. 그러니 내겐 그런 대접 안 해도 돼, 알았어?"

그러자 경 일병이,

"즈이도 선임하사님은 안 받으실 분인 것 같아 망설이긴 했었습니다."

"그런데 왜 그런 짓을 했어?"

"으레 하던 일이어서, 그냥 있기두 뭣하구 하길래 …… 알았습니다. 제가 받아뒀다가 소대 경비로 쓰겠습니다."

"소대 경비? 소대에 돈 쓸 일이 뭐 있어?"

"야식도 시켜 먹고, 가끔 대포도 마시고, 휴가, 외박, 외출할 땐 교통비라도 주고 하겠습니다."

그러고는 뒤미처 대원들을 향해,

"내 생각이 어떠냐?"

모두 기다렸다는 듯이, 좋습니다, 하고 큰소리로 대답했다. 경 일병은 씽그레 웃음 띤 얼굴을 내게 돌리고는,

"다들 제 의견에 동의합니다."

거기서 나는 더 이상 무슨 말을 하고 싶지 않았다. 시간이 갈수록 구차하고 초라한 느낌이 솟아 빨리 끝내고 싶었다. 나는 그냥 빙긋 웃고는 해산케 한 뒤 숙소로 돌아왔다.

그러나 일이 말끔하고 개운하게 정리된 건 아니었다. 첫 휴일날 경 일병은 나 모르게 내 숙소에 들어와 외출복 호주머니에 그가 말한 바 있는 '교통비'를 넣고 간 것이다. 그것도 미처 예상치 못했던 나는 우욱 화가 치밀어 경 일병을 만나러 소대 막사로 가려 했다.

그러나 도어 앞에서 발을 멈췄다. 문득 구질한 일에 골타분하게 매달린다는 생각이 들면서 눈 속에는 언제나 맨몸들로 뛰놀다가 쌈이나 하는 고아원 아이들 모습이 떠올랐던 것이다. 그래 그놈들한테 장난감을 사줘야겠군. 자리로 돌아온 나는 돈을 캐비닛에 간수했다.

그러고 보니 이후 내게는 돈 쓸 일들이 빈발했다.

초겨울에 들어선 11월의 어느 토요일이다.

꽤 오랫동안 휴일이 와도 외출, 외박을 하지 않고 지낸

나는 그날도 고아원에 잉여 음식물을 갖다 주는 일을 끝내고는 그저 숙소에 처박혀 책을 읽거나 누운 채 눈을 감고 공상에나 잠겨 지냈다.

4·19 직후 금족령이 풀리면서 두어 번 휴일을 틈타 서울을 다녀온 나는 자신에 대한 실망감에 사로잡혀 있었다. 대학 재학 중인 몇몇 친구들을 만난 이후 생긴 일이었다.

내가 입대 전 친했던 친구 중 한 명이 경무대 앞에서 죽었고, 여러 친구가 다친 걸 알게 되면서 나는 그들의 행동에 동참하지 못한 자신을 두고 내심 부끄럽고 초라하게 느껴졌던 것이다.

물론 나는 군 복무자의 신분이었지만 그걸 무슨 면피로 삼을 수는 없는 것 같은 감정이 솟는 것이었다. 아니 일개 병사의 몸으로 금족령에 묶이고 나아가 24시간 완전무장을 한 채 언제라도 즉각 출동할 수 있는 태세로 그냥 지낸 사실이 친구들의 격렬한, 열정적이고 희생적인 삶의 대열에서 너무도 멀리 벗어난, 초라한 낙오자의 모습으로 떠오르는 것이었다. 가슴 한편의 우울감을 떨칠 수 없는 나는 오랫동안 집에도 다녀오지 않으면서 텅 빈 쓸쓸한 영내에서 그저 책이나 읽으며 휴일을 지내는 터였다.

헌데 그날 오후였다.

밖에서 써전트 윈스톤을 찾는 소리가 들려왔다. 연거푸 불러대는 여자의 목소리. 나는 책을 놓고 일어났다.

밖에는 굵은 눈송이들이 날리고 있었다. 옆의 퀀셋은 미군 N.C.O 여자는 그 앞 철조망을 양손을 벌려 짚고 서서 윈스톤을 찾는 것이었다. 첫눈에 몹시 술에 취한 '양공주'였다.

그녀는 나를 보자,

"윈스톤 좀 불러어주세요오, 윈스톤."

헝클어진 머리에 상의 단추는 모두 풀어져 있는 모습, 심상치가 않았다.

"왜 그러시는데요?"

여자는 취기에 젖은 눈을 돌려 잠시 바라보다가,

"아저씨, 윈스토온 좀 불러어주세요오, 윈스톤."

"윈스톤 외출했죠, 외출."

"외출요오? 흥, 걔야 벌써 두 달째 생활비 안 줘요오. 나, 난 뭐 먹구우 살죠오?

근데에……, 알구보니까 시내에 있는 년한테에 붙어버렸어어. 그랬으며언 두 달 치는 주구우 가야아지. 그 새끼이 공×을 하겠다는 거야아. 치사하구 더러운 껌둥이 새끼이! 윈스토온, 이 새꺄 나와 봐!"

"……알았어요. 내 윈스톤 들어오면 말해서 생활비 갖다 드리게 할 테니 그만 돌아가세요."

취한 눈으로 나를 뻔히 쳐다보다가,

"……아저씨가 갖다 주게 한다구요오? 흐흣, 아저씨가아 그눔 보다 높아요오? 흥, 걔들이 엽저언 말 고분고분 들어요오? ……윈스토온이나 불러줘요, 윈스토온!"

"글쎄 외출하구 없다니까요. ……틀림없이 내가 갖다드리게 할 테니 그만 돌아가세요."

하지만 여자는 여전히 내 말을 믿지 못하겠던지 계속 윈스톤을 소리쳐 불러댔다.

이런 꼴을 본 게 저만치 정문 위병소의 당직 미군이었다. 그는 곧 헌병대에 신고를 했다. 10분이 채 안 되어 M.P 지프가 왔고, 차에서 내린 건장한 두 미군 M.P는 위병과 몇 마디를 나눈 뒤 곧장 철조망에 붙어있는 여자에게 갔다. 그들은 이러고 저러고가 없었다. 양쪽에서 왁살스레 여자의 어깨를 잡자 질질 끌고 가서는 지프의 문을 열고 번쩍 들어 올려 구겨 박아 버렸다. 나는 넋 나간 눈으로 멀어져가는 지프를 멍하니 바라보고 서있었다.

얼마 전 유엔군으로 참전했던 터키군이 본국으로 철수할 때였다. 우리 부대의 전차량이 그들을 주둔지에서 인천항까지 수송하는 작전에 동원되었다. 내가 그 인솔의 총 책임병으로 가게 되었다. 100대의 2½톤 트럭들이 미헌병 지프의 에스코트를 받으며 컨보이 행렬로 주둔지를 다 빠져나간 후미에 내가 레카차를 몰며 연병장을 빠져나갈 때였다. 길가에서 두 여자가 엉겨 붙어 이리 구르고 저리 구르고 하는 것이 눈에 띄었다. 그녀들 앞에서 차를 멈

춘 내가,

"왜들 그래요?"

그러자 한 여자의 윗몸을 뒤에서 껴안아 일으킨 여자가,

"저하구 살던 애가 귀국하거든요. 이제 뭘 먹구 사느냐구 이래요."

나는 아무 말도 할 수가 없었다.

그 몇 달 전 터키군의 기동 훈련 때도 우리 부대에서 지원 작전을 나간 적이 있었다. 사흘 동안 그들과 함께 지냈는데 터키군의 생활 형편이 당시 한국군의 사정과 별로 차이가 없음을 발견했었다. 체벌이 있는가 하면 야전용 수준의 변소엔 놀랍게도 휴지가 없었다. 그리고 사흘 동안 내 차 보조석에 탑승한 상급 병사에게선 목욕을 한 번도 안 한 듯한 악취, 줄곧 파리들이 몰려들어 난처했었다.

그런 가난뱅이 군대의 병사가 동거녀에게 살림 돈을 줬으면 얼마나 줬을까. 뻔하겠지. 그런데도 그게 끊기자 몸부림치며 울어야 하는 가난한 우리 딸들, 콧마루가 시큰해진 나는 차를 움직였다.

카투사나 미군이나 외출을 하면 거개가 당일 24시가 다 돼서 통근차를 타고 귀대하고, 외박이면 담날인 일요일 자정이 돼서야 돌아온다. 영외에서 한국 여자와 동거하는 윈스톤도 그렇게 지낸다. 그러나 나는 윈스톤이 아직 귀대하지 않았을 시각임을 뻔히 알면서도 자꾸만 그의

숙소를 들락거렸다. 그만큼 가슴속에 솟구치는 화를 지그시 누르고 앉아 있을 수가 없었던 것이다.

윈스톤은 10시가 다 돼서야 돌아왔다. 나는 그를 보자 당장 멱살이라도 잡을 듯한 험한 낯으로,

"이봐, 당신 왜 먼저 살던 여자한테 생활비 안 줬어?"

"무슨 소리, 난 돈 다 주었어."

"야, 이 거짓말쟁이! 넌 참 비겁한 인간야. 당장 두 달치 약속대로 갖다 주라구."

"주었다니까."

"당신 정말 거짓말 고집할 거야?"

"그 여자가 거짓말이야!"

"기가 막혀. 야, 그럼 좋아. 난 이 사실을 내일 보좌관한테 말할 거야. 보좌관이 바르게 처리 안 하면 군단장한테 찾아가 알릴 거야. 군단장이 옳게 해결하지 않으면 너의 대통령에게 편지할 거야."

그러자 윈스톤은 당장 기가 꺾인 낯빛이 되었다. 그러고도 그는 계속 그 여자가 거짓말을 하는 거라고 중얼거렸다.

"여자가 거짓말을 하는 거라면 보좌관한테 그렇게 밝히라구. 내가 여자를 불러올 테니까."

그러고는 끝으로,

"당신은 링컨 대통령의 양심도 거짓이라고 말하고 싶겠

지?"

하는 말을 던지고는 자리를 떴다.

그 이튿날이다. 정문 위병소에서 연락이 왔다. 여자가 면회를 왔다는 것이다. 여자? 누군가?

면회를 온 여자는 부대 마을에 살고 있는 '양공주 대장'이었다.

그녀는 나와 안면을 트고 지내는 사이가 아니다. 아니, 카투사 누구와도 알음알이로 지내는 터가 아니다. 영문 밖 마을 길을 돌아다니거나 부대의 비어홀에 들락거리는 게 눈에 띄어서 낯이 익긴 했고, '양공주 대장'이라는 정도 소문을 듣긴 했지만 한 번도 알은 체를 하거나 말을 주고받은 적이 없었다. 빨강 바지와 검정색 잠바를 입고 새빨간 루주를 바른 여자는 나를 만나자 활짝 웃으며 초록색 매니큐어를 바른 손을 내밀었다.

내가 느릿이 징그러운 손을 마주 잡자,

"이 병장, 너무너무 고마웠어. 애는 어제 내가 가서 바로 데려왔구, 깜둥이 새끼 밤늦게 돈 갖구 와서 줬어. 고마워, 이 병장."

그동안 친하게 지낸 사이 같은 스스럼없는 말투였다. 거기다가 반말이었지만 대여섯 살은 위로 보이는 눈어림이어서 귀에 거슬릴 것도 없었다.

"잘 해결되었군요."

"그려어. 이 병장, 정말 고마웠어. 그 년이 이년 저년한테 얻어먹어야 하는 처지였거든."

그러고는 그녀는 다정스레 내 옆구리를 가볍게 한번 치고는 여전히 밝게 웃으며 몸을 돌렸다.

이 사건 이후 나는 예상치 않은 여러 일을 겪어야 했다.

첫 번째 사건은 바로 그 사흘 뒤에 생겼다.

그날은 내가 당직을 서는 날이었다. 권총을 차고 당직실 난로 앞에 앉아 있던 나는 밤 10시가 되자 자리에서 일어났다. 사흘 전 첫눈치고는 꽤 많은 강설이 있었는데 또다시 눈이 쏟아지는 날이어서 초병들의 근무 태도가 걱정스러웠다. 몇 달 전 세차장의 컴프레서를 도난당한 것만 해도 해당 초병의 나태한 근무 태도로 발생한 사건이었던 것이다. 졸립다고 공구실 벽에 기대앉아 잠을 잤으니 말도 안 된다.

펑펑 쏟아지는 굵은 눈발, 초병 앞에 이르면,

"근무 중 이상 무!"

"춥지?"

"뜨뜻하게 입어서 괜찮습니다."

그렇게 세 초소를 지날 때였다.

"이 병장님! 저 좀 보세요."

그와 함께 찍찍찍 슬리퍼를 끌며 다가오는 여자.

"뭐야?"

여자는 가까이 와서야,

"이 병장님, 추워서 잠을 못 자겠어요. 숯 좀 사다 때게 돈 있으면 좀 주세요."

낯모르는 여자지만 속으로 빙긋 쓴웃음을 지은 나는 바지 주머니에서 지폐를 꺼내 조그만 돌 하나를 주어 돌돌 말아서는 철조망 사이로 던졌다. 여자는 눈 속에 박힌 돈을 집어가지곤 아무 말 없이 다시 찍찍찍 슬리퍼를 끌고 가버렸다.

그게 물꼬를 터버린 일이 되었는가 보다. 어려움을 겪는 여자들은 내가 당직을 서지 않는 날에도 불러냈고, 때로는 대낮에까지 철조망 앞에서 찾았다. 흥, 내가 '양공주 오라비'가 되었구나. 그러나 속으로 무슨 모욕감 따위를 느끼는 건 아니었다. 오히려 도울 수 있으면 도와주어야겠다는 생각이 더해 갔다.

어떻든 이런 나의 태도는 우리 카투사들에게도 영향을 끼치는 바가 있었다. 뻔한 얘기를 다시 꺼내지만, 양공주들은 우선 그 복색과 화장 따위가 여느 여자들과 눈에 띄게 표가 났다. 빨강, 파랑 같은 원색 옷에다가 아이섀도, 매니큐어, 루주를 짙게 바르곤 노상 짝짝짝 소리 나게 껌을 씹는다. 여름철이면 그게 팬티라고나 보일 만한 짧은 바지를 입고 슬리퍼를 찍찍 끌고 돌아다닌다. 그러다가 낮잠이라도 잘라치면 발도 치지 않은 채 방문을 활짝 열어놓고 잠자리에 발랑 누워 잔다.

그러니 작전 없는 날 주차장에 나가 찻일 하는 카투사들이 그 모양을 보고 어쩌겠는가. 일손을 놀리면서 또는 모여 서서 음담패설로 킬킬대다가,

"춘자야, 어젯밤에 너무 시달렸지? 세 번이냐 네 번이냐."

"걔들은 당나귀 것만 하지만 물렁물렁 해서 맛이 없지. 빳빳한 내 맛 좀 볼래, 오늘밤?"

하는 육담들을 뱉어 버린다.

이런 지저분한 소릴 들어도 전연 응대가 없이 그냥 잠들이나 자지만, 개중에는 발딱 일어나 앉아 거칠게 대거리를 하는 여자도 있었다.

"야야, 이 엽전 군발이 새끼들아, 느덜은 돈을 떠블백에 지고 와도 안 받아줘, 새끼들아." 하거나,

"주접 떨지 말구 휘발유 도둑질이나 잘 해 처먹어."

이 꼴로 철조망을 사이에 두고 거칠기 짝이 없는 말싸움이 벌어졌다.

그러나 내가 이일 저일 양공주들을 도와주면서 그런 싸움은 서서히 자취를 감추었다.

나는 그것이 스스로 고마웠다.

9

그해 7월 하순, 그러니까 나의 제대를 두어 달 앞두고 있는 때였다. 토요일 외박을 나갔다가 이튿날 저녁 귀대한 소대원 이진수 이병이 내 숙소엘 찾아왔다. 왼 다리를 절룩대며 내 방에 들어선 그는 침대 앞에 이르자 털썩 주저앉으며 두 손을 벌려 침대 마구리를 잡고 고개를 떨구더니 냅다 울음을 터뜨렸다.

"아니, 너 왜 이래?"

그러나 그는 울음에 젖은 목소리로, 선임하사니임, 선임하사니임, 하기만 했다.

"이진수, 무슨 일이 있나 빨리 말 좀 해 봐."

그러나, 네네, 할 뿐 쉽게 울음을 거두지 못했다.

"……?"

이진수는 내게 네 번째로 운전 교육을 받은 신병이었다. 훈련소에서 같이 온 6명의 신병 중 그는 유별히 눈에 띄게 건장한 체구였다. 하지만 그는 그 체구에 어울리지 않을 정도로 싹싹하고 고분고분해서 소대원들과도 금세 친해져 좋은 분위기를 이룬 대원이었다. 나는 잠시 침묵을 지키다가,

"도대체 무슨 일이 있는 거야? 이제 말 좀 해 봐."

또 채근을 하자 얼른 머리를 끄덕이곤 애써 울음을 삼

키고서,

"선임하사님, 저는 죽일 놈입니다. 그동안 허울만 크리스찬이었지 저는 속이 썩어 문드러진 방탕아였습…… 니다. 흐흥."

다시 울음을 터뜨렸다.

"……진정하고 차근차근 얘기해 봐."

"네네, 죄송합니다, 선임하사님! 저는 울 자격두 없는 놈입니다. 솔직히 다 말씀드리려고 온 겁니다."

비로소 그는 손등으로 눈물을 훔치고 말을 이었다.

"저 성병에 걸렸습니다."

"뭐라구? 성병?"

"네, 임질에……."

"……."

"아니, 너 사랑하는 여자 있는 몸이잖아?"

그녀는 부대로 한번 면회를 온 적이 있었다. 그녀가 정문에 왔을 때 저만치 떨어진 데서 봤지만 첫눈에 미모에다가 퍽 교양미가 느껴지는 여자였다. 목사님의 둘째 따님으로 신학대학을 갓 졸업한 여자라고 했던가.

"네. ……죄를 받아 제 몸은 썩어 문드러져 버려 마땅한데, 걔가 그만……."

"뭐, 뭐라구? 애인한테……?"

"네, 걔한테 옮겨줬습……"

"허어, 너 미쳤구나! 대가리가 돌았어!"
"네에네, 제 대가리가……."
"……."
이진수는 체념적인 감정이 되었나. 나지막한 목소리로 차분하게 말을 이었다.
이진수는 그녀와 결혼 전엔 순결을 지키기로 단단히 약속했던 사이였다. 하지만 이진수는 사창가에 드나들다 보니 그 약속을 고수하는 것은 그녀의 일방적인 강요에 마지못해 따른 것 같은 생각이 자꾸 들더란 것이다. 그래서 그는 술까지 마시게 한 뒤 기어코 일을 저지르고 말았다.
그런데 제 몸에 병균이 있다는 것까진 미처 예상을 못했다. 여자는 자살하고 말겠다고 펄펄 뛰었다. 기독교에서 가장 큰 죄악으로 여기는 그 자살을.
나는 도무지 할 말이 없었다. 10여 분 침묵을 지키다가,
"넌 첨부터 그 여잘 사랑하지 않았어."
"저두 그렇게 깨닫고 있습니다."
"속죄부터 해야겠군."
"제게 일주일만 휴갈 주십시오."
"알았어. 병원엔 얼마나 다녀야 하나?"
"의사 말이 한 달쯤 잡으랍니다."
"알았어. 그동안 작전에서 뺄 테니 병도 잘 치료하구."
"네, 고맙습니다."

자리에서 일어난 이진수는 허리를 깊숙이 접었다가 편 다음 절룩 몸을 돌려 방을 나갔다.

이튿날은 우리 소대가 작전에 투입되지 않는 날이었다. 모두들 주차장에 나와 제 차의 1단계 정비사항들의 점검을 마치자 막사로 향했다. 이제 군화를 닦고, 시트를 갈고, 관물함, 캐비닛의 비품 정리 같은 걸 할 것이다.

그러나 나는 팔짱을 낀 채 생각에 잠겨 한 차량 범퍼에 기대서서 움직이지 않았다. 분대장들인 경 상병과 허 상병이 내게 왔다.

경 상병이,

"선임하사님, 어제 이진수 말씀 들으셨죠?"

"응."

"짜아식, 좀 경솔했어요. ……휴가 동안에 잘 해결하구 와얄 텐데."

그 말을 받아 허 상병이,

"여자 친구하군 인제 끝난 거지, 뭐."

나는 딴 얘기로 입을 열었다.

"적십자 병원에 가본 적들 있어?"

둘은 의아한 눈이 되며 경 상병이,

"서대문에 있는 적십자 병원요?"

"응."

"갈 일이 없어 들어가 보진 않았지만 집이 아현동이니깐 지나댕기면서 많이 봤죠. 근데, 그건 왜요?"

"거기 마당에 얼굴이 누우렇게 뜬 청년들이 언제나 줄지어 서 있지. 왜 그러는지 알아?"

"아, 그거요, 매혈하려는 거죠. 굶다 굶다 못해 피 뽑아 팔구 그 돈으루 밥 사먹으려구요."

"잘 아는군. 요샌 그 줄이 많이 짧아졌을까?"

그러자 허 상병이,

"짧아지지 않았을 거 같은데요. 외박 나가서 들으면요, 아직두 동네에 하루 한 끼조차 제대루 먹지 못하는 집이 수두룩해요."

"휴전된 지 칠 년 째가 됐어두 마찬가지지?"

"그럼요."

바로 그때였다.

철조망 밖의 마을 길을 걸어오는 한 여자가 눈에 띄었다. 그녀는 한쪽 눈에 담뱃갑 만한 크기의 가제를 붙이고 있었다.

"저거 미스 최 같은데, 눈을 다쳤나 보지?"

허 상병이 내 말을 얼른 받았다.

"맞습니다. 포천집 미스 쵭니다. 안과에 다녀오는 걸겁니다."

"눈을 어쩌다가?"

"선임하사님 모르시는군요. 하마터면 재 애꾸 될 뻔했어요."

"아니, 왜?"

"길 상병 새끼 아주 나쁜 놈예요. 아유, 쌔끼!"

길 상병은 4소대 1분대장이다. 허 상병은 곧 이런 이야기를 들려주었다.

나흘 전 4소대의 길 상병을 비롯한 몇몇이 밤참으로 비빔국수를 시켜 먹으며 소주도 몇 잔 곁들일 때였다. 미스 최 얘기를 입에 올렸다. 미스 최는 틀림없이 숫처녀라는 것이다. 열여덟 살 나이에다가 순진한 몸가짐이 그렇게 보인다며 다들 동의했다.

그러자 길 상병이 오늘 당장 자기가 소대원들이 보는 앞에서 걔의 '숫'자를 박살 낼 테니 그리로 술 마시러 가자고 했다. 술집에 있으면서 아니꼽게 숫처녀가 다 뭐냔 것이다. 여섯은 곧 자리에서 일어났다.

미스 최는 가수 뺨치게 노래를 썩 잘했다. '물새 우는 강언덕'이니 '꿈에 본 내 고향'이니 '나그네 설움', '대전 블루스', '꿈이여 다시 한번' 등등의 노래들이 그녀의 맑고 애조 어린 목소리로 흘러나오면 으레 술꾼들의 술맛이 한층 돋았다. 그래서 포천집 쥔은 월급도 없이 그저 세끼 밥이나 먹여주고, 많든지 적든지 팁으로나 지내게 하고 있는 미스 최를 술꾼들에게 말할 때는 거침없이 '내 딸'이라고 한다.

4소대 패거리들은 두어 시간 노래와 젓가락 장단에 푹 빠졌다. 거나하게 주기가 오르자 길 상병이 행동에 들어갔다. 순순히 옷을 벗고 이 자리에서 축하의 눈들이 지켜보는 가운데 교합을 하자고 했다.

물론 미스 최는 거절했다. 그러자 길 상병의 강제 행동이 나왔다. 미스 최를 홱 낚아채듯 껴안고는 윗옷을 거침없이 북북 찢었던 것이다. 이리저리 다급하게 몸을 뒤틀어가며 몸부림치던 미스 최는 부드득 아래옷도 찢겨나간 순간 허위적거리던 손으로 술상 위에 놓인 소줏병을 잡자 곧바로 길 상병의 머리통을 갈겨버렸다. 몸을 흠칫한 길 상병의 팔이 스르르 풀리면서 눈을 감더니 그는 그 자리에 쓰러졌다. 지켜보던 대원들이 몸을 흔들며 소리쳐 이름을 불러대다가 머리가 깨지며 기절한 걸 알자 대원 중 하나가 술상 위의 안주 접시를 집어 미스 최의 얼굴을 후려갈겼다. 뒤미처 다른 또 하나는 자리에서 벌떡 일어나자 얼굴, 몸뚱이 가릴 것 없이 발길질로 짓이겨 버렸다. 술판은 아수라장이 되고 말았다.

"길 상병 그 새끼, 원래 좀 치사한 데가 있는 새끼라구요.

선임하사님, 4소대에 있었던 파블로 라는 상등병 미군 아이 기억하시죠?"

"파블로? 알지, 그럼. 걔 작년 5월엔가 귀국했잖아?"

"그랬죠. 걔하구 동거하던 애가 조 뒤 산밑 집에 살고 있었어요. 파블로가 귀국하면서 걔한테 2천 불 목돈을 준 모양이에요. 애 참 착한 거죠. 근데 길 상병 새끼, 그 여자 앨 후려내서 그 돈 다 털어먹게 하곤 걷어차 버린 새끼라구요. 그 새끼가."

"……."

"여자가 꽤 곱살하게 생겼죠. 살살 꼬셔서 결혼까지 하자니깐 여자가 홀딱 넘어가고 말았네요. 그러니깐 파블로가 주고 간 돈 두어 달 만에 아낌없이 훌훌 날려 버렸어요.

그리고 돈 다 떨어지니까, 길 상병 이 새끼, 여잘 즈 집에 한번 데리고 갔다 와서, 부모님의 반대가 엄청나서 암만 생각해두 결혼까진 안 되겠다, 했네요.

여자가 어떻게 됐겠어요? 닷새를 이불을 뒤집어쓰고 울기만 하다가 동두천으로 가버렸대요. 아마 거기 친구한테서 살림할 여잘 찾는 미군이 있다는 연락을 받았다나 봐요.

쌔끼, 제가 한번 손 좀 봐 줄 겁니다. 그 새끼 인상두 주는 거 없이 미운 새끼잖아요."

"……."

잠시 침묵이 흘렀다.

내 머릿속엔 딱 한 번 포천집에 갔었던 일이 떠올랐다. 바로 내가 '가진급'에서 '가'자를 떼버리게 된 날이었다. 시내 외출에서 일찍 귀대한 경 상병과 허 상병을 비롯한 몇

몇 대원들이 나의 진급 축하주를 마셔야 한다고 떠들어댔다. 술을 별로 좋아하지 않는 내가 사양을 했지만, 그들은 쉽게 물러서질 않아서 따라나섰었다.

"미스 최 고향이 상주 어느 산골마을이랬지?"

"네, 그랬죠. 다랑이 논밭을 쬐끔씩 일구며 사는 아주 가난한 마을이라구 했죠."

그 말에 허 상병이 이어,

"오빠는 6·25 때 전사했구, 아버지가 위장병에 걸리는 바람에 그 알량한 서마지기 다랑논을 빚쟁이한테 넘기고 나선 산나물, 더덕, 칡뿌리 따위로 허기를 겨우겨우 달래며 지냈다잖아요. 불쌍한 애죠."

"미스 최 팁을 모아서 다랑논 도로 찾을 수 있을까."

나는 혼잣말처럼 뇌까리고는 그 자리를 떠났다.

"……."

"……."

그런데 그 닷새 뒤 내가 깜짝 놀란 일이 발생했다. 경, 허 두 상병이 두툼한 돈 봉투를 갖고 숙소로 나를 찾아왔던 것이다.

"아니, 이거 무슨 돈야?"

경 상병이,

"저번에 선임하사님 말씀 듣고 저희 둘이 의논했죠. 우리가 미스 최 집에 돌아가게 해주기로 합의한 뒤 애들한테 말했더니 모두 대환영이었습니다. 30만 환입니다."
"……고맙군."
"선임하사님이 전해 주시죠."
"아냐 아냐, 이 길로 둘이 잠깐 나가서 주고 와."
"알겠습니다."
사흘 뒤 아침, 미스 최는 조그만 가방을 들고 포천집을 나섰다. 소대원들이 마악 작전에 출동하려 할 때였다. 그녀의 눈엔 얇고 작은 안대로 바뀌어 있었다.
"잘 가."
"다시 오지 마."
대원들이 소리치며 손을 흔들었고, 그녀 또한 손을 저으며 연방 고개를 끄덕끄덕 인사했다.
나의 제대를 하루 앞둔 일요일이었다.
1소대는 전원 외출, 외박을 하지 않았다. 그러고서 숙소로 나를 찾아온 경, 허 상병은 결코 나를 송별회도 없이 떠나보낼 수는 없다고 했다.
하지만 나는 끝내 사양했다.
"손이나 한번 잡아주며 헤어지면 되는 거야."
이튿날 아침, 나는 부대를 떠났다.

지금도 내 눈앞엔 하나하나 그 시절 얼굴들이 생생히 떠오른다. 이제 살 만들 하다고 자족하며 지낼까. 아니,

밝고 싱싱해야 할 젊음이 가난의 고통과 시련으로 짓밟혔으니 일찍이 병고를 얻어 세상을 떠나지들 않았을까.

다시 가슴속이 서늘해지는 내가 이제 할 수 있는 것은 그들 영육의 평화를 간구하는 기도뿐이다.

〈제47회 한국소설문학상 수상작(2021년)〉

나의 카투사 추억

한상칠 중·단편집

발행처 · 도서출판 청어
발행인 · 이영철
영　업 · 이동호
기　획 · 남기환
편　집 · 방세화
디자인 · 이수빈 | 김영은
제작이사 · 공병한
인　쇄 · 두리터

등　록 · 1999년 5월 3일
(제321-3210000251001999000063호)

1판 1쇄 발행 · 2022년 4월 30일

주　소 · 서울특별시 서초구 남부순환로 364길 8-15 동일빌딩 2층
대표전화 · 02-586-0477
팩시밀리 · 0303-0942-0478

홈페이지 · www.chungeobook.com
E-mail · ppi20@hanmail.net
ISBN · 979-11-6855-030-8(03810)
